U0671325

MIGHTY ORIGIN LITERATURE

有为

好的总裁 著

成都时代出版社
CHENGDU TIMES PRESS

图书在版编目（CIP）数据

有为 / 好的总裁著 . -- 成都 : 成都时代出版社，
2025. 1. -- ISBN 978-7-5464-3569-5

Ⅰ . I247.5

中国国家版本馆 CIP 数据核字第 2024WR4453 号

有为
YOU WEI

好的总裁 著

出 品 人	钟　江	
责任编辑	程艳艳	
责任校对	黄　蕊	
责任印制	江　黎　曾译乐	
封面设计	普遍善良	
装帧设计	唐小迪	

出版发行　成都时代出版社

电　　话　（028）86783717（编辑部）

　　　　　（028）86763285（图书发行）

印　　刷　北京君达艺彩科技发展有限公司

规　　格　145mm×210mm

印　　张　8

字　　数　257 千

版　　次　2025 年 1 月第 1 版

印　　次　2025 年 1 月第 1 次印刷

书　　号　ISBN 978-7-5464-3569-5

定　　价　49.80 元

目　录
CONTENTS

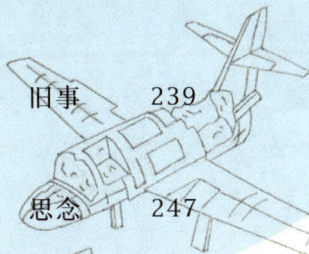

谢怀川

席晚.

七月过半，盛夏的蝉鸣此起彼伏，让空气越发燥热。

在和协医院的 VIP 特需病房里，身着宽大练功服的老人坐在窗前，半合着眼睛，轻晃着手里的蒲扇。

先前老人固执地让护士关了空调，又让人弄来一把摇椅，墙上挂着几张颇有年代感的画，硬生生把医院的病房装扮出了浓浓的生活气息。碍于老人是特需病房的病人，医护人员都会尽可能地满足他的要求，但大家也都保持着默契——非必要绝不进入这间病房。

新来的短发小护士跟着主任查了一圈病房，路过老人病房门口时，迎面扑来的一阵热风，让她不由得加快脚步，小跑着回了护士站。

到了护士站，小护士朝着最里面那间病房使了个眼色，小声跟同伴"八卦"："这老爷子真扛热！他那屋非不让开空调，他就拿一把蒲扇，乍一看，跟楼下卖瓜大爷一样！也就席医生……"

另一个年长一点儿的护士扯了她一把，压低声音道："你知道那是谁吗？他可是谢临川的爷爷！谢临川知道吧，咱们医院合作的医药公司的老板。嘴上安个把门儿的吧！别乱说话，免得给我们找麻烦！"

短发小护士吐了吐舌头："我觉得没这么严重吧……

1

席医生不是在里头吗，老爷子跟他聊天，听不着咱们说话。"

"你呀……还是太年轻。"年长的护士语重心长地说。

短发小护士若有所思地说："小席医生真是博士后？看着好年轻啊，你说他有没有女朋友哇？"

"他这些年潜心做科研，哪儿还有时间谈恋爱！"年长的护士满眼都是钦佩，"我听说他读硕士期间发表的论文就已经够他用到博士毕业了，而且前几天影响因子更新，有人发现他那些论文的影响因子分数加起来比他的硕导还高！简直太厉害了！"

短发小护士压低声音道："我听刘主任说，小席大夫曾经有对象的！"

"真的假的？！"

"当然是真的呀！"

两个小护士迅速对视一眼，从对方眼里看到了浓浓的"八卦"色彩。

林护士长从两人身后冒出，表情严厉："这么闲，下午的配液配完了？"

"我错了，姐，我这就去！"俩小护士立刻做了个捂嘴的动作，脚底抹油溜了。

林护士长轻咳一声，走到最里面那间病房的门口，看着阳光下安静对坐的人影，心想：虽然医院很多人都喜欢"八卦"席唯的个人感情问题，但说不定席医生是性格比较内向，不好意思跟别人表白呢？也可能是人家专心搞学术，没空谈恋爱？

正认真写病历的席唯察觉到来人，动作顿了顿，侧过头看向门口，微微一挑眉："林姐，有事吗？"

护士长心跳如擂鼓，忙举着手摇了摇："没……没有……是谢老爷子半个小时后要测一下血糖……还有，探视时间到了，家属那边通知说他们大概五分钟后就到。"

席唯抬起手腕扫了一眼表，看向谢老爷子："谢爷爷，探视时间到了，要不我先回去，下午定期血检的时候再过来？"

听到探视时间快到了，刚刚一直态度良好、摇着蒲扇闭目养神的老爷子将蒲扇一拍，倔强地一扭头，声音微扬："不做血检！说不做就不做，谁也别想动我！"

席唯无奈，还想多劝几句："谢爷爷——"

话音未落，就被来人的声音打断了："爷爷！您怎么又在医院瞎折腾大夫！"

席唯闻言，眯着眼朝病房门口看去，光线微微一暗，一个高大的男人沉着脸迈了进来。男子一身得体的深色西装，头发梳理得整整齐齐，给人一种天生的压迫感。

席唯往后退了两步，让出位置来。男人也没多说什么，径直向病床走去。男人高鼻阔额，眉眼深沉，因为瞳色偏浅，眼神中有一种天然的淡漠和疏离。他的薄唇抿着，锐利的视线扫过老爷子的时候，老爷子身体僵硬，往席唯身后藏了藏。

男人的注意力全在老爷子身上，见老爷子躲闪，他冷笑了一声，双手抱胸，有些不耐烦地靠坐在病床旁的椅子上："爷爷，您是故意的吧，不检查还住什么院？我妈天天打电话叫我来，我最近满世界飞，忙得不行，您可别折腾我了！"

谢老爷子见到青年就像老鼠见到猫，肉眼可见地泄了气，不过还是执拗地不肯转身，小声嘟囔着："我要是不给你妈打电话，你小子真就不来看我呗？谢临川，我这么多年白疼你了！"

谢临川气笑了："爷爷，咱俩谁疼谁？您先前住院的时候哪瓶酒不是我给您偷偷带的？哪回您要出去跟老太太跳舞不是我给您打掩护？当初讲好了，您在这儿老老实实住着、看病，我每个月都带您去潇洒，现在您又跟我说白疼我了？"

谢老爷子"哼"了一声："反正你都俩礼拜没来了！"

"您要是不配合检查，我下个月也不来！"

"不来就不来，谁稀罕哪！"

眼看着两人越吵声音越大，护士长额头的汗都出来了，白着脸小声劝道："谢……谢总，病人需要静养，不能太激动……"

谢临川一眼看了过去，护士长瞬间低下了头，小声道："家和万事兴嘛……那……那等下我再来……"

在谢临川的注视下，护士长嗫嚅着后退、再后退，最后直接扭头小跑着回了护士站。看着林霜的背影，谢临川咪了一声，坐到沙发上："说吧，爷爷，您叫我过来到底想干什么？"

此时，余光注意到席唯还稳稳地站在一边，谢临川眉头一皱，觉得眼前这人似乎有些眼熟。

"你……呦——你怎么还在这儿？"

席唯不以为意地笑了笑，温声道："你好，我是谢爷爷的主治医生，我叫席唯。"

听到这个名字，谢临川瞳孔一缩，难以置信地认真打量起了眼前的人。阳光从窗边倾泻而下，席唯镜片后的眼睛很明亮，眼神中却透着一股漠然的疏离。谢临川一眼看去，只在那双眼中看到了自己的身影。

"谢总？"

谢临川回过神来，心下咯噔一声——席唯竟然没有认出他来。

眉头蹩了蹩，谢临川略带不满地扫了一眼席唯，本能地开始抬杠："那是我爷爷，你叫那么亲近干吗？巴衔远呢？"

席唯表情不变，语调依旧平稳，仿佛没听懂谢临川话里的弦外之音："巴副院长临时有工作，上周就去西川出差了。"

"什么？他就这样把我爷爷丢给你一个初出茅庐的人来管？"谢临川有些难以置信。

"嗯，"席唯扶了下眼镜，不紧不慢地点了点头，"如果您有更加信任的医生，也可以指定他来接替我的工作。"

谢临川："正合我意——"

"小川！换人可不行啊！"谢临川一句话还没说完，就被谢老爷子一嗓子给吼了回去，刚刚一直装听不到的谢老爷子一蹦三尺高，精准地拽住了本想起身离开的席唯，"别看小唯年轻，他可是这一代内科医生里头看肿瘤最厉害的了！爷爷的病现在可全指望他了……"

席唯微笑着保持涵养："谢爷爷，您二位先聊，我晚一点儿再来。"

谢君怀瞬间收起了撒泼耍浑的腔调，拉着席唯的手不撒开："小唯呀，你别听他的！换人是谢临川的意思，但我才是病人，你可不能不顾及病人的情绪呀！"

"他有那么厉害吗？"谢临川瞥了一眼席唯，"爷爷，您怎么老向着外人说话。"

谢爷爷："大孙子，爷爷还没活够呢！"

谢临川急了："哪儿有这么年轻就能成为这么厉害的肿瘤专家的？巴衔远做事越来越没谱，万一您身体出了什么问题，他担得了这个责吗？"

谢爷爷一拍桌子："你知道什么呀?!席大夫可比你这浑小子出息多了，人家年纪轻轻就是这一代内科医生的学术领头人了，你再看看你！就知道钻营那些个蝇头小利！"

谢临川面无表情地纠正："爷爷，您用的那些个进口药，都是我这个不肖子孙钻营来的，还有您的'御制'手把件、内造鼻烟壶……"

"喀喀，你的孝心爷爷都知道，不过嘛，这人还是眼前的好……"见谢临川不为所动，席唯也一副事不关己的态度，谢爷爷眼珠转了转，"大孙子呀，咱用人不得用个知根知底的呀？小唯一家怎么说也是咱家老邻居了，你忘啦？小时候你们还总一起玩呢。"

谢临川神情一动，看着安静地坐在椅子上的席唯，脑海中闪过了儿时模糊的记忆，眼前这个人和小时候的样子比起来差太多了。

这人小时候跟在自己屁股后头"川哥"长"川哥"短的，现在长本事了、翅膀硬了，就喊自己"谢总"了，谢临川心想：当年要知道席唯大了是这个德行，早该趁着他还小、不懂事的时候就把他拎出门扔了算了。

真能装，都把我忘了。

"小时候的事，谁还记得呢。"谢临川也不看席唯，硬邦邦地撇了一句话出来，致使整个病房的气氛越来越凝重。

席唯倒是顺着谢爷爷的话歪着头瞥了谢临川一眼，然后又不动声色地移开了视线。

没人说话，气氛突然冷了下来，谢爷爷尴尬地挠了挠头："这俩孩子，记性还不如我这个老头儿好。"

谢君怀指了指席唯，笑着介绍道："小川，这是当年住在咱家隔壁的你席叔叔的儿子席唯。小唯，这是我家二小子谢临川，当年你俩经常一块儿玩，你还管小川叫过哥来着，还记得吗？"

在谢君怀充满期待的目光中，谢临川和席唯不约而同地齐齐摇头。

"我跟他不熟。"

"没什么印象了。"

谢临川本就脸色不好，听到席唯的话后，脸色彻底沉了下来。

席唯忽略谢临川突变的脸色，他把病历合上，朝谢临川礼貌地笑了笑："不过，应该会慢慢熟悉的，对吧，谢总？"

谢临川看着眼前人微微翘起的嘴角，心中暗骂了一句。

看在这小子还算懂事的分儿上，本少爷就不跟小孩子一般计较了。谢临川安慰着自己，满腔的怒火就像皮球泄气一样，很快就消失得无影无踪。

谢临川冷哼一声，别过了头，算是给了席唯一个回应，勉强没让席唯的话掉到地上。

谢临川的助理苏念这时候才匆匆赶到，先是小心翼翼地观察了一下谢临川的表情，看到谢临川阴沉的脸色，心下暗道一声"不妙"，硬着头皮上前几步："谢总，我来帮老爷子换身衣服，擦擦背？"

谢临川摇摇头，挽起袖子："不用，我来——"

谢爷爷心疼孙子，把衣服一拢，嚷嚷道："你小子力气大得跟牛一样，我可受不了，还是小苏来吧，好歹留我张全乎皮子！"

谢临川有些尴尬，"眼刀子"轻飘飘地飞向了苏念。

苏念恨不得抽自己一个大嘴巴，这时候叫自己的老板下不来台，明天也许就要因为"应该是左脚先踏进公司还是右脚先踏进公司"的问题被开除了。

这时候，苏念余光正好扫到站在一旁的席唯，旁边也没有别人了，这个医生看起来还挺面善，死马当活马医吧，苏念心一横，可怜巴巴地向席唯投去了求救的眼神。

席唯心领神会，立马"善解人意"地给了谢临川一个台阶："谢总，谢爷爷的病例我两天前刚接手，还有些细节需要和家属沟通一下，您看您现在方便吗？"

谢临川迟疑了一下，扫了一眼摇椅上表情紧张的老爷子，到底还是跟着席唯走了出去。

医生办公室里，谢临川居高临下地看着坐在办公桌前写病历的席唯，不耐烦地蹙了蹙眉。

"要沟通什么细节，赶紧说。"

席唯推了推眼镜，后知后觉地笑了笑："哦，刚才是因为您的助理好像需要让您离开，我顺势帮他一把才说的那句话，我这里没什么需要沟通的，您请回吧。"

谢临川太阳穴青筋直跳，磨了磨牙，迸出两个字："席——唯——"

席唯故作惊讶地抬高了语调："嗯？谢总怎么还是这么爱生气？来都来了，要不今天顺便检查一下甲亢方面的问题？我给您开个单子。"

"你……"谢临川气得接不上话了。

席唯笑眯眯地又补了一句："讳疾忌医是不好的行为哦。"

砰的一声巨响，谢临川一脚将实木椅子踢了出去，暴躁的情绪如同风暴酝酿："席唯，就你这个玩笑的态度，还想治好我爷爷？趁早滚蛋吧！"

听到谢临川的话，席唯也不动怒，慢条斯理地说："谢爷爷是我很重要的病人，我可不能说走就走。刚才你也看到了，我们医患关系很融洽，谢爷爷很信任我。"

谢临川的脸色逐渐不好，在谢临川自控力即将崩盘的那一瞬间，席唯从柜子里拿出了一个文件盒："也不怪你要发火，谢爷爷的病的确有点儿棘手，要不然巴副院长也不会让我来负责。"

席唯打开文件盒，将谢老爷子的资料单独抽出来，一张张摆到办公桌上。他眼睑低垂，骨节分明的手指熟练地翻着病历，仔细地将它们排列好。

"谢爷爷的病是胰腺癌晚期且二次复发了，之前所有的治疗方案和过程我都认真看过，巴副院长目前的思路是没有问题的。如果病人和家属没有其他意见，这套治疗方案可以继续下去。"

谢临川冷笑一声，双手撑着桌子反问道："按你说的这套方案，我爷爷还有多久时间？"

席唯想了想，认真地说："我跟的话，最少还有一年吧。"

这个期限比巴衔远给的时间要长了不少，对高龄晚期肿瘤病人来说，其实不算短了，但谢临川依旧不满意。他长腿一动，绕过桌子，站在席唯面前俯视着他。

"谢总？有什么问题吗？"

"有什么问题？"谢临川旁若无人地走到门口，大力地关上了办公室的门，回过身来，怒气如同风暴席卷而来，"你说有什么问题？去年弗吉尼亚的实验室就已经研发出了相关的特效药，明明有更好的治疗方法，你却告诉我要继续沿用巴衔远的治疗方案？这就是你的医德和医术，嗯？"

面对谢临川的怒火，席唯看向谢临川的眼神中却没有丝毫畏惧，眼里反而浮上来一缕明晃晃的讥诮："既然国外的实验室一年前就有解决办法，谢总为什么不采用呢？"

谢临川怔了一会儿，理智慢慢回归——作为国内医药龙头公司的实际掌控者，谢临川比任何人都清楚，那种新的特效药还没有经过临床实验，且产量极低，根本无法治愈任何一个病患。

"抱歉。"谢临川有些疲惫地揉了揉自己的眉心，"抱歉，我没控制好情绪。"

席唯缓缓坐直，坦然地靠在椅子上，扶正了有些下滑的眼镜，直视谢临川："没事，我知道你是担心谢爷爷。"

谢临川见他又是那一副疏远的样子，气得倒吸一口气，他一把拽开了办公室的门，丝毫没注意到手被划伤了。

人走远了，席唯脸上的笑意一下子淡了下去，他缓缓将办公桌上的病历资料收拾好，走到文件柜的时候，他的视线扫过最顶端的柜子，那里摆着一张风景照——照片上蓝天白云，不远处还有蔚蓝色的大海，只不过像素有些低，比例也有些不对，看起来似乎是经过裁剪放大的老照片。

…………

病房中，苏念好不容易哄着谢老爷子抽了血，又轻手轻脚地帮他擦了身子，等老爷子睡着，才松了口气，关上病房的门，将剩下的工作交给了护工。

刚出房门，就见谢临川这尊大神直愣愣地杵在门口，地上有几点滴落的血迹，手掌上的血都快凝固了，他静静地看着手掌上的伤，似乎有些出神。

苏念差点儿给他跪下："祖宗啊，怎么了这是？这怎么不处理一下呀，感染了怎么办?!"

苏念急疯了，想碰谢临川的手又不敢，只能在一边急得直跺脚。

谢临川摊开手掌看了看，掌心被门框划开了一个口子，从掌纹上划过，快刀斩乱麻一样，把纹路干脆地分成两半，看起来似乎……还挺和谐的。

要是在平时，谢临川随便消消毒就算了，毕竟比这更严重的伤他也受过不少，这种程度的伤，用他爷爷的话来说就是"再晚点儿就愈合了"。

不过……

"对，我受伤了。"谢临川似乎想通了什么，眯起眼，靠在医院走廊的长椅上，硬生生摆出了坐在CBD大楼顶层办公室里时，那种颐指气使的样子，"叫那个谁来给我包扎。"

苏念一愣，不明所以地问："谢总，哪个谁呀？"

谢临川面无表情地横了他一眼，生死攸关的一瞬间，苏念福至心灵："啊啊啊啊——我知道了！小席医生是吧，您稍等！我马上请他过来！"

谢临川喉咙里发出一声满意的轻哼，他跷起长腿，嘴角忍不住扬了起来。

几分钟之后，苏念磨磨蹭蹭地挪了回来，谢临川一看他是一个人回来的，眉头登时就皱了起来。

"你给我叫的人呢？"

苏念哭丧着脸："小席医生说他今天不出门诊，请……请您……"

谢临川有些不耐烦："说！"

苏念紧闭双眼，一脸视死如归的表情："请您去门诊挂外科大夫的号，小席医生说他师弟今天下午门诊坐班，贴……贴创可贴贴得特好！"

谢临川咬着牙发出了一声冷笑，手掌握紧，砰的一声，把薄薄的铁门捶出了一个坑："挺好的，十几年没见，还是这么狼心狗肺！"

苏念有些尴尬地守在门口，余光忍不住向门内飘去。外科门诊室里面的池惊鸿一脸郁闷地看着谢临川，席唯也被"不认识路，需要帮忙带路"这种硬掰的理由拉来了，他神情自若地站在池惊鸿旁边。

席唯杵了杵池惊鸿说："师弟，病人有需求，你赶紧给他看看哪。"

池惊鸿挠了挠头顶的卷发，忍不住"吐槽"："不是，就为了个还没两厘米长的小口子，用得着加号吗？您这伤，再晚点儿来我都不会治了，您知道吗？"

"你就说你能不能治吧！"谢临川冷着脸，"你要不会治，就喊个会治的人来。"

池惊鸿夸张地吆喝一声："会——怎么不会！师兄啊，快让门口谢大少的助理帮忙去隔壁科借个卡通创可贴来，再帮我看看我那瓶碘酒放哪儿了！"

席唯低头忍着笑出去了，不一会儿，隔壁儿科诊室就传来一阵哄堂大笑。

看着放到桌上的卡通创可贴，谢临川脸色更黑了："你们这是什么态度？"

害怕谢临川到院长那儿给他"上眼药"，池惊鸿咳嗽一声，忍笑道："我爸又结婚了，我这实在是高兴，哈哈，哈哈哈哈哈……好好好，不笑了不笑了，咱们严肃认真哈，来都来了，说说吧，怎么伤的？我瞅着也不像刀子拉的呀。"

"关门的时候划了一下。"谢临川言简意赅，十分嫌弃地瞥了席唯一眼，"有菌环境，得再给我加个破伤风。"

席唯挑了挑眉。

池惊鸿收起笑，神色认真起来："铁器碰的吗？不会是刀子吧？你不会要割腕吧？我说哥们儿，这年头儿，谁离开谁都能活呀，可不兴整要死要活那一套哇。"

"不是，你有病？你看病就看病，话那么多干什么？"谢临川眼看着席唯在旁边憋笑，血压又上来了。

池惊鸿耸耸肩："望闻问切呀，当医生的得对患者负责不是？毕竟咱医院一个号也不便宜。再说了，这些都得记录在病历上，不说不给开药哇。"

谢临川气得眼睛瞪得溜圆，憋了半天："跟……跟一个朋友有点儿小矛盾，不小心弄的。"

池惊鸿也是欠得很，顺嘴就接了话头："男性朋友还是女性朋友？"

"男——"谢临川也没过脑子，猛地反应过来说错了话，"不是，这和我手上的伤有半点儿关系吗？"

谢临川的脸色难看极了，眼看要发作。

席唯拍了拍池惊鸿的肩膀，笑吟吟地说："是在我那儿伤的。"

"嗯？在你那儿？"池惊鸿震惊了，"不对，你们打架了？你打他了？"

谢临川哼了一声没说话。

池惊鸿看了谢临川的反应，大大咧咧地摆摆手说："没事，年轻人嘛，冲动、吵架、打架很正常，不过要注意分寸，避免受伤……"接着又在旁边跟席唯打听："师兄，你跟这位谢总是啥时候认识的呀？"

谢临川感觉自己的血压噌噌地往上升，干脆掏出手机："喂，是胡院长吗？"

池惊鸿一听，忙给自己的嘴巴做了个拉拉链的手势："OK，我闭嘴。"

"……没事，已经看医生了，嗯，多谢，改天一起喝茶。"谢临川冷着脸挂掉了电话。

池惊鸿扭过头，无声地跟席唯对口型："真是你朋友哇？"

席唯摇摇头："是病人家属。"

"哦。"池惊鸿撇撇嘴，也不理谢临川，一会儿看看手机，一会儿捣鼓两下电脑，嘴里嘟囔，"欸，破伤风怎么打来着……"

席唯无奈地拍了拍池惊鸿的肩膀："好了，别闹了。"

池惊鸿嘴巴又撇了撇："好好好，治病要紧。"

谢临川又开始"运气"了，门口的苏念见气氛要糟，忙不迭冲进来开始找补："您误会了！就是让咱们医院的门框给划的。"

苏念这个助理十分称职，不等谢临川开口，便挤到池惊鸿旁边抢着解释道："我们谢总特别孝顺，这不是听说老爷子的主治医生换了，当晚辈的心里头着急了不是，但是小席大夫跟我们谢总是发小，事情说明白了就得了，来找您还是小席大夫推荐的呢！说您的医术是这个！"说着，苏念竖起了大拇指，摆出一脸尊重和敬仰的表情。

谢临川气得太阳穴突突直跳，怒斥道："闭嘴。他工作服口袋上没有和协医院的绿标，他连这个医院的正式执业医师都算不上，什么这个那个！"

谢临川的公司是多家医院的医疗器械供给方，他对这些医院的规定有一定的了解，和协医院的在编员工工作服胸口位置都有绿色绣标，实习医师则没有，是不是和协医院的正式执业医师，一眼就能看出来。

苏念眼看着马屁没拍对地方，连忙闭上嘴，又缩回了门外。

池惊鸿哈哈一笑，低头瞄了一眼自己的衣襟，挑挑眉："还有这说法？我都没注意。不过我确实不是这儿的正式职工，您眼力可以。"

席唯像拍个大狗子一样地拍了拍他的脑袋："快点儿弄完，一会儿下班去小湘阁吃饭去。"

池惊鸿眼睛一亮："那你赶紧收拾收拾，咱门口见！"

席唯点点头走了，池惊鸿麻溜地从柜子里端出消毒器械，三两下就给谢临川消了毒，又涂了点儿药，不过就是没打针。

"不用打破伤风，我也被他那门框划过，木头门涂的金属漆，都是样子货！我师兄有洁癖，他那办公室一天消八遍毒，外头都找不到这么干净的地方，您就放心吧！对了，你俩是发小？我怎么没听我师兄提起过呀。"

谢临川本来都打算起身走人了，听到池惊鸿这话，刚抬起来的腿又放了回去，不动声色地说："哦？"他好像突然打开了话匣子："要说认识的话，我们打小就认识了，不过那时候我们总打架……他老输给我，应该不好意思到处提吧。"

池惊鸿闷笑了一声："还有这事？我师兄平时看着老内向了，没想到小时候这么活泼呀。"

谢临川也跟着笑了一下，恍惚间似乎又看到了席唯小时候的样子。

打架是总打架，只不过他也隐藏了一些东西没说，比如他们打完了架，席唯会哭着说要去告诉他爸，谢临川就拿自己的零花钱给席唯买冰激凌、买小糖人，然后两个人一起躲在院子里的房顶上，面对面一声不吭地吃，谁也不搭理谁。看着到傍晚了，院子里两家人出动，满胡同地喊他们，把院子里的水井都翻个底儿朝天，两人就憋着笑，偷偷摸摸地继续藏好。等找他们的人都散了，再悄悄溜回家，挨一顿"混合双打"之后，在炕上躺几天，养好了又继续上演这个戏码。

其实，在谢临川还不怎么记事，席唯也刚会走路的时候，他们连打架都不打。小时候，谢临川总听自己爸妈说，等席家的阿姨生了娃娃，就给他求一个"小媳妇"回来。

席家叔叔阿姨还打趣他，说要娶媳妇，得多攒点儿彩礼，不然就不把媳妇给他。吓得谢临川连夜掏了他爷的私房钱，被发现之后，屁股差点儿没被打开花。

后来，席家阿姨真的生了一个特别可爱的小娃娃，谢临川就每天去席家看自己的"小媳妇"，每到过年过节，还攒零用钱买冰糖葫芦、小画册什么的，给席家叔叔阿姨送去，讨好自己未来的"丈人""丈母娘"。

席唯也很乖，从能说话开始，每次都捏着他的衣角，黏糊糊地叫他"小川哥哥"，美得谢临川鼻涕泡都出来了。

直到后来他才知道，席唯是个男孩，压根儿就不能给他当"小媳妇"！在厕所确认了席唯跟他一样都是站着撒尿之后，谢临川整个童年的梦想全都幻灭了。在此之前，根本没有任何人告诉他，席阿姨生的是个弟弟，不是能做他"小媳妇"的妹妹。

说好的"小媳妇"没了，这么多年给"小媳妇"花的零花钱也打水漂了，谢临川气得跑去席家讲理，被席家上下嘲笑了个遍；跑回家找他爸妈哭诉，又被他爸妈给嘲笑了一通，谢临川气得哇哇大哭，当场揍了席唯一顿。

席唯虽然小，但打架天赋很高，被他揍了一回之后，很快就能找回场子。两人打着打着，一来二去的，又跟从前一样好了。

只不过再有人调侃他，问他"小媳妇"哪儿去了，谢临川还是要把那人揍一顿的。那时候谢临川还在想，他和席唯可以当一辈子的好朋友、好兄弟……

谢临川不再在意被家里人骗了的事情，席唯十八岁生日那天给他打了电话，约好在秘密基地见面。他想好了，准备最后打赢席唯一回，之后就再也不跟席唯打架了。

打完讲和，以后他们还是最好的兄弟。

可是那天席唯没有来，之后的很多天也没有来。

席唯就这样从他的世界里消失了。

时隔多年，谢临川依旧对与人约定心有余悸，做梦的时候都梦到自己把一辈子的好兄弟席唯弄丢了，满大街地找人，常常半夜惊醒，然后再也睡不着了。

今天见到席唯时，谢临川新仇旧恨涌上心头，火气怎么压都压不住，就想着要把他揍一顿好好出气。本想着把他揍一顿，揍得他哭出来，将自己心里的怨气出了，他们俩就扯平了，可是席唯说跟他不熟，席唯看起来是真的跟他不熟。那种毫不在意的态度和疏远的表情，叫谢临川心凉。

注意到谢临川眼里深沉的情绪，池惊鸿的眼底闪过"八卦"的亮光，他麻利地取下手套，笑呵呵地看向谢临川问："我说，谢总，你能吃辣吗？"

"我们谢总吃不了——"旁边的苏念一句话没说完，就被谢临川的"眼刀子"吓得把剩下的话咽了回去。

谢临川干脆地点点头，面色不变地说："可以。"

池惊鸿一拍手："你跟我师兄是发小，我和他呢，是师兄弟，他的朋友就是我的朋友，咱俩今天也算有缘千里来相会了，怎么样，家属大哥，咱要不要一块儿攒个局？"

谢临川问："什么局？"

"你，我，师兄，咱们仨，加上你的助理，先去小湘阁，再去三里屯，嗨到明早，刚好能吃到丰盛源的早点！"

刚刚坐了十几个小时飞机的谢临川顿时眼前一黑。

在苏念满是惊恐的目光中，谢临川咬了咬牙："行！"

席唯换上自己的衣服，叮嘱好晚上的查房事项，才不慌不忙地走出医院。

刚走到医院门口，一辆纯黑的迈凯伦 Elva 张扬地停在了他的面前，紧随其后的，是一辆低调得多的白色古思特。

谢临川坐在主驾驶座上，向旁边的座位扬了扬下巴："上来。"

席唯长腿一迈，安安静静地坐在了迈凯伦的副驾驶座上。看到席唯坐下，谢临川有些意外，后面古思特上的苏念和池惊鸿也准备就绪了。

V8 发动机发出一声愉悦的轰鸣，3 秒加速带来的强大推背感瞬间让席唯紧紧地靠在了椅背上。席唯看着急速攀升的转速表，表情有些古怪。谢临川熟稔地打了个弯儿，拐进左边岔路，瞥了他一眼："怎么，这就怕了？"

席唯嗤笑了一声："怕你分不够扣，这条车道早、晚高峰时间禁止左转。"

谢临川："没事，我有分寸。"

席唯推了推自己的眼镜，在谢临川的伤口上又补了一刀："还有，小湘阁就在马路对面，其实咱们走过去就行。"

谢临川沉默了一下，恼羞成怒地踩了一脚油门："谁说去小湘阁了？"

紧跟在后面的苏念一脸惊恐地看着谢临川左转，又朝着跟导航不一致的方向疾驰而去，没几下，他们就连迈凯伦的尾灯都看不到了。

苏念："……"

池惊鸿："……"

苏念："说好的小湘阁呢？"

池惊鸿看着连迈凯伦车影都没有的马路："要不，咱俩攒一个局？"

苏念欲哭无泪，崩溃地拿出手机找出了谢临川的号码："不行啊，我得打工啊，今天我要是把人跟丢了，明天我也就不需要再进公司了！"

池惊鸿耸耸肩："很明显，现在你已经跟丢了。"

苏念在心里说："讨厌一些没有边界感的人。"

折腾了半天，苏念都没打通谢临川的电话，还是席唯给池惊鸿发了位置，这两倒霉家伙才顺着导航摸了过去。

路上堵了快一个小时，两人才千难万险地拐进了一条胡同里。

"不是，这怎么还开建筑工地里了？"池惊鸿常年在国外混，对 B 市的情况是一点儿数都没有，眼见着周围的景儿越来越荒，脑子里闪过了一百来部犯罪大片。

见他不认识道儿，苏念十分专业地解释道："小池大夫，这块儿是分钟寺，再往前就到龙爪树宾馆了，老 B 市的人管这儿叫'新川办'，跟贡院蜀楼那个'老川办'区分着叫。"

"川办？办事处啊！"池惊鸿对照着地图左看右看，大惊小怪地问。

苏念点点头："对，这边的餐厅菜是最好吃的，甭管您多刁的嘴，都能被他们这儿的厨子征服。"

池惊鸿点点头，脑子里已经自动把川菜的色香味都过了一遍，咽了下口水，两个人一路闲聊进了宾馆。

沿着小桥流水曲曲折折走了几折，抬头看到一座古色古香的两层小楼，席唯正在阳台上朝两人招手。

池惊鸿跳起来夸张地跟席唯打招呼，然后拿起手机开始四处拍照。

席唯也没多说什么，挑起帘子回了包间，熟门熟路地给自己倒了杯茶。见谢临川还在瞪他，没忍住笑了笑，给谢临川也倒了一杯。

离开 B 市之前，席唯常跟家里人去老川办附近吃饭。不过近几年老川办那边装修改造，好些厨子都来了新川办这边，他又忙于学业，就很少吃这一口了。

谢临川喝着席唯亲自倒的茶，叫来服务员，没用菜单，随口点了几个菜："水煮牛肉、回锅肉、鱼香肉丝、麻婆豆腐、红烧黄辣丁、竹荪鸡片有吗？上一盘。"想了想，又补充道："再来个红汤锅子，切两盘牛肉，来两盘豌豆尖，其他的菜看着来两个。"

点完菜，正喝着茶，他就见席唯若有所思地看着菜单，然后又看了看他。

谢临川这才反应过来，刚才自己点的菜，好像都是以前两家人一起出来吃饭经常点的那几样，豌豆尖还是席唯爱吃的，以前每次来吃锅子都会点两盘。想到这儿，谢临川不自觉地想到以前两家人一起吃饭的场景。

许久，谢临川开口："看我干什么？我脸上长东西了？"

席唯笑了笑没说话，转了转手边的茶杯。

气氛尴尬了好一会儿，直到服务员将菜都摆上桌，谢临川才伸手拿了餐布，却怎么也折不好，越是着急越是折不好，把谢临川的火气都整上来了。

席唯看着谢临川在那儿生闷气，笑着说："你怎么还像小时候一样幼稚呀。"

跟着导航好不容易找来的苏念和池惊鸿，刚走上楼准备推开门，听到席唯的话，两人在原地转了一圈，怎么上来的就怎么下去了。

苏念更是捂着耳朵，用肢体语言表示自己什么也没听到。

谢临川听到席唯的话，怒火直接被点燃，拳头攥得梆硬，冷笑着说："皮紧了是吧，连我你也敢调侃，想打架直说。"

席唯优雅地擦了手："打架？别忘了，你爷爷还在我手里。"

谢临川气笑了，说："你还敢对我爷爷下手？"

席唯奇怪地瞟了瞟谢临川："当然不敢。"

谢临川眯着眼盯着席唯。

席唯抿了口茶，慢悠悠地说："我会告状啊。"

谢临川："……"

被席唯毫无技巧的威胁弄得心肝肺都疼，谢临川拿眼前这人没辙，毕竟爷爷真的在他手上，只好梗着脖子找自家花钱雇的出气包麻烦："苏念！死哪儿去了?!"

已经跑到一楼的苏念捂着肚子惨叫一声："啊，谢总，我肚子疼上厕所，没一顿饭工夫好不了呀！"

池惊鸿跟着怪叫："我……我是医生，我去厕所给他检查一下！"

两人跑得飞快，一个生怕结束职业生涯，一个生怕当炮灰，十分默契地溜了。

"逃跑"的路上，苏念小声跟池惊鸿嘀咕："池大夫，咱们去九号楼，那边的味道一样地道，路我熟！"

池惊鸿也小声回道："为啥他俩就在二号楼，咱们就得去九号楼哇，三号楼不行？"

苏念叹了口气："谢总有钱哪，他去得起二号楼。咱俩呢？"

池惊鸿突然有些不自信起来："嗯，我爸就是个校董，虽然是国外常春藤的，但老外爸爸在国内是不是没啥用？"

苏念沉默了一下，抱拳："原来池大夫是有钱二代，失敬失敬，在下'职二代'。"

池惊鸿受宠若惊地回礼："不敢不敢，劳动人民最光荣。"

苏念眼睛转了转："早知道你有这层关系，咱们就去使馆餐厅得了，话说，去那儿提你有没有隐藏菜单啊？"

池惊鸿无奈地摊手："使馆餐厅的总厨都去开中国菜馆了，你觉得那儿能有啥好吃的？"

"也是哈，算了，还是吃川菜吧，这儿的回锅肉是一绝，走走走！"

听着楼下那两人公然聊着"八卦"，开心地走向后楼，谢临川的脸色更黑了，他瞪着席唯问："你为什么突然回来了？"

席唯慢条斯理地把肉片烫在锅里，淡定地说："研究生毕业了，要找个班儿上。"

谢临川满脸写着不信。

席唯："那你呢，为什么要开医药公司？"

谢临川不接话了，黑着脸又开始叠自己的餐布，怎么折都觉得角度不对，气得他把餐布又扔回桌子上。

谢临川眼帘微合，小声嘀咕："你不是跟我爷爷说，对我没什么印象了吗？你管我开什么公司。"

席唯笑了："我管不着你，我今天只是想和你这老熟人吃个饭。"

谢临川摁不住火气，愤怒地把筷子拍在桌上："老熟人？我的熟人不会这么久不联系，好不容易回来了，好几个月都想不起来联系我！居然偷偷找个班儿上，还和我装作不熟。"

席唯双手交叉撑在下巴上，看着谢临川，笑着说："半年。"

"什么？"

"不是几个月，是半年，我就回来了半年。"

"我看你就是欠收拾，在医院说和我不熟，之前还不辞而别！"谢临川又开始攥拳头，手上的口子崩开，几颗血珠渗入丝绒的桌布里。

席唯微微一笑，镜片后的眼神深沉："我当年不是想要不辞而别的，我爸出意外之后，我跟我妈是被那些口口声声说要照顾我们孤儿寡母的人赶走的。"

谢临川怔了一怔："你什么意思？"

席唯快速整理好情绪，再开口时已经平静了下来："都是过去的事情了，川哥。"

谢临川听到席唯这风轻云淡的语气，心里总有股气闷着："嗯，吃饭吧。"

长途跋涉十几个小时，又是飞机又是开车的，谢临川现在累得脑子发晕，感觉还真是有点儿饿了，端起饭碗，就着满桌子红彤彤的菜大快朵颐起来。

席唯："呃，你不是不能吃辣？好吧……"

谢临川努着一张被辣得肿起来的嘴，严肃地点了点头："你也快吃，适当吃点儿辣的对身体有益处。"

席唯有些哭笑不得。

苏念和池惊鸿掐着点打着饱嗝儿回来了，见谢临川和席唯两人之间不像之前那样剑拔弩张，气氛缓和了许多，互相给了对方一个"安全"的眼神。

谢临川总裁包袱比较重，吃完饭非要去洗脸，席唯就跟池惊鸿靠在回廊边上喂池子里肥头肥脑的锦鲤。

几个同样刚吃完饭的年轻人路过这里，其中一个扎着丸子头的小美女无意间朝这边看了一眼，很快就看到了席唯，小美女仔细辨认了一下后开心地招呼了一声："小唯哥哥，是你吗？我是暮云呀！"

席唯认出了这几个人，目光一闪，对来人温和一笑："是暮云哪，好久不见。"

暮云跟身边人说了两句，轻快地跑了过来，大大方方地跟席唯拥抱了一下，说："小唯哥哥，咱们多少年没见了，你也不说回来看看我们！"

席唯摸了摸她的头，柔声道："嗯，是我不对，之后有时间请你们吃饭。"

暮云身后慢了几步才到的青年宠溺地将她搂了过去，捏了捏她的脸颊："小唯也要工作的，哪儿像你，一天天的到处疯跑，不让人省心。"

说罢，开朗一笑，对席唯伸出了手："好久不见了，小唯。你在哪里工作呀？"

席唯脸上的笑容淡去，凝视着对方伸出来的手，好一会儿才忽然笑了出来，缓缓回握了一下："好久不见，复哥。我现在在和协医院，做内科医生。"

"可以呀，做医生悬壶济世，有理想。"沈复仿佛没发现席唯的不自在，拉过席唯，拍拍他的肩膀，热情地说，"快十年了吧，我还以为，你再也不回来了呢！这次回来，打算待多久？"

席唯笑容不变："我……"

"爱待多久待多久，你怎么那么多问题？"一双大手将沈复的手掌扒拉开，随后一人站在两人中间，挡住了沈复探究的视线。

沈复收回手说："现在开个玩笑川哥都不让了，都是一起长大的兄弟，我也是想关心关心小唯嘛！"

谢临川皮笑肉不笑地看着他："你现在可是沈家的当家人，我可不敢做你兄弟。"

沈复被谢临川冷飕飕的眼神看得汗毛都竖了起来，立马双手合十求饶："得，捧杀都来了！我错了川哥，我错了还不行吗？我算是看出来了，谁敢惹你不开心，那真是寿星公上吊，嫌命长了！"

暮云煞有介事地举起两只小手比画了一下："那当然了，毕竟复哥你是接手家里的事业，川哥可不是，川哥那是白手起家，自己爱怎么折腾怎么折腾，咱们跟川哥掰手腕，那不是找不自在吗，是吧川哥？"

沈复配合地点头："是是是，小祖宗，知道你川哥厉害了，不过，你将来的男人是我，这点可别忘了！"

暮云抿嘴一笑，说："川哥呀，可看不上我这黄毛丫头。"

谢临川不想理会他们，哼了一声，也不给面子："没什么事的话，该干吗干吗去，我这儿没工夫搭理你们。"

沈复连着被撑，脸上有点儿挂不住了，原本一直挂着笑脸的表情也僵了下来。见谢临川姿态拿这么高，沈复身边跟着的那几个哥们儿不乐意了，有个知道席唯的，在一边阴阳怪气地说："川哥，您现在是'霸总'不假，但也得注意身份哪！席唯那点儿事谁不知道，你跟他凑一块儿玩，小心被人误会，再把你家老爷子气出个好歹来。"

席唯没生气，略带好奇地抬起头，仔仔细细地打量了那个小子一眼，若有所思地反问道："哦？我的什么事叫你知道了？我是杀人放火，还是偷税漏税了？"

一句话点在了人家命门上，那个小子顿时恼羞成怒："你胡说什么呢？！"

谢临川的脸色一变，他问："这小子谁呀，说的这是什么话？"

看到谢临川火了，沈复当下心里咯噔一声，直叫"糟了"，忙不迭地跟谢临川赔不是："川哥，他说话没个深浅，他没有恶意的——"

谢临川抬起手，打断了沈复的话。他冷冷地盯着那个口无遮拦的年轻人，忽然笑了笑，露出一白森森的牙："你也说了，我是个'霸总'。我这个人浑得很，没什么讲究。但就一条，谁让我不高兴，我就让他高兴不起来！你也是成年人了，自己说过的话，自己擎着，到时候别喊你家里人到我这儿来求情。"那个小子脸色不忿，被谢临川说得下不来台，当下就要犯浑："你甭在这儿吓唬人哪！"

"阿远！"沈复喝了一声，使了个眼色，叫人拉住了他。看到平日里高高在上的沈复都是这个反应，即使不认识谢临川的人也知道了这是个不好惹的角色。

"川哥，今天是我没管教好下面的人，改天我登门赔礼道歉，先走了。"沈复急匆匆给谢临川交代了一句，算是认了怂，一行人来得有多快，走得就有多快。

池惊鸿看热闹不嫌事大，在苏念旁边嘀瑟："啧，这几个人就这么走了，我跟你说，就这种人，在我爸那里走不过两个来回。"

虽然不了解谢临川真正的实力，但形势还是看得分明，他在一旁摇头晃脑地跟苏念点评："要我说呀，那小子顶多一出头鸟，那个叫暮云的小丫头，看着也没啥战斗力，应该还挺单纯的。这里头，笑得最老实的那男的才不像个好人，他是不是挺坏？"

苏念余光扫到谢临川没在意他们的"八卦"，也大着胆子回应："不大清楚，沈总确实很懂人情世故，为人很是圆滑，所以现在大家都还挺忌惮他的。"

"哦？是吗？"池惊鸿暗暗地拉踩，"那你们家谢总呢？也忌惮他吗？"

苏念一脸骄傲："我们家谢总除了怕堵车、怕老爷子，别的应该没怕过啥。"

池惊鸿："……"

回去的路上，席唯十分安静，侧着头看着一路上的风景。谢临川在一旁专心开车，只不过车子开得很慢，与来时的风驰电掣反差鲜明。将席唯送回医院宿舍楼后，谢临川和苏念一起回了公司。

"苏念，找人查一下席唯近些年的情况，特别是席唯的亲人。"

苏念抬起头，犹豫了一下，低声说："谢总，小池大夫跟我吃饭的时候，无意间说起过，小席大夫家就剩他一个了。"

谢临川猛然抬头："就剩他一个？什么叫就剩他一个了？他母亲呢？"

苏念将手里的材料捏了捏，最终还是放到了谢临川面前。

"谢总，如果我查到的信息都是真的，那小席大夫的父亲应该去世有十年了，死因没有查到，他的母亲三年前病逝于香港，享年四十九岁，死因应该是癌症。很奇怪，能查到的都是一些细枝末节的信息，小席大夫大学之前的经历一片空白。"

谢临川手指缓缓叩着桌面，他动作顿了顿，条件反射地拿起手机，想要求证，拨出号码之后，又反应过来，迅速挂断了电话，之后对苏念说："这件事情你不用管了。"

苏念懂事地点点头，退了出去。

谢临川待在办公室里，仔仔细细地回想当年席叔叔出意外时的一些细节，将身边所有的关系细细地梳理了几遍，最后在太阳升起之前，谨慎地拨出了一个电话。

打完电话的谢临川闭目良久，桌面上放着几页被他自己划得惨不忍睹的 A4 纸。

"绑架？席唯还被绑架过……一点儿消息都没出来……"谢临川低喃，他疲惫地闭上双眼，脑海里不断闪过多年前的记忆。

他与席唯打小就认识，席唯比他小两岁，他们一起长大。后来，他们忙于学业，家里人忙于事业，两个人见父母一面都很难得。席唯身体不好，总是生病，每逢席唯那里出了状况，席唯的爸妈和谢临川的爸妈都会让谢临川去照看一下。所以，不管是自愿还是非自愿的，谢临川很多时候都是和席唯一起度过的。

谢临川一开始很讨厌席唯，因为席唯总是像跟屁虫一样跟在他屁股后面，时间长了，谢临川慢慢也就习惯了。后来他上了大学，两人就渐渐疏远了。

席唯十八岁生日那天给谢临川打了电话，他说有一些话想当面对谢临川说，说完以后，他就要去香港了。

谢临川当时正在拉练，好不容易从学校请了假去到约定的地方，但他去得太晚了，那里已经空无一人，他看到的只有席唯留下的手机，手机上编辑着一条信息：谢临川，我们别做朋友了。

他以为自己被耍了，将那里砸了个稀巴烂，失魂落魄地走了。

被单方面绝交之后，有很长一段时间，他都在怨恨席唯戏弄他这件事，后来，他再想知道席唯的消息时却发现，关于席唯的一切都像人间蒸发了一样。父母告诉他，席叔叔出了点儿事，席唯要去香港读书，以后不会再回来了。

谢临川想，等席唯回来了，他就原谅席唯说跟他绝交的事情。他从没说过一句狠话，席唯却要和他绝交，还一声不吭、干脆利落地走掉，就好像他们之间十几年的交情一文不值。

…………

他不知道他迟到的这段时间里，席唯被人绑架，失踪了整整三十六个小时。三十六个小时之后，电闪雷鸣的雨夜，席唯断了四根骨头、浑身狼藉地被救出来。几乎同一时间，席唯的爸爸从十九楼一跃而下，结束了自己的生命。

等到外面繁星满天的时候，谢临川站了起来，把那几张 A4 纸塞进了碎纸机，纸页很快化为雪花般的碎屑。

同一片夜空下，席唯蜷坐在飘窗，望着天上的星星，怔怔出神。席唯已经很久没有想起以前的事了，直到昨天遇到谢临川。

从十八岁到二十二岁，他经历父亲离世，遭遇朋友背弃，被迫远走他乡，他相信的一切一点一点崩塌，后来，他用了很长的时间才让自己慢慢从这些祸事里走出来。

在外漂泊的十年里，母亲每天都要藏起一切情绪努力安抚、照顾他，努力将他缺失的父爱用更多的母爱填满，努力将他带出那个黑暗的阶段，可她自己却一点一点坠入绝望的深渊里。

妈妈患癌之后的第六年席唯才知道，那时她已经频繁地吐血、晕倒，即便送去国外最好的肿瘤医院，也只能吊着命，被癌症摧残得人不人鬼不鬼，一天一天痛苦地熬着。

即使他拼了命地学习医学知识，花了比别人更多的时间去学习、去实验，去研究能够帮助母亲缓解痛苦的治疗方案，可是他当时还没学成，最后也没能留住母亲。

他的青春止于十八岁成人礼那天，在二十五岁时失去最后一个亲人，成了孤儿。

母亲身故之前，希望席唯能够忘掉过去、好好生活，能平安、自由地过这一生。

席唯时常在想，为什么他所信赖的，最终都会消散。

过了很久，席唯在窗户玻璃上哈了口气，认真地画了两个笑眯眯的火柴人，刚想画第三个，玻璃上的雾气就开始收缩，两个靠在一起的火柴人挂着大大的笑脸，一块儿消失了。

席唯将头靠在窗户上，依偎在两个火柴人消失的地方，低低唤了一声："爸，妈。"

接下来的几天，席唯做了几台大型手术，每天累得倒头就睡。席唯再次见到谢临川，依旧是在例行查房的时候。

谢爷爷是他到医院工作后正式收治的第一位病人，胰腺癌也是席唯在攻读博士学位期间的主要研究方向。医院里的人都知道，席唯会格外关注谢老爷子的病情。

席唯到的时候，护士长已经守在病房门口了，见到席唯，她仿佛见到了救星。

"席医生，谢老爷子的孙子又来了，我在门口闻到了酒味，您看？"

席唯摘下口罩，鼻子动了动，眼中闪过一丝了然之色："没关系，应该是无醇啤酒，老爷子现在的身体饭都吃不动，喝一两口骗骗嘴也就得了。"

护士长松了口气，面露感激之色。和协医院收治的癌症晚期患者很多，许多采用姑息治疗的病人其实都不大忌口，但谢老爷子是席唯负责的病人，没有席唯开这个口，到时候出了事，这责任她担不起。

席唯站在病房里，听着谢临川跟谢老爷子斗了几句嘴，谢临川又询问席唯老爷子近来的身体状况，席唯都给出了很专业的回答。

中午吃饭的时候，池惊鸿提着外卖来找席唯，看到他正在办公室里拼一张拼图。这是他们常玩的一个锻炼手感的小玩意儿，拼图是木质的，上面没有任何图案，但是用阴刻刻出了一些浅浅的条纹，用手指摸索条纹，如果辨认得准确，可以单靠手感，拼出一些很好看的图案。

池惊鸿的到来没有打断席唯的思路，直到走到他身旁，他才后知后觉地抬起头看池惊鸿。

"你怎么走路没声音的？吓我一跳。"

池惊鸿一脸惊悚地指着拼图："明明是你要吓我一跳。师兄，你和那个姓谢的真的是小时候就认识的吗？"

拼图如今已经完成大半，很轻松就能看出来拼的是一幅小桥流水的风景图。

席唯抬头看他："不是要吃饭吗？话怎么那么多！"

池惊鸿手脚利落地打开外卖袋，开始恨铁不成钢地叹气："师兄，你在这边没有亲人了，好不容易遇到以前的朋友，你别总是冷冰冰的，朋友都叫你给吓跑了。"

席唯摇了摇头，随手将拼好的拼图推散："你常年在国外生活，不懂国内的情况，如果你了解了这里面的人情世故，你就会知道，我和谢临川早已经不是一条路上的人了。"

"不不不，"池惊鸿一脸正色地晃了晃食指，"你们都是走在社会主义道路上的新青年！"

席唯："……"

出国前一天，谢临川回了一趟老宅，虽然平时总在外边奔波，但一有时间还是想着回家，见见父母，尽尽孝心。

回老宅的路有些年头儿了，路不宽，加上人来人往，这一带的交通状况一直都很不好。上次回来把谢临川的迈巴赫剐了，司机老陈心疼坏了，这回怎么说也不肯把车往里开。老陈把车停在两条街外，谢临川和苏念下车步行回去。

恰巧这天赶上有交通管制，谢临川看着拥挤的人群，不禁头疼。他和苏念果断转道儿去边上的小酒馆，打算坐一会儿。

老宅这边有很多这种几平方米的小馆子，卖咖啡或者酒，味道都还不错。谢临川点了一杯永丰天坛，老板还送了一小碟盐酥花生米。谢临川抿了一口，酒香与茶香自然地融为一体，袭上喉间，他心里装着事，倒没有心思细品这好酒。

苏念识趣地自己拎了瓶啤酒，窝在边上自得其乐地喝着。苏念看着老板若有所思的样子，寻思了半天，小心翼翼地开了口："谢总，您跟席医生是打小就认识吗？"

"应该是说，打他出生，我就认识他了。"谢临川忍不住笑了笑，"你别看他现在好像挺稳重的，那小子小时候坏得很，为了出去吃饭，躲在房间里偷摸翻墙，每次都能被我抓个正着。"

苏念惊讶道："真没看出来，现在的席医生看起来很靠谱呀。"

　　谢临川没再接话，苏念也没敢再吱声。

　　一杯酒喝完了，交通管制还没解除，谢临川坐不住了，索性放下杯子，和苏念扭头拐进一条岔路，三转两转地从别人家的后院绕进了一条通道。通道里头明亮宽敞，四通八达，不过基本上看不到什么人。能知道这种路并且不会被绕晕的，基本跟谢临川一样，打小就住在这里。

　　偶尔路过一两个看着还比较脸熟的人，基本都是住在附近的邻居，谢临川工作的这些年，也不怎么有时间回老宅住了，这些面孔也只是偶尔回来才会看到。

　　好不容易绕过了封闭的路段，出了通道，谢临川又一次遇到了熟悉的阿姨、叔叔，他们催他结婚，絮絮叨叨地说了半条街，分开后，谢临川终于忍无可忍地对苏念说："下次我再说回老宅，你记得提醒我，把我爸妈直接约出去见。"

　　"哦……好的，谢总。"苏念罕见地有些走神儿，谢临川见状皱了皱眉，苏念很快反应过来，小心地指了指旁边几个年轻人，"谢总，他们几个好像是和协的医生，上次去医院，我在公示牌上看到过。"

　　谢临川神情微动，苏念见状又多说了一句："他们都是内科的，应该认识席医生。"

　　谢临川不语，看着两个面孔有几分熟悉的年轻人勾肩搭背地从身边经过。谢临川皱皱眉，他长腿一顿，跟了上去："过去看看。"

　　谢临川也说不好自己是什么心理，好歹也是被别人叫"谢总"的人，大晚上的，居然鬼鬼祟祟地跟在别人身后。虽然脑子里面天人交战，但在行动上谢临川却很果断，看着那几个人拐进了报国寺旁边一家门脸十分低调的酒吧里头。

　　这一片儿晚上虽然不如工人体育馆那边热闹，不过人也不少。这家酒吧看上去不起眼，但似乎拥趸挺多，谢临川在外头站着打量了一会儿，看见有不少人买了票从小门进了酒吧。

　　苏念看了看眼前的酒吧，吓得瑟瑟发抖，给他十条命他也不敢领着谢临川逛这地方。他绞尽脑汁想出几句话劝说谢临川："谢总，大晚上的外头乱得很，要不咱们早点儿回家去……"

　　冷不防谢临川直接开口了："去买两张票。"

　　苏念剩下的话都咽了回去，哭丧着脸去买了两张票，双手合十默默祈祷："各路上仙保佑这家店千万得是清吧，可千万别有不开眼的家伙找上谢总，只要咱平安度过今晚，以后我见庙就拜，遇观烧香……"苏念在原地摇头晃脑地叨咕了一大堆。

　　"神神道道的，念的什么玩意儿。"对这个话痨一样的小助理，谢临川实在是没眼看，只好从苏念手上一把拿过门票，长腿一迈，率先走进了酒吧。

　　这一步迈进去，震天的喧嚣让谢临川感觉仿佛来到了一个完全陌生的世界，他在门口适应了一下，视线缓缓扫过酒吧内部。

　　一进门是一个大厅，里面人不少，往里走，似乎有表演，很多人围在看台旁边欢呼起哄。一开始，谢临川被人流挤着往里走，还没注意到不对劲，苏念挤上来撑开手臂护着他，但架不住他个子高视野好，目光一下子就扫到了在人堆里抱在一起的情侣。

　　"现在的年轻人这么开放的吗？"谢临川还不太敢确定。

　　苏念抹了一把脸，视死如归道："谢总，毕竟是酒吧，这很正常。"

　　谢临川的气质和长相本就出众，外形条件过于优越，只说那一米八八的身高就很难不被人注意到。察觉到周围投来的视线，谢临川冷眼回看过去，有的人被谢临川的眼神吓退了，有的就更加跃跃欲试，甚至还给了谢临川一个飞吻，吓得苏念魂都快飞走了："我的祖宗啊，咱今儿也开眼了，老谢总和太太还在家等着你吃饭呢，快走吧，啊？"

　　谢临川对他的话置若罔闻，余光似乎扫到了一个熟悉的身影，待回过神来，他低声说："我好像看到老大了。"

　　"大少爷？"苏念面露惊恐地瞪大眼睛，下意识地摇头，"不能够，大少爷是有女朋友的……不可能到这种地方来！"

　　谢临川思忖了一下，顺着刚才那道身影消失的方向，穿过人群追了上去。但刚刚的一切好像真的是错觉，谢临川找了一圈也没看到堂哥谢青山的踪影。禁不住苏念苦苦哀求，正准备下楼，冷不丁就见他们先前在路上看到的那两人从他面前走过。

　　高个子的那个似乎已经喝大了，搭着另一个矮一点儿的人信口开河地吹起牛来，也不知道矮个子说了句什么，高个子一下子不乐意了，站在原地大声嚷嚷道："席唯？他算个什么东西？狗腿子一个，到处献殷勤，不然特需病房那边主治医师的位置轮得到他坐？还一来就是主治医师，要说他是凭实力上去的，谁信哪？"

　　矮个子拉扯了他一下说："别喊了，你喝多了，咱走吧。"

　　高个子冷笑一声，甩开了矮个子扶他的手："我喝多了？我告诉你，只要我愿意，席唯那个小白脸，迟早被我搞垮！到时候我就让你看看，他有多狼狈！"

　　话还没说完，一瓶人头马猛地砸到他脚边，破碎的玻璃碴子混着酒液撒落了一地，一瞬间，原本拥挤的人群迅速四散开来，自动给这里留出一块小小的空地。

　　"谁？！谁干的？——知道老子是谁吗？"刚才还在对席唯出言不逊的高个子男人显得有点儿慌张，站在原地大声地说。头顶上方的灯光忽然被一个高大的身形挡住了。他右眼皮一跳，忍不住抬头望去，只见谢临川正居高临下地凝视着他，脸上看不出一丝表情。

　　顿了几秒，谢临川的声音才缓缓传来："你算个什么东西，也配让我知道。"

　　高个子在认出谢临川的瞬间就紧紧地闭上了嘴——在附近这片儿长大的，谁不知道谢临川这个人？刺儿头都能被谢临川教训得好好学习，他在谢临川面前算个什么呀！

　　谢临川冷笑了一声，看着他的眼神冷漠至极："苏念，给这片儿的派出所打电话报警，说这里有人诽谤、寻衅滋事。"

　　高个子吓得一声不敢吭，旁边的矮个子只当谢临川是哪个有点儿实力的"富二代"，于是忍不住替自己的朋友找回场子："你又算什么，不就是仗着自己家有几个钱……"

　　谢临川站住脚，忽然笑了笑，他理了理袖口，漫不经心道："是呀，我是有点儿小钱，那你们俩呢，仗着什么呀，就凭你们那张只会背地里编派人的臭嘴吗？"

矮个子莫名打了个冷战，低下了头。

谢临川冷哼一声，转过身朝外走了。

苏念打完报警电话走出酒吧的时候，见谢临川在路口等他，安慰自己说自己还有救，连忙双手合十在胸口拜了拜："谢谢各路大仙照顾，保我一条小命，善男愿意献出二十斤肥肉，以飨上仙……"

酒吧二楼的角落里，全程旁观了闹剧的两个谢临川的老熟人默契地碰了个杯。气质深沉的青年注视着谢临川身影消失的门口，沉吟道："刚才，他好像看到我了。"

"那又怎么样？难不成你怕了，谢大少？"沈复挑眉一笑，眼神里带着明晃晃的讥诮。

谢青山摇头失笑，低头抿了口酒："我同你说过，不要去惹小川，你总也学不乖。"

沈复站起身，居高临下地看着楼下略显狼狈的两个人："如果我是个循规蹈矩的人，你会愿意和我合作吗？"

谢青山默然不语。

沈复笑了一下，露出洁白的牙齿："学乖不能让我得到我想要的，但是学坏可以。"

回去的路上，谢临川脸色沉郁，眉头紧紧皱着。良久，他对苏念说："行了，你回去吧，给老陈打个招呼，两个小时后在停车场那边等我。"

"好的！"苏念眼看着可以下班了，笑呵呵地"退下"了。

谢临川难得准点踏进了家门，赶上了家里的晚饭。父母，大伯、大伯母都在，反而是他在附近上班的大堂哥谢青山没到。谢临川也没在意，跟众人问了一通好，接着就被自家老妈按在了座椅上，献宝似的端上一大盘子炸松肉。

"尝尝！"

谢临川等大伯开动了，才夹了一筷子，小心地打量了一下老母亲的脸色，试探着问："您做的？"

谢母拊掌得意，笑眯眯地说："对咯！好吃吧？你妈我学了三天，炸咯吱盒炸毁了半袋子绿豆才得了这么一盘！"

　　谢临川忙说好吃。话音刚落，一大筷子蹄髈、拳头那么大的一只肉龙，外加两筷子乾隆白菜就堆满了他的饭碗。

　　谢母放下公筷，慈祥地捏了捏谢临川的脸颊："瘦得跟个什么似的，快吃吧！还是小时候肉嘟嘟的可爱！"

　　谢临川尴尬地说："小时候您不是总叫我小胖墩儿吗，不让我吃太多，害得我老是跑去小唯家蹭吃的……"

　　话音一落，谢母的表情僵了一下，她下意识地看向谢父，谢父给了她一个表示无事的眼神，哈哈一笑，将话茬儿接了过去："是呀，那时候你大伯母还总带你去经销店买零嘴儿，一晃这都十来年了，青山都三十二了吧？你也老大不小的了！"

　　谢临川的大伯母嗔怪道："说起这个我就上火，这两个孩子哪哪都好，就是个人问题一点儿准信也没有！前天给青山相亲，他居然说人家闺女学历太低！哎呀，硕士学位可不算低了，也不知道他想要什么样儿的！这一个两个的，我看就得按着他们去相亲才好！"

　　谢母上下眼皮一碰就知道自己大嫂子什么意思，微微一笑："是呀，青山那孩子刚过三十，已经进了重要部门，可以独当一面了，现在眼光高点儿也是正常的嘛。要我说哇，年轻人就是要以事业为重，别太早成家，否则以后事业发展得越来越好，两个人不就没有共同话题了吗？到时候分开再找，反而伤心呢。"

　　谢临川的大伯母脸一沉，皮笑肉不笑地抬了抬嘴角，算是应了声。

　　外人不知道，谢临川小时候可是听大伯父大伯母吵过架的，大伯父三十五岁上才娶的大伯母，二人差了足足七岁。婚后别的都好，就是大伯父年轻的时候有个"朋友"，两人因为聚少离多分开了。后来那位阿姨一直独身，过得也很坎坷，大伯父经常去看望，与大伯父熟悉点儿的都知道这事，有的还给大伯父打过掩护。

　　因为这个事，两人差点儿就打离婚官司了，东、西院邻居和亲戚朋友至今没有一个敢提起这事的。今天大伯母跟他老娘夸赞自己的孩子比他优秀，谢母直接就"开大招"嘲讽，没提名没道姓的，大伯母只能硬生生地咽下了这口气。

谢临川忍不住在桌子下给自家老妈比了个大拇指，谢母柳眉一挑，微微一笑，战力依旧，风姿不减当年。

接下来的谈话集中在三个男人之间，大伯父问了谢临川的工作进展，谢父问了谢临川最近的时间安排，谢临川也都认真回答，一时间聊得十分开怀。

饭毕，两家子人各回各屋，谢母将谢临川叫回房间训话，在外头叱咤风云的谢父在一旁老老实实地给媳妇端洗脚水。

谢母将谢临川按在自己旁边，一脸慈爱地给谢临川喂水果，旁边的谢父很是羡慕，故意哼哼唧唧地想吸引老婆注意，谢母横了他一眼，谢父唉声叹气地扭过身子，给老婆削起了水果。

谢母哼了一声，慈眉善目地拉过谢临川的手："小川哪，妈也不是催你呀，就当随便问问，你最近有没有什么喜欢的人哪？"

平时谢母问这个问题，就代表着两个人之间的谈话进入了"强制结束"阶段，所以谢母才握住谢临川的手，怕他又直接跑了。

没想到这一回，谢临川不但没跑，反而有点儿……出神？

谢母跟谢父对视了一眼，暗道有戏。

"小川哪，有喜欢的人是好事，'窈窕淑女，君子好逑'嘛……

"你只管把人追到手，剩下的交给你老妈，老妈这一身武艺，到时候都传给她，保管谁也不能叫她吃了亏去！"

"不是。"谢临川摇了摇头，"妈，我现在不想考虑谈对象的事情。"

谢母嘴巴张了张，喝了半杯子凉水强行镇定，也不敢激进，生怕像以前一样被强制中断话题。自家儿子自家知道，一旦有了主意，十头牛都拉不回来，只能顺毛捋，不然弄翻脸了，晾他们一年半载都有可能。

"小川，谈对象这事，妈妈相信你有自己的想法，我们也很尊重你的想法。"谢母说完，咬牙转过头去，桌子下的脚踢了谢父一脚。

谢父接收到自家老婆的信号，语重心长地开口："儿子，现在的年轻人想法比较前卫，做事情也有自己的节奏，爸爸也理解。这个事情，我跟你妈妈心里都有数了，看你自己的想法吧。我们尊重你。"

谢临川点了点头："对了，爸，妈，你们还记得席唯吗？席长水叔叔的儿子。"

谢父罕见地失态，失声道："小唯？他回来了？！"

谢临川认真点头："对，有些关于席叔叔的事情，我想问问你们。"

一个小时之后，谢临川打开了家门，谢父谢母神色严肃地将他送了出来，一直目送着谢临川的身影消失在拐角才罢休。

谢临川晚上并不在老宅住，一般都会回他自己那套位于四环边上的房子。老宅虽然好，不过老人居多，一大清早家长里短、锅碗瓢盆的，总是吵得谢临川烦不胜烦，加上时不时交通管制、堵车什么的也耽误事，时间久了，他也不爱回了。

直到谢临川快走到停车场时，晚归的谢青山才姗姗而回。

"大哥。"谢临川客气地打了个招呼。

"小川。"谢青山亲切地回应了一声。

谢临川站住脚，微微一笑："听伯母说你升职了，恭喜。"

谢青山摇了摇头，原本风度翩翩的脸庞好像被酒气熏染过，多了一丝随意："也不是什么大事，现在才慢慢有点儿感觉到，人生一世皆有尽时，尽兴而来，尽兴而归。"

听到这番话，谢临川有些诧异，抬首看了谢青山一眼："大哥，我先走了。"

谢青山"嗯"了一声，嘴里哼着不知名的小调，背着手缓缓往前溜，两个人在胡同口一出一进，错身而过。一个踏入街上的月光里，一个走进夜色的阴影中，就此分开。

朝阳区，霄云路 8 号，D5 栋，空中四合院。

谢临川回到私宅的时候，已经将近午夜。这房子他买了之后，除了父母、助理和司机，没告诉其他人。

房子位于二十八楼，占地面积七百零二十四平方米。前一个户主据说是个顶流明星，硬装和软装布置都找了知名的艺术家设计，装修上花了很多心思，结果还没来得及住进来，就因为一些问题需要支付巨额的违约金，所以急着把房子出手。

谢临川看房的时候觉得整体风格还不错，面积刚好还是自己生日的数字，觉得挺有缘分，就直接买了。他自己一人住，也懒得重新装修，收拾收拾就住了进来。

院子四周是四室三厅两卫的标准安排，中间部分做了大面积的挑空，营造出天井的感觉，种了花花草草，又造了一个不规则的水池，里面是一些看起来笨头笨脑的血红龙鱼，很瘦，游起来慢慢悠悠的，像一群遛弯儿的老大爷。谢临川有点儿嫌弃，托人从南通专门搞锦鲤的朋友那儿运了几条名种回来丢进去。有了竞争对手，原住民血红龙鱼很快学会了大口吃饭，很快也变成了圆滚滚、可可爱爱的样子。

天气好的晚上，将玻璃房顶打开，池子里的鱼会浮到水面上，鳞片反射着星光，看起来绚丽又优雅。谢临川得空会坐在池子边上，喂喂鱼，听听曲儿，仰头还可以看到大片的星空。谢临川很长情，喜欢胖胖的鱼，喜欢听京剧，喜欢赚钱，喜欢花钱……

今天晚上的谢临川觉得自己浑身上下都通透了不少，在池子边上看看那群发呆的鱼，又看看自己的躺椅，感觉好像少了些什么。想了想，谢临川给楼里的物业管家发了条消息，让他安排一把一样的躺椅放在现在的椅子旁边，再叫人把主卧重新装饰一下，安排好这一切，这才心满意足地在椅子上躺了下来。

玻璃屋顶缓缓打开，水池里的鱼不时翻起水花。

谢临川在手机上点了几下，唱片架自动将一张唱片安置在留声机上，扎伊德·沃尔夫不羁的声音迸发而出。

I don't believe in no devil.
Cause I have done raised this hell.
I've been the last one standing
When all the giants fell.
…………

谢临川的手指轻轻点着扶手，口中轻轻跟着哼唱起来。

Turn me loose and you'll see why.

I was born, born ready……

谢临川嘴角挂着一缕轻松的笑意，慢慢闭上眼睛。

刺眼的阳光照在谢临川的眼睛上，谢临川困得睁不开眼，下意识地去摸遥控器，想要操控帘子，把天井遮上。他拿起手机，里头是老陈跟苏念的几十个未接来电，再看一眼时间，早就错过了航班。

给两人回了消息说了新的安排，谢临川才脱掉脏了的衣裤，好好地收拾自己，刮了胡子，洗了澡，吹了头发，还特意喷了点儿香水，看了一眼镜子里帅得没边儿的自己，这才哼着歌下了楼。

在车库挑了台相对低调的世爵，拐上四环，直奔医院。

到了医院，正赶上查房的时间，谢临川坐在爷爷的病房里，和老爷子有一搭没一搭地唠嗑，等席唯过来。果然，坐下没一会儿，席唯就进来了。

席唯这几天一有空就扎在实验室里，清减了不少，脸色也有些苍白，原本合身的白大褂穿在身上显得有点儿空。

席唯按例查看了谢老爷子的病历，谢临川等着他和护士交代要注意的事情。席唯刚合上病历本，谢临川就看着席唯说："我去办公室等你，有些话想和你说。"

席唯查完房，一回办公室就看到了大大咧咧坐在他办公椅上的谢临川，席唯拉过旁边的椅子坐下，看着谢临川说："你要和我说什么？"

谢临川带着一点儿忐忑，郑重而严肃地说："小唯，我昨天回了一趟老宅，关于席叔叔的事情，我爸妈和我说了一些，还有你被绑架的事情，还有……"

席唯有点儿意外——谢临川一早过来找他，竟是为了和他说那些尘封的往事。他深吸了一口气，看着谢临川说："还有什么？"

一向冷静自持且高傲的谢临川，嗓音低沉地说："还有，对不起，这么晚我才知道真相。"

过了一会儿，席唯声音闷闷地说：“你怎么查到的？”

谢临川温声道：“我先前问了爷爷，昨天晚上回去又问了我爸妈。当年席叔叔出事，你也离开了……我以为因为我赴约迟到，你生气了才说要绝交，不想见到我。那时候所有人都瞒着我，席叔叔的事情，我很抱歉。”

听谢临川提及自己已经离世的父亲，席唯逼回眼底的热气，缓了一会儿，然后缓缓地说：“这件事跟你和你们家无关，你不用觉得自责。当年就算你知道了，也改变不了什么，毕竟那时候我们都还小。”

他下意识地望着文件柜的方向：“都过去了。”

谢临川看着席唯：“真的过去了吗？你这次回来，真的仅仅是为了工作？”

席唯没有说话。

谢临川：“席叔叔的事情交给我，你安心工作。”

“我不需要！”席唯说，“我爸的事情和你、和你家没有任何关系，我也不需要你帮我。现在我们各自都过得挺好，你没必要卷进这些陈年旧事里。你漠视我，就是对我最好的帮助。”

谢临川皱眉：“怎么会没必要？我们从小一起长大，席叔叔也是我很敬重的长辈，为什么会没必要？”

席唯：“我用了十年的时间让自己从那段黑暗的日子里走出来，我好不容易鼓起勇气重新回到这里，我不允许有人破坏我规划好的路线，包括你。”

席唯琥珀色的眼睛直视着谢临川：“小川哥，我们一起长大，我们的父母相交多年，这些情谊都很珍贵，我不希望连最后这一点儿念想也消失不见了。”

谢临川有些生气，压抑着怒火问：“我不是要阻拦你，让我帮你，你继续做你的研究，这些事情你不用操心，让我来做。”

席唯轻叹了口气：“谢临川，这是我自己的事情，我不想你参与，你也没必要。你要是看得起我，我们就还像小时候一样做朋友；你要是看不起我，当作从来不认识，我也没意见。”

"你这是什么话？我怎么会看不起你？"谢临川看席唯一副疏远的样子，又想到刚重逢时他装作不认识自己的样子，怒火直线飙升，可想到席唯是因为这些年经历了这么多，才变成现在的样子，他的怒火也就慢慢熄灭了，"这事我知道了就不可能当作不知道，你也不要用那些话来拒绝我，冲着小时候席叔叔对我的关照，我也不会坐视不管。"

席唯深深地吸了口气："出去。"

"什么？"谢临川一愣，还不知道哪里出了问题，"我去哪儿？"

话音刚落，席唯拉开了办公室的门，一把将谢临川推了出去："你走，别叫我再看到你。"

察觉到席唯是真的生气了，谢临川也不敢再刺激他，毕竟他今天提起的事情，无一不是在戳席唯的心窝子。谢临川立马偃旗息鼓，明智地没有再去直面席唯的情绪。

正好苏念打电话来沟通订航班的事，他才借故回到病房，跟谢君怀又聊了两句，然后掐着时间去了机场。

他自己的事情没处理就没办法去查席叔叔的事情，也没办法帮到席唯，这方面，谢临川还是很清醒的。

将来如果要帮衬席唯查席叔叔的事情，支持他的临床研究，少不了还得靠他这个公司的资金支持，所以没钱可不行。

席唯被谢临川说的事情气得眼眶疼，在办公室里做了好几个深呼吸才缓过来，过了好一会儿才又拎着病历本去查房。

特需病房里头虽然不一定都是重病患者，但这些病患基本都是有头有脸的。席唯初来乍到，并不希望自己在莫名其妙的事情上得罪了人而不自知。除了特需病房的患者，席唯还会分到一些危重疑难的病人，这也是他主动要求的，所以席唯的时间安排一向很满，满到一旦工作起来，席唯很快就会进入工作状态，无暇再顾及其他。

跟管床大夫和护士沟通了自己负责的病人处方的变动，席唯看了看时间，起身往住院部走，半路上与一群捧着鲜花和礼盒的人迎面相遇，为首的正是前几天刚刚见过面的沈复和他的未婚妻暮云。

沈复的周围环绕着一群科室的主任、副主任，神态都十分拘谨、恭敬，沈复偶尔说一两句话，马上就有人抢着回答，相比席唯"寒酸"的独自一人，沈复的待遇称得上是众星捧月了。

席唯看着这一幕，微微一哂。沈家祖上靠入赘富户起家，在席唯父亲的帮助下，把家族产业发展得越来越好，如今已经是行业的巨擘。暮家则相对薄弱一些，是沈家从老家带过来的附属企业，开着几个化工厂，一直专注染料化工方面，这些年也算是靠着沈家勉强支撑。

席唯多年没有回来，这些信息都是他到处搜集来的，也有从池惊鸿时不时的"八卦"消息里头筛选出来的。

当年爸爸出事，事情还牵扯到了沈家流落在外的女儿。长大之后，他再回忆当初爸爸出事前后的事情，总觉得很蹊跷，同时觉得爸爸的事与沈家肯定有所关联。

人群越走越近，席唯的眼神微闪，狭长的眸子半合着，主动停下了脚步。沈复带着身为兄长的关切笑容，主动跟席唯打了个招呼："小唯，原来你在这里工作！"

席唯表现出恰到好处的诧异："复哥，暮云？你们……这是来探病？"

"是呀，小唯哥，我们来看家里的一位姨奶奶，真是太巧了！"暮云惊喜地跟席唯挥了挥手，余光打量了一下沈复的神色，又小心地收起了笑容。

沈复指了指走廊里的一间病房："家里一位姨奶奶在这里疗养，今天路过就过来看看。老人家岁数大了，胰腺不大好。"

席唯："那应当是白老太太，正好是我负责的病人。"

沈复随意地说了一句："这么巧！"又笑容可掬地问："小唯，你现在调到特需病房工作了吗？工作上有没有什么要求，我来帮你走动走动。"

席唯把所有的情绪都压了下去："我刚来，领导和同事都非常照顾我，没什么需要的，还是要多学习多进步才好。谢谢复哥了。"

周围的几个主任神情松了松，连连保证道："原来沈总和小席认识呀，沈总放心吧，我们对小席关心爱护都来不及，一定给您看顾得好好的！"

"您贵人事忙，不然这些东西就先交给我们，保证一件不少地送到老太太那里！"

沈复表情有点儿为难："不好麻烦大家吧？"

"这有什么！沈总给医院支援了这么多的物资，方便了多少病人，我们做点儿力所能及的事情，那是应该的呀！"

沈复松了口："那就麻烦各位了，以后有机会再来感谢大家。"

几个年纪都能当沈复父亲的老主任立刻乐了，七嘴八舌地答应着，争着提过沈复手里的礼品盒子，热热闹闹地替沈复看望他的姨奶奶去了。

席唯让开路，看着他们手里拎着大包小包的含糖补品，心中忍不住冷笑。

沈复的姨奶奶姓白，刚好就是他的病人，老太太因为糖尿病导致肾衰竭，已经在特需病房住了半年，期间没有一次探访记录。如今席唯来了医院工作，沈家这些乖孙的孝心也跟着"苏醒"了。

"复哥，到我办公室坐坐？"席唯主动邀请。

沈复眼神一亮："那敢情好，咱们哥俩叙叙旧，你们几个，先去病房等我，我去去就来。"说着拉着暮云，跟席唯去了他的办公室。

席唯的办公室不算大，沈复来了之后，眼睛一扫，嘴角就带上了笑。

席唯自如地招待二人落座，又起身去找茶叶："复哥，我记得你爱喝普洱？"

沈复答应了一声，席唯慢条斯理地从柜子里找出一饼普洱，行云流水地为两人泡了茶，接着就捧着氤氲着热气的茶杯，安安静静地品茶，偶尔与他们闲聊两句。

沈复端起茶杯喝了一口，眼睛一亮："宋聘号的蓝标内飞？"

席唯点点头："复哥好品位。"

沈复的眼睛里多了点儿别的东西："去年出差的时候有幸喝过一次，再品一次，果然依旧磅礴、优雅、大气、悠然，不愧是'茶后'。话说今年的嘉德秋拍还没开始，你从哪里弄到的？"

席唯笑了笑，云淡风轻地说："家里人给的，复哥喜欢的话，待会儿给你包一饼，我平时不大喝普洱。"

暮云不大懂普洱，喝了一口，感觉还没有沈复平时喝的七子饼味道浓，她一脸天真地说："小唯哥，复哥平时都喝七子饼的，你这茶看着可不好得，可别把他养刁了呀。"

"哪里就养刁了？你这丫头胳膊肘净向外拐。"沈复脸色有些讪讪的，暮云吐了吐舌头。

沈家主业在纺织领域，这些年生意不好做，沈复接手之后，沈家也不可能像几十年前那么豪横，样样都要最好的了。

席唯失笑摇头："茶喝一路，既然复哥你们家未来的女主人开口了，看来这饼内飞跟你是没缘分了，不过我记得柜子里还有几饼不错的7542，待会儿你走的时候记得带上。"

沈复干笑着拱拱手："不当家不知柴米贵，这次可多谢小唯了，解了我的茶瘾。"

暮云跟着低叹一声，挑起了话头："听复哥说，现在做生意越发难了，我们家的生意也受影响……"

席唯眼皮子一垂，又一抬，似笑非笑地"哦"了一声："生意上的事我不太懂。"想了想，席唯又劝了一句："实在不行，复哥也可以把生意交给会做生意的人去忙，自己只管找个感兴趣的工作，这样生活才有意思。"

沈复给席唯堵得噎嗓子，实在是没法儿接话了，眼睛一动，瞥了暮云一眼。

暮云身子一颤，闭了闭眼，咬咬牙低声说道："小唯哥哥，说起来，上次的事情是我们不对。"

席唯愣了一下："什么事？"

暮云也愣住了："就是上次那个说错话的弟弟……"

席唯轻笑一声："啊？哪个呀，我没什么印象了。"

沈复有点儿尴尬地解释："那是方希平叔叔的小儿子——方远。"

席唯似乎想了起来，不确定地说："哦，没印象了，跟小时候不太像了。"

暮云的声音有点儿难过："方叔叔一家今天搬走了，他们家的生意也转让了出去，说是要回浙州老家了。"

席唯有点儿意外，但没有追问。

沈复见席唯不接话茬儿，有些急了，低声怒斥了一声："小云，别乱说，这些事情和小唯有什么关系！"

席唯只能耐着性子顺着沈复的意思问："什么事呀？"

沈复犹豫了一下，低声说："收购方叔叔家那一大摊子的资方是川哥控股的，你不知道吗？"

"谢临川？"这下席唯是真的有些意外了，心里感叹着这家伙不仅记仇，而且报仇还挺快，嘴上却说："生意场上，并购应当是平常事吧。"

沈复忙摇头否认："也不一定是川哥出的手。我们就是想，毕竟大家都是一起长大的嘛，也不用把事情做得这么绝。"

席唯脸上笑意浅淡，轻轻放下茶杯，缓缓地说："我跟谢临川不熟，如果方家有什么误会需要解释的话，你们可以直接找他说。"

沈复的笑容僵在了脸上。

席唯轻轻吹了口茶杯上的热气，显得有些漫不经心："复哥，商场的事情我不清楚，但是按照谢临川小时候的性格，他会这么做也不奇怪。成年人是要对自己的言行负责的。复哥，混到你这个层次的人，应当知道，有的人只能得罪一次。"

沈复尴尬一笑："唉，其实想想，小方也是做错了事，吃个教训对他来说，未尝不是一件好事。"

这话席唯认同，他点了点头："是的，年轻人还是得多多锻炼才能成才，复哥你不也是早早地出来历练，这才年纪轻轻就扛起了家里的生意？重新开始，不见得是一件坏事。"

沈复的面色好看多了，他谦虚地摆了摆手："哪里哪里，都是跟着前一辈的脚印走……"

客套了几个来回，席唯就找了个借口端茶送客了。

沈复与暮云一行人走出医院，上了车，升起挡板之后，沈复看着随意放在塑料袋里的几饼稀罕茶叶，回味着唇齿之间的茶香，饶有兴致地自言自语："百足之虫，死而不僵。两百来万的茶叶，就那么随手丢在文件柜里，有意思。"

　　暮云一声不敢出，拘谨地坐在沈复对面，小心地收好了裙角。

　　过了一会儿，沈复才慢悠悠地问："你说，席唯是不是对我有什么敌意？"

　　暮云坐在沈复对面，低着头说："刚刚说话的时候，好像没感觉到他有什么敌意吧？他还给你送了茶叶。"

　　沈复冷哼了一声："他倒是走运，事到如今还有谢临川给他做靠山。"

　　"收购方家这事，谢临川办得可不算讲究，并购案给出来之前，方希平的老底都叫他给翻了个个儿，相当于抽了方家两个大嘴巴，然后一个甜枣没给。"沈复自说自话，指尖摩挲着眉心，逐渐出神。暮云放缓呼吸，努力缩起肩膀，当个透明人。

　　车开到半路的时候，沈复按下了扶手上的通话按钮："三水，把席唯的黑料准备好，我随时要用。另外，方家那边不等了，让我们的人迅速动手，叫他们家空手滚蛋。白吃白喝十几年，我养的猪，让谢临川吃第一口肉就罢了，最肥的肉一定要留在我们手里！"

　　扬声器里传来一个男人粗声粗气的回应："好的，沈先生。"

接下来的一周，席唯过得十分清静，陪病人聊天，帮小护士挤营养液，跟总想抽烟、喝酒的谢老爷子斗智斗勇，和医院的大小领导开会开到昏昏欲睡，在实验室搞数据搞得昏天黑地，偶尔听听"热心群众"池惊鸿无差别的"八卦"消息，日子仿佛一下就变快了，直到席唯查房的时候在谢老爷子的病房里见到了谢青山。

谢青山身上一丝不苟地穿着白衬衫、黑西裤，头发规规矩矩地梳到脑后，鼻梁上架着金丝眼镜，整个人从头到脚都透着矜贵。

席唯刚走到门口，就听到谢青山在跟谢君怀暗地里告状。

"希平叔走前情绪十分激动，说了一些不太妥当的话，不过爷爷您放心，小川这事做得也算缜密，没有掀起什么风浪，现在已经解决了。"

席唯翘起嘴角，脸上表情略带讽意，他敲了敲门，说道："谢爷爷，您有探视的话，我等会儿再来？"

"哦？是小唯吧，好久不见了。"见到席唯，谢青山打住了话头，一脸友善地对他笑了笑，仿佛刚刚告状的不是他本人一样。

"好久不见。"席唯礼貌一笑，然后跟谢君怀说，"谢爷爷，那你们聊。"

谢君怀一摆手，气得吹胡子瞪眼的："不用。小山，你回去跟老二两口子说，就说我说的，积善之家必有余庆，积恶之家必有余殃！小川这事做得，小器，急躁，哪儿有半点儿我当初告诫他该有的稳重样子？必须罚！叫他长个记性！"

谢青山有些犹豫："爷爷，小川也是大人了，用太激烈的方式会不会起反作用？"

谢君怀胸有成竹地抚了抚胡子："用不着激烈的，先把他名下的账户和卡都冻结了，就够他难受的了！"

席唯在一旁安静地听着，没作声。

谢青山笑了笑，躬身道："好的爷爷，就按您说的做，那就……先停一个月？"

谢君怀大手一挥："仨月！老方家那边，在浙州落脚的时候，你看着照应照应，做人留一线嘛。"

谢青山点头应了一声。

谢青山走后，谢老爷子在躺椅上闭目养神了一会儿。席唯有些担忧地看着他："谢爷爷，您别动怒，我刚看了血检数据，发现又有点儿炎症，要不还是输个液吧？"

谢老爷子笑了笑，爽朗地道："小唯呀，到了我这个岁数，有些事早就看开了，该来的，躲不了，怕也没用。更何况，我现在的情况，多活一天就是赚一天了。"

席唯沉默下来，目光从谢君怀有些泛黄的皮肤上掠过。老爷子前几天黄疸突然加重，虽然现在控制住了，但目前依旧没有什么更好的办法，如果没有什么好的药物，老爷子就撑不过一年。

谢老爷子是席唯抱有好感的少数几个人之一。小时候他跟谢临川一块儿疯玩的时候，谢临川曾经跟他讲过，他的大伯不是他爷爷亲生的儿子，是他爷爷朋友的孩子。

很久以前，谢爷爷的朋友为了救谢爷爷丢了性命，留下了孤苦伶仃的妻儿。谢爷爷回来之后探望朋友遗孀，发现他们的日子十分难过，就收养了朋友的孩子，将其当成自己的亲生孩子抚养。过了几年，谢临川的父亲出生。虽然有了亲生的儿子，但谢爷爷始终没有厚此薄彼，对两个孩子的培养都称得上呕心沥血。

谢临川的爸爸和大伯也不负所望，从小到大都很优秀。谢临川的大伯虽然知道自己不是亲生的，但兄弟俩的感情一直十分亲厚，这也算是一桩美谈了。

谢爷爷的妻子六十出头儿就去世了，如今老人孤零零的，虽然看着十分乐观，但席唯能够感受得到，他还是孤独的。

"小唯呀，爷爷当年也是看着你们几个孩子长大的，一晃，爷爷已经黄土埋脖子了，你们也都长大成人，有自己的想法和主张了。你跟小川打小一起长大，爷爷罚他，你有意见吗？"谢爷爷缓了一会儿，嗓音沙哑着说。

席唯摇了摇头："谢爷爷，川哥他从小脾气暴烈，非黑即白，这对他来说，不是件好事。您罚他是在教他，是为他好，不是害他。"

谢爷爷笑了笑，眼神里有些疲惫："孩子大了，有自己的想法和打算，我也老了，管不动了。恐怕我一走，这个家也就散了。"

席唯欲言又止，最终垂下眼睛，睫毛在下眼睑上投下一片阴影。

"爷爷看得出来，你这孩子心事重，想得多。"谢爷爷安抚地拍了拍席唯的手臂，皱纹纵横的脸颊上满是岁月的痕迹，唯独一双眼睛始终明亮透彻，"别的事情，就随他去吧，只是有一条，千万不要去做让自己后悔的事。有的错，只要犯了一次，就再也没机会改了。爷爷希望你们能心怀善念，种善因，得善果。"

席唯迟疑良久，有些艰难地问："爷爷，如果做不到善良，该怎么办呢？"

谢爷爷豁达地笑了："如果不能做到善良，那就做到坦然吧。"

席唯若有所思："坦然吗？"

谢临川从国外回来，飞机刚一落地，就发现事情不对劲起来。苏念被他爷爷支去了川渝，司机老陈被老爸喊走，自己的银行卡也被冻结了！

虽然谢临川还有不少没挂在自己名下的卡，海外也有账户，但是父母和爷爷现在动作这么一致，他要是不接着，他们后头指不定还要作什么妖。

站在机场出口将最近做过的事在脑子里过了一遍，谢临川拿出手机给席唯拨了电话。

"谢临川，你看看表，现在几点？"席唯为了一个实验数据熬了大夜，刚刚沾到枕头就被谢临川的电话振醒了。

"我被家里赶出家门了！卡也被冻结了！没钱住酒店了，能不能到你那儿凑合一晚上？"

席唯揉了揉眼睛，瞬间清醒了，他瞪大眼睛，想起谢老爷子和谢青山那天说的话，问道："你在哪里？"

"机场。"

席唯起身披上外套："等我来接你，我去叫个车。"

席唯迷迷糊糊地叫了几辆车，都被放了鸽子，看了天气预报，眼看着要下雨，没办法，最后还是叫了住他楼下的池惊鸿开车带他去了机场。

池惊鸿是个"夜猫子"，大晚上的听到有新"瓜"吃，游戏也不打了，比席唯还积极，硬是用最快的速度抵达了机场。

一到地方，两人就见谢临川扶着行李箱站在机场出口，身姿潇洒，表情放松，一派的光风霁月，旁边几个小姑娘偷偷地给他拍照，还有两个女孩子一脸羞涩地问谢临川要不要跟她们一块儿走。

池惊鸿迟疑地问："师兄，咱们要接的是站在路边那个骚包男吗？"

"不是。"席唯面无表情地说，"师弟，原路返回。"

池惊鸿同仇敌忾，立刻起步打轮："行！"

"哎哎哎，等等！"谢临川余光看到了池惊鸿跟坐在副驾驶座的席唯，造型也不摆了，瞬间迈步，精准地卡在车子开动之前拉开了车门，"不是来接我的吗？怎么就跑了？"

席唯冷笑，扬了扬下巴："我看有的是人想收留您，我那儿庙小，不留您了。"

谢临川的头垂下来，看起来有些可怜："我被家里赶了出来，这要是被别人知道了，我就没法混了，小唯，你就收留我一晚上。等我的律师从国外把我的卡寄过来，所有开销我双倍给你。"

池惊鸿在旁边坐地起价："三倍！"

谢临川轻描淡写："吃住都包的话，给你五倍。"

池惊鸿大惊失色："哟，这不是稳赚不赔？！"

席唯："二位或许也可以问问我的意见，我帮你订酒店。"

谢临川举起手："我住小唯那儿，谁同意，谁反对？"

池惊鸿秒跟了一个："我没意见！老板那辆 Elva 借我开开行不？"

谢临川从箱子里翻了翻，找到一串钥匙，扔到主驾驶座："拿去，随便开。"

池惊鸿抱着一串车钥匙，感动得快冒鼻涕泡了："哥！原来你是我失散多年的亲哥呀！这么多年，我找你找得好苦哇！"

抹了抹冒出来的鼻涕泡，池惊鸿投桃报李地也掏出一串钥匙："哥，这是我师兄之前给我的他房间的备用钥匙，地址就在我们医院宿舍楼608，我在508，如有需要，我随叫随到！"

席唯被池惊鸿见利忘义的狗腿子行为气得不住地冷笑，指头点了点池惊鸿，阴沉沉地说："小鸿，你有出息了。"

池惊鸿哆嗦了一下，颤颤巍巍地朝着谢临川投去求助的目光。

谢临川大方地朝着停车场的方向一指："那辆 Elva 刚好停在机场停车场里，自己开回去吧。"

池惊鸿干脆地靠边停车，狗腿子一样恭恭敬敬道："好咧，哥，二位慢走!"

谢临川从后座跑去了主驾驶座,朝席唯龇牙一笑:"池惊鸿临时有事,我俩回。"

席唯:"……"

席唯摘下眼镜,揉了揉眼睛:"谢临川,你好歹也是上市公司老总,能不能要点儿脸?"

谢临川:"我都要无家可归了,还要什么脸哪?"

席唯:"……"

和协医院的医生水准是国内 TOP 级的,院方给的待遇也是国内顶尖的,不但有完备的薪资系统、培养计划,就连职工宿舍也吊打一众三甲医院。

医院在寸土寸金的长安街上,给 B 市没有房产的职工和部分学生单独盖了一栋宿舍楼,宿舍楼和医院就隔着一条街,位置非常好,吃、住、行都十分便利。

宿舍一般是博士三人寝、硕士四人寝的配置,席唯因为能力出众,而且有出国交流的经历,所以刚来医院就给分了个单间,在职工宿舍楼顶层的 608 号房间。视野还行,一室一厅一卫的格局,虽然小了点儿,但也还算凑合,总体来说胜在位置优越,十分适合总是加班跑实验数据到深夜的席唯。

将觍着脸一路跟到家的谢临川丢在客厅,席唯钻进卧室一通翻找,他从自己的柜子里翻出一套新的睡衣,一出来就见谢临川已经十分自来熟地打开了电视,还从冰箱里拿了两个水果吃。

席唯把衣服扔在沙发上:"给你。"

谢临川挑了挑眉:"这是……"

"睡衣,送你了,不客气。"席唯靠在卧室门口,扬了扬下巴,"我住卧室,你住客厅,晚上不要弄出噪声。"

谢临川意有所指地瞥了席唯一眼,长腿交叠着靠坐在沙发上:"我绝对听从安排！"

席唯眉头挑了挑，清了清嗓子："那就睡觉。明天睡醒了，你抓紧找个地方安顿，然后赶紧搬走。"

谢临川抱着手臂，摇了摇头，明目张胆地想当"钉子户"："这恐怕不行，我有家不能回，卡也被停了，除非爷爷发话，要不我上哪儿都没人敢收留。等我把爷爷哄好了再搬走，怎么样？借住期间，我肯定老老实实，不给你惹麻烦。"

席唯肩膀一塌，无奈地叹了口气："那你尽快。"

"行！"谢临川爽快地答应。

第二天早上刚一睁眼，就听到房间外传来碗盘碰撞的声音，席唯恍惚了一下，忽然想起昨天晚上的"钉子户"，不由得有点儿头痛。都怪池惊鸿那个见利忘义的狗腿子！席唯磨了磨牙，用力揉了揉脸，深吸一口气，强装淡定地打开了房门，结果看到了让他血压升高的一幕——谢临川头发滴着水走在客厅里。

"我的地板……你！"看着用自己费劲找来的木料新铺的地板，席唯一时间痛心疾首，而后无语到了脑子不清醒："我去上班了！"

谢临川有点儿抱歉，但看到穿着睡衣说要去上班的席唯，觉得好笑："你就穿睡衣上班？"

席唯看了看自己身上的睡衣，抿了抿嘴唇，有点儿恼火。此时此刻，他满脑子只剩一个想法：今天中午之前，必须让这厮搬走！

谢临川举起双手做投降状，现在他"寄人篱下"，不能直面怒火："要不你先换衣服，吃了早餐再去上班吧。"

席唯愣了愣，果然在餐桌上看到了满满一桌早餐。

在一杯美式和几个三明治里，顽强地夹杂着一堆地道的老 B 市早点——正宗的豆汁儿、酥脆的焦圈、刚炸好的烧饼、黏稠喷香的炒肝儿、清香扑鼻的八宝粥，还有肉馅紧实的小笼包，荤素搭配，一应俱全。

"这都是你买的？"席唯掂量了一下自己的食量，看着这满满一桌子早点有点儿蒙。

"不知道你现在早点习惯吃中式的还是西式的，所以我让人都买了。"谢临川丝毫没有觉得有任何的不好意思，"要说都是我做的，不太现实，不过，都是找的最正宗的早点铺子订的，也算有诚意吧？"

谢临川嘴刁，早上偏爱吃粤式早茶，豆汁儿这种在他看来比较"反人类"的食物他是从不碰的，但这些东西都是席唯以前爱吃的。

天大地大吃饭最大，生气也不能委屈五脏庙。席唯打开豆汁儿的袋子嗅了嗅，早起的恶劣心情被美食治愈了不少，回头看到谢临川一蹦三尺远，说道："既然是吃早饭，你也别站着呀，过来坐，一块儿吃呀。"

谢临川摆了摆手，说出的话依旧是"霸总"式的豪言壮语："没事，我不饿。"他其实就是闻不惯豆汁儿的味道。

席唯白了他一眼，在餐桌旁坐了下来，席唯也没为难谢临川喝豆汁儿，自己全部消受了。

窗外鸟鸣声声，楼下是人间烟火。席唯吃饱喝足，冷眼望向在皮箱里翻衣服的谢临川："谢临川，你不是没钱？怎么买的早餐？"

谢临川摆了摆手："赚钱还不容易？想当年，我在天桥下边倒卖万能充，一天就卖了小一千。现在没啥机会自己摆摊了，不过，赚个早餐钱还是不在话下的。"

席唯揉了揉太阳穴："说人话。"

谢临川收了神通，说："找我助理给转了点儿钱，过几天开工资再给他补回去。"

席唯不由得鼓了鼓掌："要不说你们家能富呢，自家员工的羊毛逮住就薅，佩服佩服。"

谢临川毫无愧疚，说道："苏念粘上毛就是猴，他能吃亏？借我两万块，工资直接涨两万，选择一顿饱还是顿顿饱，人家比你清楚。"

说着，谢临川意有所指地扫了眼席唯："怎么样？要不要来我公司上班？肯定比你天天泡在门诊和实验室轻松。"

"这个饼，等你账户解封了再画也不迟。"席唯毫不动摇，自顾自将盘子、碗收拾好。

谢临川自觉地把垃圾收拾出去，嘴里还在继续画饼："真不考虑一下？哥现在特有钱，你给我当个助理什么的，绝对不吃亏，奋斗出来的家底都有你一份，考虑考虑？"

席唯冷冷地说："不好意思，不缺钱。"

谢临川："……"

谢临川："走吧，一起去医院。"

"哦。"席唯下意识地应了一声，紧接着就反应过来，"嗯？谢临川，你不上班，跟着我去医院干什么？"

谢临川疑惑地看着他："怎么了？我一个病人家属，去医院探望我爷爷，难道不是很正常的事吗？"

职工宿舍和特需病房在医院的两个对角上，两人下楼之后，一路穿过住院大楼、行政楼和门诊部。许多住院患者家属都提着早点脚步匆匆地走进某一栋楼，有些患者由家属推着，在林荫道上散心。

轮椅的轮子在石板路上轧出一些很细小的摩擦声，路两旁的杨树叶子已经开始见黄，晨风微微吹过，叶子就哗啦啦地响。

席唯远远地看到一对夫妇停在林荫道上，丈夫病容憔悴地坐在轮椅上，但仍旧努力地捡起一片叶子递给妻子，两人相视一笑。席唯垂下眼帘，脚步轻轻地绕过了那一段路。

谢临川："怎么了？认识？"

席唯平静地"嗯"了一声："我的师兄，和协医院最优秀的外科医生。"

谢临川蹙眉："那他……"

席唯轻声说："甲状腺癌，幸运的是发现得早，应该很快就可以出院了吧。"

席唯说话的时候神情平静，可不知道为什么，谢临川看着他淡然的样子，忽然感觉心头有些沉沉地发闷。

甲状腺癌的治愈率很高，手术预后也相当乐观，顺利的话，这位大夫很快就可以重返工作岗位，但谢君怀的病就不同了。胰腺癌是治愈率和预后最差的癌症之一，致死率高达95%，复发后生存期一般最长不超过半年，席唯当初给了他一年的承诺，谢临川面上不屑，其实心里是十分震撼和感激的。

他知道要将这个时间从半年延长到一年，要花费多少心血。

谢临川虽然是开生物制药公司的，但本身并不是学生物的，当初投资办生物制药实验室，一大半是因为他爷爷早年初次确诊胰腺癌的时候，他听说很多疾病都因为专利问题无法使用合适的药物，所以才把自己投资赚来的钱都投进了生物制药这一行。本着真到了那个时候，起码自己有权利去合成一些药物来为爷爷续命的想法，谢临川没有考虑太多，一头就扎进了这个当时对他来说十分陌生的领域。

开始的时候，实验室制药没有成品专利，还要靠做试管、试剂等一次性耗材，才能把公司的盈利带成正数。

幸运的是，他们赶上了风口，实验室一下阔了起来，成了公司，有了钱，上了市，专利药物也紧跟着不断成功研发，虽然原研药还是很少，但是派生药已经有了广阔的市场，很受欧美一些小国家的欢迎，在国内的反响也很好。

现在，谢临川已经不缺钱了，作为公司的创始人，在公司上市之后，谢临川光是每年的分红都能拿到手软。可即便谢临川将绝大部分钱都砸进了胰腺癌项目，胰腺癌的特效药研制依旧进展缓慢。

似乎是感受到了谢临川的心情，席唯沉吟片刻说："谢爷爷的病历我已经研究了几遍，也拿到了核磁共振的结果，从目前的情况来看，癌细胞扩散得不算快，也没有引起其他并发症。我给谢爷爷申请了基因分析，看看能不能试试靶向药。"

谢临川笑了笑："老爷子他自己还常说，'生死有命，修短素定，非彼药物，所能损益'。八十多岁的人了，比我们看得开。治这个病有多难，我们一家人都知道，也做好了心理准备。所以说，能让老爷子吃到年三十的饺子当然好，如果实在留不住，我代表我们家跟你保证，绝不会埋怨你。"

席唯打断了谢临川的话，认真地说："我比任何人都希望谢爷爷长命百岁。看着生命在眼前消逝，却又无能为力的感觉，我永远都不想再经历。"

谢临川难得语塞，不知席唯说这句话的时候，是想起了自己的父母，还是想起了他的病人。

接下来的路程，两人变得沉默起来，席唯有意加快了脚步，比平时还要早一点儿到了办公室。

刚刚坐好，谢临川和护士长就再次推开了他办公室的门。

护士长面带焦急，谢临川则神情严肃。

席唯吸了口气，站了起来，快步往外走："怎么了？"

"8床的病人谢君怀，血压急剧升高，经抬高腿部缓解无效，血压依旧在持续上升！"

席唯反应极快："排除血栓性静脉炎，很有可能是腹水，昨晚的排便情况？"

护士长立刻接话："排便正常，无血便！"

席唯点点头："通知手术室马上做好术前准备，问问刘医生在不在，不在的话喊孙医生过来麻醉。"席唯拿出手机，给池惊鸿发了条消息：

准备手术！

护士长焦急地说："可是巴副院长还没回来，谁主刀哇？"

席唯定定地看向谢临川："我在国外交流两年，专攻肿瘤，回国之后也是主攻肿瘤临床研究，如果你信任我……"

"我信，就由你来主刀，我可以现在签字。"谢临川斩钉截铁地说。

席唯点点头，所有人迅速行动起来，开始准备手术。

谢老爷子的情况着实不太好，虽然没有血便，但腹部此时已经明显鼓起，和老爷子消瘦的身体完全不成比例，此时老爷子因为剧烈的疼痛已经趋近昏迷，浑身不自主地颤抖着，在察觉到来人之后，老人颤抖地伸出了手。

席唯一把握住谢爷爷的手，在他耳边笃定地说："谢爷爷，接下来交给我，我一定把你带回来。"

谢爷爷缓缓地点了下头。席唯一挥手，抢救仪器瞬间就接了上去，接着连带着病床一起推出了病房，急救通道已经提前准备好，病床直接推进了电梯，随即直上顶层的中心手术室。

包括池惊鸿在内，两名手术医生、三名护士和一名麻醉医生已经准备就绪。病床推进手术室后，席唯在第一道门处迅速进行了消杀，回头看了眼一直默默跟在后边的谢临川，然后大步走进了手术室。

随着手术室门口的红灯亮起，一道钢铁大门挡住了谢临川的视线。

换上手术服的席唯浑身气势骤然一变，他沉着冷静，迅速下达一条条指令，整个手术室以他为中心，大家都飞快地忙碌起来，和死神抢时间。

看着眼前紧闭的手术室，刚刚签署了数份手术知情同意书的谢临川才缓缓地塌下肩膀，脱力一般靠在手术室门口的墙壁上。

拿起手机，谢临川犹豫再三，还是将谢老爷子正在经历抢救的消息通知了父亲和大伯，但两人此时都因工作而难以脱身，在电话里都说尽量安排，尽快赶过去。

谢青山在外地，大伯母和妈妈都不能受太大的刺激，弄来弄去，最后还是只有谢临川一个人等在手术室门口。

谢临川异常安静地坐在长椅上，从太阳初升到日落西山，手术室下达了两份病危通知书，护士出来取了三次血，拿了两次药，直到顶层所有手术室外面只剩下谢临川一个家属，那盏刺眼的红灯终于熄灭了。

谢临川下意识地迈步，却因为肢体僵硬而跟跄了两步，顾不得酸胀的腿，他强行站直身体，走到了手术室的门前。

一脸倦容的席唯走了出来，手术服上还有几处明晃晃的血渍，他一边往外走，一边跟护士交代病人接下来需要注意的事项。

见到谢临川，席唯疲惫地朝他笑了笑："患者的病因是肿瘤浸润胃部及十二指肠，导致门静脉高压和胃出血，好在抢救及时，手术还算顺利，老爷子要等一下才能出来，先进ICU观察3天，指标正常就可以转回普通病房了。"

池惊鸿顾不得自己头上的卷发已经完全被汗水湿成一绺一绺的，他拍了拍谢临川的肩膀，感慨道："遇到我师兄，你就偷着乐吧，腹水引流，浸润部分摘除加上十二指肠除幽门外全切，两台手术并一台，避免二次手术造成的肠粘连，换谁来都不可能做得这么利索。当初听师兄的话去非洲深造是对的呀，在那边天天做手术，睁开眼睛就是瘤子，闭上眼睛还是瘤子，割了不知道多少个瘤子才锻炼出我们俩这样的人才，不然，光是站十二个小时我都站不住。"

谢临川动了动有些干裂的嘴唇正想说话，席唯摇了摇头："别听他瞎说，谢爷爷抢救及时，指标也没问题了，如果能顺利度过这三天，就算又闯过了一关。伯父伯母呢？"

谢临川低声说："他们走不开，晚点儿过来。"

席唯颔首："晚点儿来也好。现在谢爷爷情况稳定，可以只留一个人守着，其他人等明天ICU探视时间到了再过来。"

两人交谈中，手术室的门再度打开，一名医生推着谢君怀的病床缓缓出来，看向席唯的眼神都带着敬佩。

"席大夫，辛苦了。"

席唯点点头："感谢大家配合，回头到我那儿喝茶。"

席医生办公室里捞口水都比别的地方的甜，这是医院里所有人的共识，几个医护人员受宠若惊地点了点头，卖力地推着病床走了。

医院是最讲究实力的地方，有些手术，能就是能，不能就是不能，比如席唯今天的这台手术，医院里有能力完成的不超过十个人，其中还要包括院长、副院长和几位返聘的专家。

席唯到和协之后，背后议论的人也不少，但他通过这台手术，为自己的能力做了一个有力的证明。

"辛苦了。"谢临川真诚地道谢，席唯微笑着拍了拍谢临川，两人随后分开，谢临川快步跟上了病床。

临走前，谢临川回头看了一眼——走廊昏暗的灯光下，席唯在跟接管的护士交代注意事项，看起来跟平时冷冰冰的他判若两人，有一种近乎神圣的感觉。席唯是真的很喜欢当医生吧，谢临川这样想。

交代完注意事项后，席唯换了衣服出来，池惊鸿则利用最后的精力喝了几口水，两个人也不打算回宿舍了，好不容易才挪到办公室，一人一张折叠床，累得很快就沉沉睡了过去。

谢临川的父亲在手术结束几个小时后才赶到，听ICU的护士说谢老爷子还睡着，各项指标也都稳定在正常范围内，才真正松了口气。

谢父："是小唯主刀抢救的？"

谢临川点了点头："这台手术难度很高，席唯完成得很出色。"

谢父感慨万分："要是当初你席叔叔没有出事，小唯应该有比现在更高的成就，这么好的医术，将来一定会大有发展。"

谢临川很赞同："以前的事情没办法改变，他现在在医院潜心研究，将来肯定还会有更大的提升。"

"年轻人肯沉下心搞研究，脚踏实地稳扎稳打，一定会有进步的。"谢父郑重道，"小唯是我们家的救命恩人，我问过院长了，院长也很认可他本人的能力。这台手术风险很大，辛苦他了。"

谢临川应了声："嗯，我知道。"

谢父点点头，在ICU门口的小沙发上坐了下来，揉了揉眼睛："你去休息一下，今晚我在这里。"

谢临川没拒绝，给谢父要了条毯子，等谢父疲惫地合上眼小憩，才悄悄离开。

第二天早上起来，池惊鸿发现自己感冒了。

池惊鸿揉着鼻子，瓮声瓮气地说："肯定是昨晚忘关窗户着凉了，听说到了咱们这个岁数，都是医院的潜在客户群体了！"

席唯掀开毯子，摸了摸自己的脑门儿，没觉得自己有什么问题，然后说："是不是昨天在手术室里冻着了？我当时叫你穿上袜子，你非不听。"

"那玩意儿长得跟丝袜一样，我堂堂一大老爷们儿，怎能为区区静脉曲张折腰？"池惊鸿说着说着，有点儿委屈，"而且也没谁说穿那个可以防止着凉啊！"

谢临川过来的时候，看见池惊鸿顶着一头乱毛在那儿一直抽鼻涕，默默地递给了他一个口罩。

池惊鸿接过口罩下意识道谢："谢谢呀！——大哥？您怎么在这里呀?！"

谢临川有些无语，没好气道："你昨晚抢救的是我爷爷，我能不在这里吗？"

池惊鸿打了个哈欠："哦，起太早了，脑子还没有反应过来。"

席唯强忍着困意说："得了，别聊了，快洗把脸去吃个早饭，我去查个房。"

"我给你带！"

"我帮你带！"

谢临川和池惊鸿异口同声，接着看了对方一眼，又同时开口："想吃什么？"

席唯沉默了一下："算了，我就不吃了。"

池惊鸿和谢临川两人一人一边，将席唯给夹在了中间。

"一起去咯！"

两个人推着席唯就到了医院旁边的庆丰包子铺。

昨天一天都忙，三个人基本上都没吃什么东西，谢临川跟池惊鸿两人吃得很香，但席唯有些吃不下去，一般他饿过了头之后再吃东西，反而难受。

席唯习惯了自己的肠胃，只点了一杯小米粥一口一口地抿。

三个大男人吃饭还是很快的，解决了早餐后，谢临川提着一份给谢父准备的早饭，跟两人一块儿去了ICU。

谢父正在打电话，谢临川的大伯似乎临时有会来不了。谢临川将早餐为谢父摆放好："你回去吧，爸，爷爷这儿有我看着，不会有事的。"

谢父叹了口气，拍了拍谢临川的肩膀："临时有工作安排，你多辛苦一下吧，你爷爷醒了告诉我。"

谢临川点了点头，谢父又同席唯握了握手："小唯呀，我是你谢伯父，我们家老爷子的情况我也了解，这次太凶险了，如果没有你……唉，伯父代表谢家，多谢你了。"

席唯摇摇头，温声道："谢伯父，我是医生，救死扶伤是我的本分，即便是其他病人，我也会尽全力救治的，更不用说谢爷爷是看着我长大的长辈。"

谢父感激地拍了拍席唯的手背，看了谢临川一眼，犹豫了一下说："你跟小川是打小玩到大的，以后有什么需要帮忙的，你尽管开口。我和你爸爸也是相识多年了，有需要帮忙的地方我不会袖手旁观。"

听到谢父提到自己的爸爸，席唯沉默了一下，而后回道："虽然不知道未来怎么样，不过还是先谢谢您了。"

谢父微笑着，满意地点了点头，早饭也没吃就急匆匆地走了。

席唯目送谢父离开，掏出手机给ICU的值班医生打了个电话，没一会儿，对方发了一张照片过来。

席唯将照片给谢临川看："谢爷爷已经醒了，麻醉药药效过了，早上有点儿疼，给上了止疼药，又睡了。"

谢临川接过席唯的手机，点了几下，又将手机还给了席唯。

席唯接过来一看，他的微信居然已经被谢临川加上了好友，照片被直接转发给了谢临川不说，谢临川还在席唯的手机上给他自己的微信账号改了备注："ＡＡＡ病人家属小川哥"。点开用户名，谢临川的网名是"临川"。

席唯："……"

谢临川这时已经开始评价起了席唯的微信账号："你这朋友圈啥也没有哇？等等，你不会屏蔽我了吧？赶紧打开……"

席唯："谢谢，但大可不必。"

确认了谢君怀情况稳定，席唯和池惊鸿脚步匆匆地赶回了岗位。

没办法，医生的工作就是这样，排班儿是排班儿，手术是手术，你做手术熬的夜跟我排班儿有什么关系？尽管哪哪都疼，这个班儿该上还得上。

池惊鸿给自己开了瓶点滴，举着滴流瓶子去门诊了，席唯继续回特需病房查房，伺候那几个不太好说话的老爷子、老太太。

查房查了一圈，也就快中午了，今天不用开会，席唯下午找机会跟院长提了借院里实验室的事，没想到院长居然相当痛快地同意了，并且直接批给他每周 72 小时的实验室使用时间。

席唯抓紧时间带着资料去了实验室，希望能够找到具核梭杆菌抑制剂乳酸菌胞外多糖的有效合成方式。这种多糖虽然被证明可以抑制具核梭杆菌对癌细胞的扩散和迁移作用，但是国内一直没有十分成熟的技术对其进行批量合成，而且它的使用剂量、浓度上的最佳比例也是让药物发挥最佳效果必须解决的难题。

之前，席唯没有在这方面投入过多精力，一方面是自制药物仅限自用，不能传播；另一方面，他也没有那个资质去申请批号。但是现在谢临川来了，这一切都不成问题，这实验也可以继续做下去了。

只要他有了完整的论证和结果，谢临川那边一定不会有问题。毕竟这个东西研究出来，第一个受益者就是谢君怀。

在实验室里待到关门，席唯才收拾好器材，从柜子里拿出手机，缓缓朝外走去。

刚打开手机页面，就见到"小绿饼"图标上明晃晃的一个大红点。

席唯点开一看，池惊鸿发来两条，剩下99+全部来自"AAA病人家属小川哥"。

席唯忍不住扶了扶额头，皱着眉头点开了消息。

接下来，席唯眼中谢临川的"霸总人设"碎成了一地渣，他是真的没发现谢临川原来是个话痨：

> 在吗？
>
> 好饿。
>
> 你下班了吗？
>
> 你吃饭了吗？
>
> …………

席唯看到弹出来的消息，无语了半天，回复：

> 不是，谢临川你不用上班吗？怎么这么闲？

他发完消息，把手机揣兜里就去ICU了。

刚走到ICU，就看到了坐在门外拿着平板在办公的谢临川，席唯没打扰他，到护士站了解了今天谢爷爷的数据记录，在病房外看了看谢爷爷，嘱咐完护士需要注意的几项数据之后，他才离开。

谢临川还坐在长椅上，看见席唯过来，他才起身。

席唯上前，缓缓道："谢爷爷的情况很稳定，估计明天就可以撤掉呼吸机了。"

　　谢临川点点头："白天我进去探视了，老爷子呼吸平稳，睡得也好。"说完，他抬手看了看手表，说："下班了吗？一起吃晚饭？"

　　席唯："下班了，我去换身衣服。"

　　席唯换好衣服下去的时候，苏念正巧在等电梯，谢临川交代了几句，就将平板连包一起交给了他，跟着席唯下班了。

　　"工具人"苏念千里迢迢地刚从川渝飞回来，就不得不苦兮兮地继续跟几个股东掰扯没敲定的几条目录，流泪到天明。

　　谢大少爷的车子多得开不完，不知道又从哪里摸到一把车钥匙，硬是从医院停车场里开出来一辆柯尼塞格 Agerar，一门心思将自己的"霸总人设"贯彻到底。

　　谢临川挑剔，嘴也刁，车要开最好的，爆肚也得吃最脆的，两个饿得饥肠辘辘的大老爷们儿，忍饥挨饿地一路穿街过巷，去了西城区六铺炕的一家爆肚老店金正隆，进门第一样，先把菜给点了。

　　两人点了一盘肚芯、一盘羊肉，外带两盘现捞的爆肚，两碗羊汤，都是现成的东西，这边捞出来，那边就进嘴。

　　谢临川和席唯埋头苦吃，直吃得杯盘狼藉、额头冒汗，才算祭了五脏庙。

　　临了结账的时候，席唯安坐在椅子上，不动如山，谢大少爷更加摆架子，双手一摊，坦荡荡地给了两个字："没钱。"

　　席唯看他一副理所当然的样子，咬牙道："谢临川，你行。"

　　席唯结了账，回头见谢临川站在那里，气得牙根痒痒。

　　谢临川把席唯气到发火边缘，又担心席唯把他扫地出门，于是装模作样地主动给席唯开了车门，做起了认真尽责的司机。

　　回屋之前，席唯忍不住问："谢临川，你到底什么时候搬走？"

　　谢临川刚才还兴奋得挑起的眉毛立刻耷拉下来，他挣扎着说："我是病人家属……"

　　"我给你加个陪护床。"席唯面无表情地看着谢临川。

谢临川眼睛动了动，说道："我没钱。"

席唯从口袋里摸出一张卡，往前一推："借你。"

谢临川干脆两手一摊："我身份证丢了。"

席唯深吸了一口气："你去找池惊鸿。"

谢临川更无辜了："我没他的联系方式，更何况我和他又不熟……"

"你不是他大哥吗？"席唯翻了个白眼。

手机嗡嗡振动了一下，谢临川打开一看，是席唯给他发了一张微信名片——"漫山菊花我最黄"。紧接着，他就收到了一条消息：

"漫山菊花我最黄"请求添加您为朋友

谢临川痛心疾首地说："你看看，这都是些什么人？我跟他住能有跟你住安全吗？"

席唯沉默了一下，似笑非笑地抬眸："可是，你跟我住，我不安全。"

谢临川连忙摆手："那不能够，我堂堂胡润榜上的潜力股，我是有底线的！你再收留我几天，总不能叫我流落街头吧，会上新闻的。"

席唯深吸了一口气，语重心长地说："谢临川，你这是无理取闹。"

谢临川一副理所应当的样子："我爷爷说过的，不能什么都讲道理，赢了道理，伤了交情，岂非得不偿失？"

"我还要你教我做事？"席唯气得攥紧拳头，实在无法理解他的脑回路。

席唯怒气冲冲地关上了卧室门。被谢临川这么一闹，席唯失眠了，躺在床上翻来覆去睡不着，无奈地拿出手机来"批阅"朋友圈。

往下刷了没几条，就看到了一张照片，上面是一个人的背影，席唯觉得有些眼熟，可一时半会儿又认不出是谁。

照片拍得有点儿模糊，不过仔细分辨，还是能看出来是在金正隆拍的，席唯摸索着在枕头边上找到眼镜戴上，仔细一看，瞬间瞪大了眼睛——

可不就是在金正隆吗，照片里拍的就是自己！

　　缩小照片后，果然是"AAA病人家属小川哥"发的朋友圈，文案十分不要脸地写着：唯仔请吃饭。

　　席唯有些不满，迅速地点进谢临川的头像，选择了不看他的朋友圈。过了一会儿，又改了回来。思来想去还是有些不甘心，将"AAA病人家属小川哥"的备注名改成了"打秋风的"，顿了顿，又换成了"不太熟的病人家属"，这才关掉了朋友圈。

　　刚刚只顾着置气，席唯没有洗漱就上了床，现在是哪哪都不舒服，实在忍不住了，席唯踮着脚下了床，趴在房门上听了一会儿，客厅没有动静，于是松了口气，轻手轻脚地打开了房门。

　　安静的客厅传来刺耳的一声，吱呀——

　　席唯的动作瞬间僵住，只觉得自己的心率都飙升了，缓了好一会儿，见谢临川只是在沙发上翻了个身，这才无声地松了口气，从门缝里蹭了出去。

　　黑暗里，席唯拉上浴室的门，一道水雾倾泻而下，雾气朦胧间，席唯劲瘦的身体若隐若现。摸黑迅速地洗漱完，席唯半湿着头发，蹑手蹑脚地回房，路过客厅时，听到谢临川呢喃："唯仔呀，乖乖睡吧，待会儿要下雨了。"

　　席唯脚步一顿——他小的时候怕打雷下雨，谢临川每次来哄他睡觉的时候，都是这样拍着他的脑袋安慰他。

　　席唯钻回了自己的房间，直到盖好被子，才长长地出了口气。困意比平时更加汹涌地包裹了席唯，他不自觉地打了个哈欠，循着一股淡淡的茶香进入了梦乡。

　　一觉到天明。

　　谢临川神清气爽，席唯也恢复了精神，只不过表情古怪，像是遇到了什么难题可又一言难尽的样子。

　　谢临川伸了个懒腰说："再睡会儿，早餐等一下才送到。"

席唯的确还没睡醒，呆呆地"哦"了一声，就回去继续补觉了。

谢临川无声一笑。很快，门铃响了一声……谢临川一边打开包装盒把早点都摆开，一边喊席唯："唯仔，醒醒神，再过十分钟就可以吃饭了。"

"不要——叫我——唯仔！"房间里传来席唯的抗议声。

过了几分钟，席唯顶着一头乱糟糟的头发，眯着眼睛打开了房门。

谢临川熟练地将盒子里的培根和面包拿出来，或煎或烤："今天是西式早餐，你吃煎蛋还是温泉蛋？"

席唯揉了揉眼睛："都行。冰箱里有牛奶和麦片，要吗？"

谢临川瞥了席唯一眼："你要吗？"

席唯摇头："我喝咖啡。"

谢临川："好，我帮你冲咖啡。"

席唯拉开冰箱门，拿出半个西瓜来，手起刀落，西瓜几下就变成了西瓜果切。他朝谢临川不怀好意地笑了笑，温柔地问："谢临川，要不要吃西瓜？"

谢临川有点儿犹豫："大早上吃西瓜会不会……要要要，要吃的，早上吃西瓜，凉快。"

席唯将一整盘西瓜都推到了谢临川面前："吃吧，不要浪费。"

谢临川："……"

谢临川："吃不完可以打包吗？我有一个朋友，特别喜欢吃冰西瓜。"

席唯将手上的水果刀放回到刀架上，抬头问他："你说什么？"

"我有一个朋友……算了，我吃。"谢临川干脆地吃了一大口西瓜。

席唯吃着谢临川煎好的培根鸡蛋三明治，喝着现磨的咖啡，惬意地笑了起来。

今天早上，谢临川没有同席唯一道儿出门。

席唯出门的时候，谢临川还在卫生间里"思考人生"。

席唯十分善解人意地给谢临川准备了两片硫酸庆大霉素片，难得心情愉悦地去上班了。

半个小时之后，面有菜色的谢临川颤抖着从卫生间里挪了出来，弓着腰，驼着背，头上还冒着虚汗，强撑着给桌子上的西瓜拍了张照片。

席唯打开手机后，刷到的第一条朋友圈就是"不太熟的病人家属"发出的西瓜特写照，配文：唯仔早起做的暖心水果切。

"漫山菊花我最黄"秒点了个赞。

席唯深深地吸了一口气，感觉自己的自控力已经抵达了丧失的边缘。

第二天，席唯被派发了临时任务——池惊鸿的感冒加重了，据说是吃了凉的东西，现在上吐下泻，门诊是没法坐了，只能在家"挺尸"，席唯作为他的好兄弟，被临时调到门诊顶上。

只是每次席唯坐门诊都很邪门儿：别的老师或者师弟师妹坐门诊，挂号的人就不是很多，但是一到他坐门诊，挂号的人争先恐后，一上午几十个号，他几乎连喝口水的时间都没有。这个邪门儿的体质让他在他们科里出了名，那些师弟师妹都戏称他是"天选门诊医生"。

值得高兴的是谢老爷子醒了，呼吸机也撤掉了，恢复了自主呼吸，席唯建议可以转回普通病房，只是仍然需要打营养液，不能进食。

这样一来，一上午几十个号也不算难熬了。席唯仔细写好注意事项，送走一位病人之后，按了下一个号。诊断室的门一开一关间，席唯似乎听到一个小姑娘抱怨了两句，抬起头，见到一位中年妇女坐了下来。

席唯看了一眼电脑："叫什么名字？"

这个大姐大大咧咧地说："俺叫季春芳！"

"季春芳？"席唯蹙眉，滚动鼠标，他看了眼屏幕，"45 号病人不叫这个名字，我看看，你是……78 号？"

季春芳胖手一挥，对插队的事毫无愧疚之意："俺着急，俺寻思那姑娘看着也没啥事，就让她等等！"

席唯面无表情地朝门口叫："45 号？"

小姑娘本想进来，被季春芳瞪了一眼，又颤巍巍地缩了回去，小声说：

"您先给她看吧，我这个是复查，不着急的……"

季春芳得意地翻了个白眼："现在行了吧？"

席唯沉默了一下，用指头叩了叩桌面："下次不要这样了。就诊卡放这里，身体哪里不舒服？"

季春芳眼珠转了转，吞吞吐吐："也没哪里不舒服……就是，有点儿头疼，唉，我说医院就不该来，我还要干活儿呢！孩子非让我来！"

门口一个小伙不好意思地跟了进来，赔着笑说："医生，我妈昨晚突然头疼，疼得还怪吓人的。差点儿晕过去，血压也上去了，吃了两片降压药才好，把被子都汗透了。早上起来，我妈说原本是脑门儿疼，现在连着脖子、胸口也疼，自己吃了点儿止疼片才起来。您给看看我妈是不是哪儿不对劲了，不好意思哈！"

席唯眉头一皱，第一时间想到了主动脉夹层，他将一个小布枕放到桌面上，温声对季春芳说："把手腕放上来，我看看脉搏怎么样。"

季春芳将手腕放了上去，嘴里还嘟囔着："估计呀，这两天卖菜起早贪黑缺觉了，你给我开……开点儿便宜的止疼药就行。"

席唯没说话，按了一只手，又让季春芳换了另一只手，两只手腕的脉搏一快一慢，差别明显。

"之前有过动脉硬化或者动脉炎之类的疾病吗？"

季春芳不知所措地摇了摇头："俺这么大岁数，生孩子都没来过医院，哪儿知道啥动脉不动脉的。大夫，我身体挺好的，你就给我开几片止疼片……"

席唯的面色有些沉重，他招手将季春芳的儿子喊了进来，仔细给他们母子俩解释道："患者现在的情况，非常像是主动脉夹层的症状，这个病是主动脉结构异常导致的，在血压过高的时候，主动脉的内膜层就会撕裂，跟原本的动脉结构形成两个腔体，内膜层分离的时候，会造成十分剧烈的疼痛，如果放任不管，随着血液的冲刷，随时都会造成动脉血管破裂，是个很凶险的病……"

季春芳张大了嘴巴，过了一会儿嚷嚷道："你这小大夫，浑说的吧？我就是头疼，你扯来扯去吓唬我做什么？医院就可以叫患者浪费血汗钱哪？"

季春芳的儿子按住了她，身体前倾，追问道："医生，您别跟老太太一般见识，这个……哦，夹层，那能确定吗？"

席唯摇了摇头："现在外在的症状和你描述的情况，和主动脉夹层都很相像，但也要考虑其他情况的可能性，比如动脉病变相关的问题。你们现在需要去做一个加急胸部 X 线平片和超声心动图，如果条件允许的话，建议再做一个头部 CT 以确定病状，以免耽误治疗。"

季春芳的儿子毫不犹豫地点点头，犹豫了一下，又问："大概要多少钱？今天出来得急，我就揣了两千块钱，不够我再回去取。"

席唯还没说话，季春芳噌地一下就跳了起来，大手给儿子后脑勺儿来了一下："败家子呀你，看个病花两千块钱？我平时吃的一片药才五毛钱，知道不？我辛辛苦苦卖菜供你念书，你当钱是大风刮来的呀？"

席唯揉了揉太阳穴："季春芳女士，这些检查要不了两千块钱，能走医保，过了门槛费还可以另外报销一部分……"

"我要是有医保，我还讲什么？你们现在这些医生哦，小小年纪，医德都败坏了，就知道做检查、开药，那我们来看医生是为啥呢？我直接买药不就好了？"

席唯摇了摇头，口中淡淡道："基于医生的职业道德，季春芳女士，我劝你冷静一点儿，你现在不能太激动，最好是马上住院，不要有太猛烈的动作……"

季春芳被席唯的最后一句话唬得一愣，呆了呆，忽然一拍大腿站了起来："我不看了！信了你的鬼话才要坏事！儿子，咱们走，去街道的卫生所！"

季春芳拿眼睛觑着席唯，嘴里嚷嚷着，手上推搡着自己的儿子。

席唯给助理医师小刘使了个眼色，小刘点点头悄悄溜了出去。席唯看了一眼屋子里的监控，见红点还在闪烁，沉住了气。

席唯敲了敲桌子："就诊卡记得带走。"

季春芳登时不干了，磨磨叽叽的，又不走了，非要席唯给开止疼片。

两个保安敲门走了进来："席大夫，这里发生什么事了？"

席唯看着进来的两个保安："患者情绪比较激动，身体也不好，不建议肢体接触，劝他们到外面冷静一下吧。"

季春芳嗷的一声坐到了地上："哎，你这个医生怎么这样绝情，见死不救哇！"

席唯扫了一眼电脑："要看的话，我现在就给您开检查单子。"

季春芳眼珠转了转："我没钱……"

席唯吸了口气，从抽屉里找了几张单子出来："如果条件不允许的话，医院这里有一些扶助的项目，需要您事后去开几个证明，这样就可以免除大部分的诊疗费用，但是在那之前还是要自缴费用的。因为等证明的时间对您来说太久了，我的建议是立刻检查，尽快确定病因。"

季春芳眼疾手快地拽过那几张单子，快速扫了一遍："我户口不在这儿，开个证明还得去户口所在地？我就为了这几千块钱还要跑一趟老家呀？你知道我卖菜一天能赚多少吗？"

"我妈的病要是给耽误了，你负责吗？"

本来一上午看病的人就不少，遇到这种胡搅蛮缠的，更让人心累，席唯有点儿疲惫，摘下眼镜擦了擦，目光看向季春芳的儿子："那您二位可以讨论一下，看看倾向哪个方案，或者等我们主任过来，你们把自己的想法跟主任沟通一下。您这一会儿说每天赚大钱，一会儿说医药费出不起，说实话，我是不太懂。看您前几次看诊记录，自费交款也挺痛快的，怎么到我这里就难了？我是真心关注您的病情，希望您能尽快检查，落实情况。"

季春芳怎么说都不干了，唉声叹气地坐在地上拍大腿，她被两个保安盯得死死的，要去扑席唯都没机会，只能越喊越大声。

席唯烦躁地皱起了眉。正如他说过的，他对理智在线的病患有着十足的耐心，但是对季春芳这种人，他一句话都不想多说。

可怜吗？不见得，她穿戴的一身假牌子也要不少钱。活该吗？也不见得，每条命都只有一回。奈何她自己都不把自己的命当一回事，还指望谁把她的命当一回事呢？

就在这时，一个年轻的大夫绕过门口围观的人群走进门诊室，腼腆地跟席唯打了个招呼："席大夫，徐主任在准备手术，嘱咐我代他过来一趟。"

席唯暗道一声"终于来了"，站起来同他握了握手："商曜师弟吧？这边有一位疑似主动脉夹层的患者，但是对检查项目有顾虑，主要是费用方面的考量……"

席唯将事情简单地跟商曜叙述了一遍，商曜认真听完后，眨了眨眼睛，打量了一下季春芳母子二人，想了想，笑着说："阿姨，您今天是走了好运气而不自知呀，席大夫是我们医院内科经验最丰富的大夫之一，而且席医生在国外期间，得到了很高的评价，平时席医生都是给特需病房那边看病的，不轻易来门诊这边，您想想，特需病房里住的都是什么样儿的人呀？能去那儿坐诊的大夫，没有两把刷子能成吗？"

季春芳的态度缓和了一下，指着席唯道："哦，那他还是年轻有为的哦？"

商曜煞有介事地"嗯"了一声："可不是？很多人专门来找他都不一定能排到号呢，所以呀，您要对席大夫的医术有信心！"

季春芳不嚷嚷了，有些不太情愿地说："那检查费用也太贵了！我们就是打工的……"

"这您不用担心，看您这岁数，又是劳动人民，恐怕平时血压多少会有点儿浮动吧？"商曜笑吟吟地拉着季春芳的胖手，不动声色地将季春芳按回了椅子上。

季春芳惊讶地抬起头："你怎么知道？我有高血压，要常年吃药的。"

"当然是席医生告诉我的，他刚刚不是给您面诊了一下吗？"商曜不愧是巴副院长的亲传弟子，说话做事滴水不漏。他半蹲在季春芳旁边，"阿姨，这些检查的确是不便宜，但我们医院是公立的，没有外头传的那些绩效指标什么的，给您开的检查，我看都是十分必要的，如果实在有顾虑，我这儿有个折中的办法，您要不听听？"

商曜的话让季春芳十分受用，点点头示意他继续说。

商曜笑了笑："我们医院有一个高血压药物的临床跟踪项目，报名就送一套身体检查，里头就包括您要做的那些项目，您之后如果愿意参加项目呢，就过来吃药治疗，我们免费提供药物，还报销车费；如果不愿意过来，检查完后过一周取消报名就行，也不用您付费，您看怎么样？"

季春芳有些心动："免费体检？多少钱的套餐？"

商曜想了想："一套下来大概价值是 5000 多吧，走的是药物临床试验专项经费，直接就能报销，不需要您预交费的。"

季春芳一拍大腿："那我报名！你给我开个单子吧！"

商曜看了席唯一眼，席唯点点头："等结果出来，我第一时间确认。"

商曜得到了确定的答案，很快喊来了人给季春芳开了体检的单子。

季春芳占了便宜，高高兴兴地带着儿子走了。

见季春芳终于配合治疗了，商曜松了口气："这下她算有救了，临床跟踪项目的问题也解决了，一举两得。"

席唯看着季春芳离去的方向，不置可否地说："好心不见得可以办成好事，商医生以为她的问题是钱的问题？"

商曜不好意思地摸了摸后脑勺儿："席医生，我是做错事了吗？"

"那倒不算，只不过种了善因，很难得善果罢了，以后……你慢慢就习惯了。"

商曜似懂非懂地说道："你是觉得……她还会出别的幺蛾子？"

席唯笑了笑："不好说，到时候如果商医生需要我，可以随时叫我。无论如何，这次都要多谢你的。"

商曜哈哈一笑，挠了挠头："不用客气，说起来，我还是你的师弟呢，你叫我阿曜就行。"

席唯也没有跟商曜客气，两个人留了联系方式后，商曜就急匆匆地走了，席唯继续叫了下一个号。

因为席唯这里给标了加急，季春芳的检查结果下午就出来了。

席唯从电脑端看到扫描结果后，眯了眯眼睛，有些不解，检查结果显示，季春芳不但没有主动脉夹层，就连另外的怀疑病症蛛网膜下腔出血都没有指征，甚至连血压、心率都恢复了正常，只不过有些脂肪肝。为此，席唯还特意给检验科打电话核实了名字，确定没有搞错名字，这才压着心中的不安，继续看诊下一个人。

另外，之前商曜跟季春芳母子二人说好了让他们在医院等检查结果，然后回来复诊，但直到席唯下班，也没见他们过来。

结果，到了晚上就出事了。

商曜给席唯打了个电话，言简意赅地说："席师兄，出了点儿状况，你还记得那位叫季春芳的病人吗？她死了，死因是主动脉夹层破裂。现在病人家属在五楼会议室，情绪非常激动，费副院长要你马上过来一趟。"

和协医院每天接诊成百上千来自全国各地的病人，医疗体系相当完备，管理层身经百战，面对一些突发问题和医疗事故也都能从容应对。

这一次，席唯并非主要责任方，病人家属控告的对象主要是商曜，他们认为商曜开具的体检单子不符合正常检查标准，并且给出了错误的检查结果，直接导致了季春芳的死亡。

席唯则因为是诊断医生，被怀疑负有连带责任。

席唯到会议室的时候，院方调查组的人已经基本把事情还原了出来，并且正在给病人家属播放医院的监控录像。

席唯对季春芳的体检结果和她本人出了意外之后院方给出的确诊结果之间的差异，百思不得其解，进了会议室之后，他就安静地站在一旁观看监控录像。

一开始，监控里播放的是季春芳跟儿子来到医院门口的录像，二人拉扯了一阵儿，似乎两个人有点儿小矛盾，后来季春芳还是不大情愿地跟着儿子进入了医院门诊部。

在她儿子挂号的时候，季春芳不断地看手机，其间还回了几条消息，打了一个电话，之后就有些焦急。

再往后就是她在门诊室就诊，跟席唯和商曜之间的掰扯，这些席唯心中有数，因此没有细看录像，在季春芳出了门诊室之后，他才集中注意力，仔细地查看着季春芳的行踪。

看起来，商曜安排的课题组的人开了体检单出来之后，本来想带着季春芳去体检，被季春芳拒绝了之后，课题组的人就离开了。季春芳在医院走廊打了个电话，其间，她的儿子不断试图跟她说话，都被季春芳拒绝了。

半个小时之后，走廊里来了一个老太太，季春芳快步起身，一脸谄媚地跟她挽着手，还把体检单子给那个老太太看了，老太太认真看了看，两个人就说笑着离开了。

季春芳的儿子在原地站了一会儿后就赌气走了。

视频到了这里，不用往后看，席唯也知道是怎么回事了。

他无论如何也没料到，季春芳竟然会将医院给她的免费检查项目给了别人，这已经不仅仅是傻了，这让人无法理解的"小聪明"坑害了她自己。

后面的监控果然拍到季春芳带着那位老太太检查完了项目，之后，老太太说了几句话就坐车走了，季春芳似乎又开始头疼了，坐在医院门口的台阶上缓了很久，然后才起身慢慢离开。

四个小时之后，季春芳再回到医院时，已经是被救护车带回来的一具遗体了。

院方结束了录像播放，商曜面带遗憾地说："我们已经报了警，经过调查，季春芳为减免租金，在得知房东李女士想要体检后，将院方免费赠予她的体检项目转送给了她的房东李女士,以此来换取房租的优惠。这一行为为季春芳女士自愿且主动进行,院方在前期的诊断、援助以及之后的抢救措施上,都尽到了责任,因此,我们对季春芳女士的去世表示遗憾,希望家属们可以理性看待这一情况。"

季春芳的儿子坐在椅子上一言不发,沉浸在悲痛中难以自拔,她的丈夫以及几位女性家属原本还勉强坐在椅子上,在听出商曜话里表达的是医院不准备赔偿之后,立刻就不乐意了。

季春芳的丈夫抹着眼泪哭喊着:"你们明明有这么多的监控,可以通过监控追踪她到底有没有老实去检查,但是你们开了单子就不管了,但凡你们看一眼,我老婆都不会死的呀!"

旁边一个老太太也要横,重重地拍着桌子:"你们那个医生,说话一点儿都不温柔,我儿媳会死得这么快,难道就跟来你们这儿受了气没一点儿关系?鬼都不信!"

说着话,老太太眼珠一转看到了站在旁边的席唯,手上的一本材料直接就扔了过去。

"都怪你!搞那么多事,非说小芳有毛病,小芳就是让你给咒的,不然也不会死!"

席唯偏了偏头,材料摔在墙上,在石膏墙面上砸出了一个花生米大的凹坑。

拍了拍肩膀上的石膏渣,席唯凉薄的眼神扫过在场的几个闹事的人:"老人家,季女士挂我的号,我阐述诊断结果,这本身没有任何不合规的地方。您和病人朝夕相处,她身体不适,您应该劝她赶快就医做检查,而不是事后指责是被我咒的。"

"你们看看他那个态度!一脸冷漠,毫无怜悯之心!我作为病人家属,发泄发泄情绪不应当吗?他居然敢躲!咱们等着法院见吧!"老太太不愧是季春芳的婆婆,见席唯丝毫没有害怕,立即就恼羞成怒了,冲着席唯就扑了过来。

席唯站在原地未动，老太太跟她身后的几个女人凶神恶煞地就要朝他动手，有两个手上还抄着家伙要向席唯砸去。

突然的变故让其他人都没反应过来，就当席唯以为自己要挨打的时候，冷不丁的一道身影猛地越过席唯，挡在前面："医院不是要横的地方，报警了自然会有警察来调查，怎么，你还想自己动手？"

谢临川转头看向医院的副院长："费副院长，既然已经成立了调查组介入调查这件事，那现在不继续调查，要在这里眼看着病人家属对医生动手？"

费副院长一脸尴尬地站了起来，开始艰难地组织语言："这个，咱们现在是在跟病人家属沟通……"

谢临川瞥了一眼那几个老太太，一脸不屑地将手上的一本资料扔到桌子上："谁的家属？季春芳多年前就离婚了，这一大家子都是看她把孩子供上大学了，过来打秋风的主儿。这几个人里头，也就那小孩儿算是人家家属。医院真要把钱给他们，那才真是活该被告了。"

见院方的调查组的成员面面相觑，谢临川"嗤"了一声："就你们这个破调查组，实在闲得没事可以上我们公司，我安排下面的人免费帮你们好好培训培训。问题解决不了就报警，别谁都可以'个人正义'。"

谢临川看了眼席唯，说："走吧。"

席唯同费副院长点头道别后，与谢临川一同离开。

天色已经擦黑了，路灯还没亮起，回去的路上有些暗，两个人都没有说话。渐凉的微风萦绕着两人，打着旋儿在路面上升起，带起一片破碎的树叶，夜幕下，一切都静谧起来。

席唯先开口打破了沉默："谢谢你，帮我说话。"

谢临川最不喜欢听席唯说这些见外的话："你再说这些见外的话，信不信我现在就揍你？"

席唯不想在大庭广众之下跟谢临川打架，默念"好汉不吃眼前亏"，换了个别的话题："和协是你们的大客户，得罪了他们不好吧？"席唯想了想，谢临川好不容易赚几个钱，总不好因为自己，断了他的财路。

谢临川："大不了不赚这钱了，不缺那仨瓜俩枣的。"

因为要处理季春芳的事情，席唯暂时被医院那边放了两天假，这两天只需要在特需病房这边跟一下老人们的身体情况。

正好赶上节前，特需病房的病人都被家属接走过节了，席唯闲着也是闲着，得空就泡在实验室里。

因为担心谢老爷子的身体撑不了太久，所以为了尽快把实验数据跑出来，席唯只要一钻进实验室就是一天一夜，回了家也是倒头就睡。

在实验室里过了几天，席唯的苦心没有白费，总算找到了一条新的思路，细菌抑制剂的培养开始稳定起来，实验有了重要的进展，只要将成果重复操作几次，就可以进行下一步的实验。

趁着天还没黑，席唯去了特需病房，想把这个消息跟谢老爷子分享。一进门就见老爷子迅速将一个小玻璃瓶塞到了枕头下边，表情也很不自然。席唯眼睛眯了起来，板着脸走到病床旁。

"谢爷爷身体看来恢复得不错呀，都有精神馋酒了。"

被席唯戳穿的谢老爷子有点儿尴尬，随手把小玻璃瓶从枕头底下拿出来，对着席唯晃了晃："这就是个空瓶子，里头原来装的是酒精，我就留着闻闻味道。"

"好闻吗？"席唯歪了歪头，看向谢老爷子的眸子澄澈清明，莫名叫老人有种做了亏心事的心虚感。

谢老爷子讷讷地咧了咧嘴。

席唯笑了笑，弓身伸出手掌，也不说话。

谢老爷子只坚持了两秒，就在席唯的目光中败下阵来，气呼呼地将小瓶子拍进席唯手心里。

"小家伙，比我孙子管得还宽。给你吧，反正我还能攒。"

席唯随手把玻璃瓶揣进口袋，扶了扶眼镜，叹了口气："谢爷爷，您这是要破罐子破摔？"

谢老爷子"嘿"了一声，拍了拍自己瘦骨嶙峋的胸口："小唯呀，爷爷得病的日子都快比你的岁数大了，我什么情况，我自己能不知道？不如赚一个酒饱。"

席唯也不恼，轻笑一声，坐在病床前："谢爷爷是条汉子，宁要一顿饱也不要顿顿饱，亏我还帮你找了个新方案呢。"

谢老爷子眼前一亮，连声问："好小子，真的假的？爷爷这把老骨头，能撑到明年不？"

席唯眼里藏着一抹狡黠，一本正经地摇了摇头。

谢老爷子难免有点儿失落，勉强扯了扯嘴角，强颜欢笑："嘻，爷爷知道那有点儿不好办，能活到年底，年底就行……饺子嘛，吃了几十年，多吃一口少吃一口的，也没啥。"

席唯笑了，眼睛微微眯着，扬了扬手里的文件夹："如果您能乖一点儿，我可以让您多吃两次年三十的饺子，三次也不是没可能。"

说罢，他意有所指地瞟了一眼谢老爷子床边的小柜子："比如说，您能不馋酒的话。"

谢老爷子抬起眼睛，难以置信地看着席唯。席唯点了点头，轻声道："有希望了。"

"好，好……能多活两年，我这点儿工资还能再多帮几个孩子上学，这把老骨头还能再多做点儿事，好，不管怎样，爷爷先谢谢你了……"

谢老爷子脸上的皱纹似乎都染上了一丝红润的色泽，因为之前手术而略显灰暗的皮肤也恢复了一丝血色。

席唯脸上笑意浅淡，心里却松了一口气。

很多病人到最后，都是靠自己扛过去的，心态比任何药物都重要，他急着把希望给谢老爷子，也是怕老人家东想西想，到时候药还没研发出来，人就先垮掉了。

安顿好谢老爷子，请护士帮忙收起老人家主动上交的各式各样带着酒味的物品或者干脆就是没开封的酒，席唯提着病历本，再度返回实验室。

进实验室之前，照例是存放手机之类的个人物品，席唯在换衣服的时候，意外接到了一个电话，来自他定居香港的姑奶奶江南风。

其实这位拐着三个弯儿的姑奶奶跟席唯的血缘关系并不浓厚，不过老人家笃信轮回，席唯的出生日期和外貌特征都跟她某位重要的朋友一模一样，她就认为席唯是那个朋友的轮回；而席唯又选择了跟姑奶奶一样的职业，因此，老人家将席唯视为忘年交，隔三岔五就要发信息关心一下。

席唯硕士一毕业就立刻被和协请过来，姑奶奶功不可没。

看到是姑奶奶来电，席唯一向清淡怠懒的神情难得认真起来，接起了电话，随后将手机稍稍拿远。

一箩筐的话仿佛直接从手机里蹦了出来。

"仔仔，是姑婆呀，你吃饭了没有哇？

"姑婆最近身体蛮好的，不用挂心的呀，那你最近怎样啊，开不开心哪……姑婆跟你说哦，前几天出去散心，遇到车展，哇，有辆车真的好靓好配你的，姑婆知道你没带车过去的嘛，买来送过去给你好不好哇？"

席唯微微挑眉，笑道："买车？那要不要干脆再配个司机呀？"

姑奶奶那边一拍大腿："昏头了！姑婆忘记你懒得开车，等一下呀，家里司机家的崽好像也在 B 市，叫他问问他崽要不要给你当司机咯！"

席唯有点儿无奈，夹着手机扣着白大褂的扣子，随口道："人家的崽还在读书吧，哪儿能过来当司机？算了算了，过两天我去看房子，还得找个带车库的，那可麻烦着呢。"

姑奶奶重复了一句："是哦，也该买房了，我们乖孙孙都快三十岁了哦。——张妈，张妈，你把我抽屉里那个黑色盒子拿过来，盒子上写着 B 市的那个……"

席唯笑眯眯地将衣服挂到柜子里，也不催促，在他看来，跟老太太聊天是难得的放松时刻。

电话那端很快传来翻页的声音，姑奶奶兴致勃勃地问："仔仔呀，姑婆在胡同那边有个院子的呀，离你公司远不远呢？"

席唯咂摸了一下："别住胡同了吧，我一个朋友的新车开进去就剐了二尺长的口子，怪可惜的。"

姑奶奶："哪个朋友哇？"

席唯："谢临川，我跟您提过，我小时候的玩伴。"

两个人又聊了一些家长里短。说到家里人，姑奶奶语气十分不耐烦："老大要去谈个什么生意，老幺呢又要开演唱会，一大群人每天吵个不停，搞得家里乱糟糟的，还有些小姑娘，堵到大门口要做我孙媳妇，搞得我烦得要死，老幺已经被我赶去深水湾的老宅那边，随便他折腾咯！"

席唯想了想身为明星的左家四哥出门的架势，不由得对姑奶奶的遭遇深表同情："要不你过来住几天好了，B市这边也有一些安静的地方，还有一些很帅的老爷爷呀什么的。"

姑奶奶更不耐烦了："算啦，回去一趟要见这个见那个，一个个的，好像我明年就死了，见不到一样，看了更烦，唉！就这样吧，下周老大回去，叫他喊你吃饭哦。"

席唯答应了一声，又安抚了一阵儿，把老太太的心态恢复恢复，这才挂了电话，坐在椅子上，沉思了一会儿。

姑奶奶的孙子姓左，左家声势很大，生意也做得风生水起，合作伙伴很多，生意遍布地产、置业、能源等多个暴利行业，近些年开始进军互联网及娱乐业，势头很足。

姑奶奶让他一定要和大哥、四哥吃饭，这顿饭席唯很不理解，完全搞不懂有什么事需要集团的老总和一线明星抽出时间来跟他一顿饭的。难不成这两人身上有什么毛病要看？

百思不得其解的席唯暂时按下了这些念头，喝了杯咖啡，一头钻进了实验室……

　　第二天一早，席唯本想着到内科晃一圈就回办公室看数据，没想到赶上了每周一次的内科大查房，一群人都在大办公室里等着出发，巴衔远正在讲话，他的学生商曜在一边记录，内科几个主治医师表情各异。见到席唯，巴衔远微微愣了一下，商曜先一步打了招呼："席医生来了。"

　　巴衔远微笑着点点头："正好，这位是内科新任主治医师席唯，小席，既然来了，大家一块儿？"

　　席唯点了点头，加入了队伍。

　　查房地点在内科四楼多功能厅，席唯几人到的时候，内科的普通医生们已经黑压压地站了一屋子。百十号医生、数百名医学生，乃至外院的一些医生都过来参与讨论学习，整个多功能厅被挤得满满当当，众人围着一个可怜兮兮的中年女性患者，阵势颇为浩荡。

　　巴衔远言简意赅："下面是全院大查房时间。"

　　消化内科主任医师杨一鸣道："患者女，年龄52岁，自述腹部疼痛伴剧烈呕吐，无法直立，停止排便五天。

　　"消化内科进行直肠指征触检，患者病变侧触痛，经过X光平片检查及CT扫描，初步诊断为肠腔积气、肠梗阻，梗阻位置位于一侧盆腔，进行经腹手术后，腹痛症状缓解，但仍未恢复排便。术后三天，患者患病一侧突发腿骨疼痛，并且再度开始腹痛。"

　　消化内科将患者基本病症陈述完之后，基本外科、皮肤科、病理科、血液科、感染科、风湿免疫科乃至儿科都对病症发表了陈述或者意见，有怀疑息肉瘤的，有考虑结核病的，有怀疑骨髓病变的，还有提示要小心血栓的，甚至有建议做颅内肿瘤检查的，林林总总，五花八门，各种建议都有其出发点和落脚点，逻辑缜密，也为其他科室的医生提供了参考。

　　到席唯这里，巴衔远示意了一下，本以为席唯会随便应付两句，没想到他始终认真观察着病床上的患者，将她的所有动作都看在眼里，忽然问道："杨医生，您为患者安排过直肠或者妇科内检吗？"

　　杨一鸣眨了一下眼睛："你是说……"

席唯认真地看着患者："她很瘦，但是衣服很宽松，现在应该比之前瘦了很多。患者之前有多次生产经历，盆骨宽大，并且她还有单侧腿骨疼痛……"

"患者停经五年，此次没有安排妇科检查。"杨一鸣没看病历，直接说道。

妇科主任王玉梅立即站了出来，按照席唯的说法进行了指检，片刻后，她整理好患者衣物，取下手套，点了点头："骨盆前壁处能摸到疝囊颈，患者盆骨上，的确有一个疝……是闭孔疝？今年还没遇到过。"

席唯颔首："患者病征不典型，并且对疼痛反应迟缓，所以检查时容易误导医生，诊断结果存在有误差的可能。"

众医生哗然。

杨一鸣亲自确认了闭孔疝之后，给众人讲解起了闭孔疝的判断标准及可能导致误诊的各种因素。席唯没有多留，跟巴衔远打了个招呼，转身离开了多功能厅。

商曜追了出来，小心问道："席师兄，巴副院长走不开，他想问您，您的判断过程，之后可不可以给一份详细的版本？他希望将这个案例编进今年和协医院内科大查房的结集里。"

席唯笑了："师弟，要说背书，你一定比我行，帮个忙，把书里头那段抄给他，辛苦了。要是不好抄得太像，你就加一句'患者咳嗽时病痛加重，同时习惯性屈腿'就行了。"

说完，他转身背着手，慢悠悠地走了。

商曜挠了挠头喃喃道："她咳嗽了吗？刚刚没注意呀。"

席唯倒不觉得这有什么了不起，看的病多了，有时候也有某种直觉，就像池惊鸿说的那样，"无他，唯手熟尔"。看到那名女患者的第一时间，席唯就觉得她似乎有疝气，不过既然已经排除了腹股沟疝，那么就有可能是某种不太好发现的疝，再结合几个不大起眼的特征，就锁定了闭孔疝。

闭孔疝在国内少见，因为国内上了岁数的老太太多半身体偏肥胖，心脑血管的问题比较多，但是在西非那边就很常见了，几乎十个五十岁以上腹痛的女性患者里，就有四五个是闭孔疝引起的，剩下的几个，要么是寄生虫引起的，要么是细菌感染引起的。

傍晚的时候，席唯收拾着东西，打算"捞"一下最近被实验数据折磨得痛不欲生的池惊鸿，结果，还没踏出医院大门，就被人堵了回来。

一帮没穿制服、穿着衬衫、打着红领带的人，卡着下班的点，堵在了他办公室的门口。

胡院长跟费副院长都在，两人一个不知道从何说起，一个完全是被另一个拉过来扛枪的，完全不知道情况，杵在那儿一脸为难。

费副院长用胳膊肘戳了胡院长一下，胡院长干咳一声，扯出一抹比哭还难看的笑容："小席呀，这几位是调查组的，有事情要跟你沟通一下。"

红领带里头有个小姑娘不乐意了："什么沟通？是配合调查！"

领头的男人手臂轻抬，小姑娘立刻闭上了嘴。

男人身量偏瘦，面容普通，但胜在白皙，给人一种十分干净、妥帖的感觉。

他态度温和地介绍道："你好，席大夫，我是裴钰。因有人实名举报你涉嫌盗窃公共财产、泄露科研机密，我们需要你配合调查。"

席唯坐回椅子上，将双腿交叠着，没动怒，背对着窗口，发丝沾着细碎的阳光，面容隐藏在阴影里，看起来难以捉摸。

裴钰站在门口，即使眯着眼，也看不清席唯的表情。

在席唯的沉默里，调查组的所有人，包括最嚣张的那个小姑娘，没一个敢踏进办公室。手机在桌面上振动起来，裴钰盯着那个手机，显得有些慎重。

他们在来之前做了背调，清楚地知道，一旦席唯接起那个电话，对他们来说意味着什么，所以，他们所有人，甚至连胡院长和费副院长，都不自觉地紧张起来，生怕席唯去告一状，然后那位"魔王"直接闹起来，叫他们吃不了兜着走。

席唯拿起手机看了看，挂断了谢临川的电话。

他平静地开口，平淡的音调里带着莫名的讽意。

"我涉嫌盗窃……公共财产？"

裴钰不自觉地多说了一句："只是涉嫌，并不是定罪，因为举报人提交了相应的证据，我们这边也不能当作普通的举报线索来处理。席医生，时间不早了，你看？"

"呵，好哇，我一定好好配合组织调查。"席唯轻笑了一声，慢条斯理地站了起来，随手将白大褂挂在了门口的衣架上，仿佛笃定自己能够很快回来一样。

他走到裴钰身旁的时候，裴钰似乎看到他的嘴角翘了一下："裴先生，是吧？不知道贵司的车停在哪儿？"

动、静之间，一缕很淡的香气萦绕在裴钰的身前，那似乎是焚香的味道，却又夹杂着苦艾和薄荷的凉薄，淡漠、疏远，若即若离，裴钰眨了一下眼睛，也跟着露了一个笑："看席大夫方便。"

席唯这时才转了一下眼珠，认真地看了裴钰一眼，然后转过头继续向前走："我当然怎样都不方便，你们毁了我和朋友的约会。"

裴钰苦笑着摇头，跟胡院长和费副院长握手道谢后，连忙追上了席唯。

席唯一天之内出了两次名，第一次是在内科大查房中出尽风头，第二次是传言因为犯了罪，被抓了。

裴钰不是很走运——车子刚好停在谢临川新买的长轴距幻影旁边。谢临川此时正靠在车门上，百无聊赖地拨打着席唯的手机号，等着席唯下班，一抬头就见到席唯被一群人严防死守地带下了楼，毫无防备的两拨人就这么突然碰到了一起。

小姑娘认得谢临川，急忙扯了一下裴钰的衣袖，压低声音说："组长，是谢……"

裴钰点点头："谢临川，我知道。"

谢临川目不斜视地看着席唯又把他的电话挂了，咧了咧嘴："挂我电话？"

席唯表情十分无辜："我要配合调查，不好跟外界通话，你怎么又换了辆车？"

"开 4S 店的一个朋友要移民了，两辆展示车着急处理，我就拿下了……这帮子人哪儿冒出来的？"谢临川这才抬眼扫了一下裴钰，冲着姓裴的扬了扬下巴，"你们哪个部门的？"

席唯皱了一下眉，因为一听这语气就知道这人要发脾气了，于是赶紧说道："谢临川，我能处理好。"

谢临川把昂贵的西装外套扔回车里："你能处理好？嗯？你的处理办法就是让我眼睁睁看着别人把你带走？！"

"谢先生，我们在执行公务……"裴钰掏出一张手续单子。谢临川看也不看，直接将那张单子攥成一团，面色阴沉道："你得感谢你们现在是在执行公务，不然我不会这么好说话。小唯，你确定不跟我回去？"

席唯平静道："去一趟吧，刚好我也想听听这位裴先生想跟我聊点儿什么。"

谢临川冷冷地扫了裴钰一眼："跟他能聊出什么好事？姓裴的不是好人，你自己小心。"

席唯忍俊不禁："知道了，你怎么突然这么啰唆？"

谢临川给席唯的态度气到了，黑着脸坐回车里，喊了一声："老陈，开车！"

送走了谢临川这尊"瘟神"，所有人都不禁松了口气，对席唯的印象改变了不少。

他们中的大多数人都以为席唯会借谢临川摆脱这次的调查，没想到他竟然主动让谢临川远离这摊浑水，反倒有些叫人看不透了。

席唯安静地上了车，车子开到了六里桥。

比预估中更顺利地"控制"了席唯，所有人原本紧绷的精神都放松了不少，也有几个觉得席唯也不过如此，在车后座上小声"八卦"着。

"我看哪，这也是个纸老虎。"

"是呀，现在那么多有钱的主儿都被办得服服帖帖，席唯不过是个空降的医生，上头给的重视多少有些高了。"

"不过他品位还可以呀，那香水真好闻，不知道是哪个牌子的。"

"长得确实人模人样的。"

几人原本以为到了地方，连劝说带吓唬，席唯十分钟内还不招得利利索索？结果，这个想法在席唯进入问询室十分钟之后，被击得粉碎。

谁也没想到，大领导会亲自来看席唯，席唯屁股还没坐热，就被大领导请到会议室去了，连茶水都用的私人珍藏。

众目睽睽之下，席唯喝了一口大领导亲自倒的茶，长眉一挑，有些意外地说："我还以为您会泡金猴茉莉花茶呢。"

大领导哈哈一笑，指着呆坐在会议室圆桌另一头的几个穿着白衬衫的工作人员说："他们喝不出来好赖，所以喝喝茉莉花茶就很好，我这点儿好东西，你这个从会喝水就会喝茶的娃娃来喝，才叫匹配，说说，能品出来路不？"

席唯闻了闻茶香，笑了笑："我可不敢说，在您的地盘，乱说了，我怕真回不去。"

大领导佯装生气，轻轻一拍桌子："你说，我看他们谁敢乱嚼舌根子，要是说对了，我手里头还有点儿存货，都给你拿去，怎么样？"

站在后面的人眼观鼻鼻观心，还有几个岁数小的，汗都快吓出来了。

席唯扑哧一笑："您哪，就爱拿我逗乐子，那我就献个丑。"

席唯用白得几乎跟瓷杯同色的手指端着杯子轻轻抿了一口，然后说："这茶可是来自镇沅县千家寨？"

大领导惊叹地抚掌，既不点头，也不否认，只是抬手呼唤："小裴呀，待会儿把我柜子里那个小盒的茶叶给小席，哦，等他走的时候带上就行。"

席唯也不拒绝，笑吟吟地继续喝茶。

大领导吩咐完之后，又跟席唯喝了一杯茶，就挥手领着几个人走了出去，独独留下了裴钰。

裴钰顿了顿，意有所指道："我听说，千家寨的古树茶多年前就禁采了，席医生要慎言。"

席唯心情不错，没理会裴钰，指尖在杯沿上轻轻摩挲，瓷杯随着他的手指发出或高或低的声音，竟然像是一首小调。

"你很高兴？"裴钰眉头紧皱，原本白皙的脸现在看着黑如锅底。

席唯抬头笑了笑："不，恰恰相反，是你应该高兴才对。"

若有所思地看了一眼会议桌上闪烁着红光的话筒，席唯眨了一下眼，忽然道："裴先生，你的领导似乎很重视你，单单把你留下来了。"

裴钰有些薄怒，加重了声音："席唯！你是在配合调查，即便有领导背书，也不会影响我们的调查结果！"

裴钰将一沓高清照片拍在桌子上，高声道："你盗用医院实验室贵重耗材，窃取科研机密送给自己的朋友。监控里清晰可见，你前脚动了数据，谢临川的公司今天就申请了一批新项目，你敢说这跟你没关系？"

席唯似乎听到了什么可笑的事情，讥诮着反问："你是说你的领导在以权谋私吗？"

裴钰紧紧闭上了嘴，眉毛拧着盯着席唯："请您回答我的问题。"

"要说关系，那的确跟我有点儿关系，不过，你有什么证据证明我是从实验室偷的？"不等裴钰开口，席唯话锋一转，笑意淡了下去，"要说背书，你的领导可是在为你背书。我来这里，可是给你们领导送了一个不小的人情。"

裴钰眉头微皱："你胡说什么？"

"我给你说个故事吧，关于你们领导的。"席唯站起身，看着窗下几个拿着文件夹脚步匆匆的年轻人，缓缓道，"他老人家多年前在云市工作的时候，遇到过一件事情。有一户茶农，种茶技术太好，又不肯将技术交出来，便被村霸污蔑成逃犯，妻女也被逼死，茶农孤身一个，双拳难敌四手，就那么被人硬生生地抢走了茶园，自己还被打断了骨头扔到山崖下。茶农拖着断腿，爬了两天才爬出山，恰好遇到了他，他将茶农送进医院并帮助茶农解决了问题。茶农出院后回了老家千家寨，几年后又重新组建了家庭，后来每年都给他老人家寄一包茶叶。

"古树茶禁采了是不假，但村民可以捡拾掉落在树下的芽苞，这些茶叶，大概要挨家挨户地去求芽苞，才能攒上这么些。"

裴钰震惊不已，脱口道："你怎么知道？"

"我怎么不知道？"席唯转过头来，眼神漠然中带着嘲讽，"裴钰，你根本什么都不懂，更加不知道怎么利用自身掌握的资源，你的领导看错你了，你只是个万事不敢沾身的胆小鬼。

"并且，由于你的不敢出头，自己的人里出了内鬼，还要你的领导用自己当饵来帮你捉住那个鬼。哦——，他特意将你留在这里，你在调查我的事情，我就是你的证人，可以证明你不可能有时间去给某些人传递消息，那么，等于是将你从这件事里择了出来。"

如此环环相扣的计谋被席唯轻描淡写地讲出来，裴钰难以置信之下，倍感羞辱，断然道："你胡说八道！我带的团队里不可能有那样的人，你搬弄是非，甘做小人，可对得起你读过的书？"

"我说的是不是真的，话一出口你就该知道得一清二楚了，所以……"席唯风轻云淡地坐回椅子上，重新为自己倒了一杯茶，看着双手紧握，手指依旧微微颤抖的裴钰，吹了吹茶杯上方的热气，好整以暇地问道："所以，裴先生是要忍着屈辱继续坐在这里，将自己择干净，还是要冲出门去，用自己的方式把脸面挣回来？"

木质靠椅被裴钰骤然起身的动作推开很远，在地上歪歪斜斜地摩擦出一串刺耳的声音。

裴钰咬着牙，目光死死地盯着眉目温柔的席唯，一字一顿地道："席大夫，你真是好一个，杀人诛心哪。"

"谢谢，我就当是夸奖了。"

席唯扫了一眼恼怒不已的裴钰，狡黠之色一闪而过，说道："要不，咱们做个交易？"

裴钰再不敢轻视席唯，冷笑一声："你又想做什么？"

"不听听吗？难得我今天心情不错。"席唯笑着说。

裴钰哼了一声，竭力冷静下来，将手头的文件一样样整理好："我不会跟你做交易的。"

席唯也不着急，享受地喝了口茶汤，眼睛微闭，食指在扶手上一下又一下地敲着。过了一会儿，席唯忽然扬声道："伯伯，够了没？够了我还要去配合调查。"

桌子上方的扬声器里传来了刚才那个大领导的笑骂声："叫你当块试金石，你把我的金子险些炼成了水，你小子记仇得很。"

席唯放下茶杯，一本正经地说道："伯伯误会我了，只是不小心超常发挥了一下，还需要我帮忙试哪一块金子？"

大领导的声音略显不快："你快走吧，再不走，我这几棵苗子都叫你祸害了！"

席唯微微一笑："不太好吧，我这案子还没销呢。"

门被敲了三下，先前脾气很大的小姑娘恭顺地送进来一个文件盒："组长，上头领导下来的通知，嫌疑人……不是，被询问人有充分证据和事由自证，领导说……放人。"

裴钰打开文件盒一看，连带着说明、原始资料、一盘录像带、实验耗材记录，跟举报人给他们的那份大差不差，只是更加完整。原本还充满斗志的裴钰不禁泄了气，将文件推给席唯，小姑娘很有眼力见儿地送上纸和笔："您签个字就可以走了。"

席唯看了一眼那张纸，轻轻向前推了推，依旧挂着那个不及眼底的笑容："不分青红皂白地把我抓来，现在又想息事宁人，这样做合适吗？"

小姑娘觑着裴钰的脸色，为难地说："如果您是担心医院那边的影响，我们也可以出示证明，但需要请示……"

席唯微微抬手，打断了小姑娘的话。

"事实上，我十分支持伯伯的工作，对两位也没有意见。"席唯十指合拢，眼神也在一瞬间变得锐利，"我要那个举报人。"

裴钰板着脸直接拒绝："举报人的信息必须严格保密，以防其有人身安全方面的危险。"

席唯也不恼，只是沉吟了一下，恍然道："是了，不能要举报人的信息。"

两人刚松了口气，就见席唯垂着眼，语调低缓地说："我要的是，涉嫌诬告和陷害我的那个人的信息。"

"你的领导已经离开了，我想，你应当明白这代表着什么吧。"席唯食指敲了敲桌面，看着话筒旁熄灭的红灯，意有所指。

裴钰闭了闭眼，手按住了文件盒，小姑娘立即扑过去阻拦，焦急地叫道："组长，这不符合规定！"

裴钰苦涩地扯了扯嘴角："放手吧，我辨认不清，被人利用，已经违反规定了，只不过席唯给了我两个选择，让我自己决定违反哪一条。"

小姑娘眼角都红了，恳切地望向席唯："裴组长是好心，您那么善良，还是医生，您救了那么多人，就不能原谅他的一时之失吗？"

席唯似乎无法理解小姑娘的话，顿了顿，平静地问道："你叫我以德报怨，那么何以报德？"

"泄露举报人的信息，我可能只需要写一份检查，回家反省一段时间，对我来说，已经是很轻的处罚。"裴钰站了起来，将文件盒封好，夹在臂弯里，"但那不是我的原则。我办错了一件事，就不能一错再错。谢谢你的好意，我选择接受惩罚。"

裴钰主动打开会议室的门："出了门左转下一楼，就是举报接待室，我可以送你去，我手上的信息也会直接提供给你。至于举报人的信息，抱歉了。"

席唯起身，走到会议室的门口，再度经过裴钰身边时，裴钰感觉到苦艾的味道已经淡去，继而散发出来的，是一缕笼罩在烟雾中的檀香气息，神秘、冷漠、孤独、寂寥，仿佛俯瞰人间、不染烟火的神祇。

跨出门外的瞬间，席唯顿了一下脚步，轻声道："忘了对裴先生说了，您说的那间实验室，包括里面每年因各种实验耗费的无以数计的耗材，都是我们家捐赠的。

"我偷自己送出去的东西，您说这个说法，可笑不可笑？"

刚刚还强挺着脊背的裴钰听到席唯这句话，肩膀都塌了下去，脸色苍白得仿佛生了一场大病，他抿着嘴，一句话没说。

席唯也没停下，背着手把玩着指肚上缠绕的那根原本拴着茶包的细麻绳，那一小包牛皮纸包着的茶则被席唯留在了会议室。

谢临川已经在楼下等得不耐烦了，正和助理商议怎么直接冲进去把人带出来时，席唯就出现了，拎着小小的文件袋，从大楼里慢悠悠地走了出来。

两人态度十分和善地将席唯送到门口，随后逃也似的钻回了大楼。

席唯也不在意，将文件袋里的手机和钥匙取出来随手揣在口袋里，然后将文件袋顺手扔进垃圾桶，仿佛他只是去逛了个弯儿，眉眼含笑地跟谢临川打了个招呼："等久了吧？小川哥——哥。"

谢临川吓得打了个冷战，先一步抬手摸了摸席唯的额头："进去转一圈烧糊涂了？什么词儿都敢说。"

席唯任由谢临川夸张地试他额头的温度，没有抗拒。

谢临川有点儿惊讶席唯的柔和："小唯，你是不是受什么刺激了，他们把你怎么了？"

席唯摇了摇头："在里头喝了杯茶，还看到个挺有意思的人，难得是个实心肠的好孩子……这老爷子真是狠心哪，这么好的料子下这么猛的药，也不怕金子没磨出来，反倒把人给磨废了……算了，跟咱们不相干，下次放假，我们去云贵那边玩吧，看看能不能捡到漏。"

谢临川对席唯说的那些弯弯绕绕的隐秘毫不在意，将席唯安顿在座椅上，扣好安全带，又将席唯全身检查了一遍，确认席唯没受什么伤，才微微松了口气。

"去那些大山沟做什么？你还没说呢，你怎么突然变得这么奇怪？"

席唯坐在座椅上，看着谢临川说："我这个人呢，向来是有恩必报的，我的小川哥哥效率这么高，一下就把证据送来了，叫我出了好大的风头。被大英雄搭救，我当然要好好致谢。"

席唯顿了顿，突然轻笑一声，自嘲道："其实他们说得也没错，我可不就是大半夜地拿东西出来给朋友献殷勤吗？"

谢临川猛地抬起头，一下撞到了车顶，他小心翼翼地开口："我这地位水涨船高哇。"

席唯嗔道："你别顺杆儿爬呀。"

谢临川火速打开后备箱，从里头抱出一束淡蓝色的蝴蝶兰来，塞进席唯的怀里，略带哀怨地看着席唯："我路上买的，怕你不喜欢，刚才就没拿出来。"

席唯乐了："喜欢是喜欢，哪儿淘的？这个月份，B市哪儿有开得这么鲜活的蝴蝶兰？"

司机老陈笑呵呵地凑趣儿："少爷记得您喜欢养花，把B市那几家不错的花店翻了一遍，都不满意，特意去香山那边的花房剪回来的，这包装纸都是少爷亲手弄的咧！"

谢临川干咳一声，瞪了老陈一眼："开你的车。"

老陈挨了谢临川一记"眼刀子"也不怕，乐呵呵地专心开车。

"真的？你自己弄的呀，还挺好看。"席唯笑吟吟地摸了摸淡蓝的花瓣，动作轻柔。

谢临川不好意思了，别别扭扭地说："你喜欢就好。"

席唯轻轻地温声道："喜欢。"

听到席唯再三表示喜欢，这么真诚的席唯让谢临川猝不及防，一股电流从谢临川的下巴瞬间蔓延到了全身，半边身子都麻酥酥的。他下意识地想发条朋友圈冷静冷静，又想起来席唯还在，所以手机刚拿出来一半，就连忙往回塞。

"想发就发。"席唯微凉的手将他的手机拿了过来，就着拿花的姿势，好好地拍了一张照片，又歪着头看谢临川，"还有哇，我说喜欢那就是真的喜欢哪，难道你不喜欢吗？"

谢临川憋了半天，豁出去一般，无意识地重复："你喜欢的话，那我也喜欢。"怕席唯不满意，谢临川赶紧又找补："我也是真的喜欢。"

席唯忍着笑，把脸埋在蝴蝶兰的花束里，嗅嗅蝴蝶兰清淡的香味，揶揄道："谢临川，但愿你夜里不会因为刚才没发挥好而睡不着觉。"

谢临川被席唯的反应激得思维卡顿，完全不懂席唯这话是什么意思。不过到了夜里，想起两人在车里的对话，谢临川终于反应过来席唯当时的意思了。此时此刻，谢临川肠子都悔青了：明明可以多说两句好听的话，顺水推舟把两人之间的生分消除掉，可当时说的什么玩意儿呀？搞得好像个复读机，这么难得的时机都没有把握好！

想到这儿，谢临川怨念极大，还真应了席唯那句话，翻来覆去的，就是睡不着。

谢临川越想越觉得不是滋味，感觉自己错过了好几十个亿，他敲了敲席唯的门，卧室里，席唯咕哝了一声。谢临川意难平地把席唯喊起来，他在脑子里想好了该怎么继续早些时候在车里的对话，可话没出口，他自己先脑子一片空白，鼻腔一热，接着，滚烫的液体汹涌而出。

席唯睁开蒙眬的双眼，下一刻爆发出了惊呼。他一下子清醒地坐了起来："谢临川……你怎么了？"

谢临川捂着鼻子，狼狈地从卧室跑到卫生间："我没事，我去一下洗手间马上回来！"

席唯茫然地看着地板上残留的几滴鲜血，眨了眨眼："谢临川，你流血了？不会是……鼻血吧？"

"没事！我没有！"洗手间里传来谢临川含糊的叫声。

席唯赤着脚下了床，靠在客厅墙壁上看谢临川用凉水洗脸，闷笑一声："冰箱里有卫生棉球，你塞一下。"

谢临川尴尬不已地按着鼻子，气呼呼地说："就是天太热了！"

席唯点头认可："嗯，对。"

谢临川又嚷嚷道："屋里太干燥！"

席唯点头："没错。"

谢临川面无表情地扭过头："所以你能不能别笑了？"

席唯憋了一下，嘴角的笑意还是溢了出来："抱歉，没忍住。"

谢临川深吸了口气："你等着，老子迟早让你笑不出来。"

席唯一本正经地轻咳一声："流鼻血的事，可大可小，要不明天去耳鼻喉科看看？"

谢临川："……"

没一会儿，谢临川又捂着鼻子冲进了洗手间。

席唯抱着被子在床上笑到发抖，谢临川气咻咻地堵住另外一个鼻孔："你这破宿舍也不通风透气，天气又太干燥，明天让苏念弄几个加湿器来！"

接下来的几天，除了某个曾经在酒吧挑事儿的内科医生主动离职在医院内部引起了一番议论之外，一切如常。

席唯白天照常工作，还顺带抽出时间，将自己在研究新药过程中意外发现的糖尿病治疗新靶点整理出来，发表了一篇论文，登在《柳叶刀》的子刊上，影响因子16.32，一下子把自己的博士毕业论文给提前完成了。

清大那边的博导得知后，叫席唯有时间过去一趟；和协这边商量之后，席唯的正高职称也迅速评了下来。

相较于其他无关紧要的"八卦"，席唯的迅速晋升反倒很少有人敢议论——至少在席唯配合调查归来之后，周围人群的素质有了明显的提升。

席唯倒是无所谓，升个职而已，顶多涨点儿工资，其他什么也没变，该干吗干吗。

职称评定结果在公告栏里公示的那晚，池惊鸿咋咋呼呼地打了个电话过来，谢临川正在殷勤地收拾屋子，一接到电话，立马狗腿子一样把手机给席唯递了过来："那个卷毛的电话。"

"什么卷毛，人家有名字的。"

谢临川耸了耸肩，席唯一脸无奈地接起了电话。

电话一通，池惊鸿的大嗓门儿就响彻整个房间："师兄啊，你又升职了，少爷我怎么还是原地踏步，你们这地儿是不是排外呀？"

席唯干脆地问道："火锅还是日料？"

"烧烤！上回吃的那个和牛挺好，虽然没有我们老家的乳牛嫩，不过奶味挺足。"池惊鸿毫不客气地开始宰大户。

谢临川送上一盘切好的水果，给席唯递上小叉子，席唯顺手叉了一块塞嘴里，含混地问："池惊鸿，你爸还不给你钱？要不你干脆从了你那小妈算了。"

池惊鸿呸了一声："那女的比我大六岁！亏你还是中国人，六冲知道不？再说了，她心那么黑，我真从了她，指不定过得比现在还惨。赶紧吧，快点儿出来吃饭去，我这几天没吃过饱饭，快饿死了！"

谢临川眼珠转了转，在一旁问："你们要去吃饭哪？"

席唯点点头，翻看着手机："小池子想吃和牛，我查下上回那家餐厅。"

谢临川想了想："什刹海有一家会所的和牛还行，叫几个朋友一块儿去？"

席唯拿眼睛觑着谢临川："你要搞什么名堂？"

谢临川哈哈一笑："这不是庆祝你升职嘛，大家一起热闹热闹，不叫外人，就几个老熟人一起吃个饭。"

席唯不作声，谢临川就当他同意了，跳起来就去打电话安排了。

晚饭时间，会所那边特意安排了空运的食材，席唯跟谢临川两个小时后才到地方。会所位于什刹海的西绒线胡同里，是个保存得十分完好的老四合院，地方也十分僻静。车子从胡同边拐到地下停车场入口，开进负二层车库，然后二人坐电梯直接上地面，全程一个人都没见到。

一到地方，席唯就认出这里来了，他有点儿意外："我还以为这地方已经拆了。"

"原本的俱乐部拆了，现在这里完全不对外，老大的朋友在运营。"谢临川简单说了两句，便带着席唯进了第三进的院子。

宫灯在屋檐下轻轻摇晃，华灯初上，十月初的天气凉爽舒适，葫芦架密密匝匝地结着小葫芦，小葫芦刚拆了模具，形状各异，几个人正在院子里头喝茶聊天，偶尔仰着头寻摸小葫芦，气氛十分愉快。

见他们到了，那几个人都笑呵呵地过来打招呼。

席唯一眼扫过去，果然都是熟人。

谢家老大谢青山、沈复、商曜，两个席唯觉得眼熟的青年，除此之外，不久之前席唯撕破脸皮给人一顿好看的裴钰竟也在，这让席唯十分意外。

池惊鸿也在，并且意外地跟沈复聊得火热，商曜在一边看着，还有些腼腆，沈复不时跟他说一两句话，他就笑呵呵地点头。

谢临川在席唯耳边低声说："商曜是丁伯伯的孩子，他随母姓，在老家上的学，前几年来的B市，今晚他刚好跟池惊鸿在一块儿，就一起过来了。姓裴的'牛皮糖'，是外来户老裴家的老三，他是跟大哥一块儿过来的，你要是烦他，我就给他打发了。"

席唯摇摇头，轻声说了句："来者是客。"——过去打了招呼。那两个席唯觉得眼熟的青年，谢临川分别介绍了一下，一个是孟庆泽，一个是孙嘉，都是席唯小时候有印象的玩伴。

谢临川指着气质迥异的两人说："孟庆泽现在在野战部那边，不常回来；孙嘉在倒腾进出口那些东西，倒是常在家，你要弄点儿什么外头的东西，可以喊他给你拿。"

气质彪悍的孟庆泽摸了摸自己钢针一样的短发，瓮声瓮气地说："老外东西有什么好的，男人就得玩点儿真刀真枪，改天我带你去射击场转转，那才有意思。"

孙嘉嗤笑了一声："人家席唯现在是医生，手比你命都贵，可别把我笑死了！"说着拍了拍席唯的肩膀："衣服、包什么的都是送来糊弄小姑娘的，估计你也不喜欢，我那儿有几瓶好酒，都是自己留的，改天你过来，咱俩喝点儿。"

席唯看着这两人乐了，点点头，也不见外："行，有时间的话，一定找你们俩。"

谢青山晚上有应酬，忙得很，安排好了烧烤的事情后，过来跟席唯打了个招呼，叫席唯随便玩，就急匆匆地走了。他的助理一路低声跟他汇报着什么。席唯略略出神地看着谢青山的背影，很快就被谢临川不悦地喊了一声。

"你看他做什么，老大能有我帅？"

席唯还真就仔细沉思了一下，然后叹了口气。

谢临川大惊："你那是什么意思？"

席唯眼睛眯了眯，笑意浅浅："没什么。"

谢临川哼了一声，领着席唯去屋子里头吃铁板烧："算你识相，给你准备了好东西。"

席唯挑了把椅子坐下，指着旁边的椅子问谢临川："一起？"

谢临川："不用管我，今天你是主角，你就踏实坐着等吃，无聊的话，可以让这几头'牲口'陪你打牌玩。"

孟庆泽摸了摸鼻子，问孙嘉："这几头'牲口'是不是也包括我这头？"

孙嘉给他一个"算你聪明"的眼神："行啊你，学会对号入座了。"

孟庆泽叹了口气："早知道我就不来了。"

席唯微微一笑，无奈地摊摊手："我现在眨眼，还来得及表示我是被迫的吗？"

孟庆泽大笑起来："那我可当真了呀！"

池惊鸿早就饿了，也没敢抢谢临川给席唯准备的烤肉，他坐在席唯边上，一心蹲守另一个大厨投喂。

看着谢临川一会儿送温暖，一会儿送关怀，池惊鸿不自觉地打了个嗝儿，感觉嘴里的肉都不香了，胳膊肘子撞了一下看着两人出神的沈复："老沈，你有没有觉得有点儿饱？"

沈复搓了搓手臂，配合地说："不但饱了，还有点儿冷。"

商曜岁数小，没能感受到他俩话中的深意，在一边小口小口地抿着酒，看着忙前忙后的谢临川，咧咧嘴小声地说："青山大哥跟川哥的脾气可一点儿都不像啊。"

灌了一大口酒，沈复吐了口气道："是呀，老谢家这两兄弟，一个没感情，一个太重感情，要是能匀一匀就好了。"

人群里不被待见的裴钰独自端着酒，靠在墙上慢悠悠地喝，目光若有所思地看向席唯。

几个人都是老相识，男人之间独有的默契，几杯酒下去，不认识的也就都认识了。很快，气氛就重新嗨了起来。

谢青山手里头有几位铁板烧弄得不错的大厨，除了做和牛，龙虾也烧得极好，还有鹅肝，配上点儿德国弄来的岩盐，再加入少量白兰地，香气一下子就将所有人都俘获了。弄好的料理，从铁板上直接入口，还带着油脂，一起在口腔爆开，幸福感无可比拟。

池惊鸿大大咧咧的，吃到了心心念念的和牛，十分开心，端着杯子游鱼一样在人堆里穿来穿去，很快就跟每个人都说过了话，就连裴钰，他都过去敬了杯酒。

池惊鸿从小就极擅此道，席唯知道他什么德行，因此也不去管。

谢临川被孟庆泽拉着喝酒，席唯不好交际，就端着杯酒坐在边上，远远地看着他们闹。不知道什么时候，一道身影笼罩了他，继而安静地坐在了他边上。

席唯笑了一下："我想过有人会来找我聊聊，不过没想到第一个过来的人是你。"

比起上一次见面时的意气风发，现在的裴钰稍显沉默，身形也消瘦了一些。他握着酒杯，沉吟了一阵儿，苦笑一声："其实我早就听说过你，在上次见面之前。"

席唯饶有兴致地"哦"了一声。

裴钰靠在椅子上，仰头看着头顶的星空："我也是清大毕业的，跟你一届。

"我们教授曾经多次提起你写的论文和短评，言及如果你毕业后干我们这一行，我们就没得混了。"

说到这儿，裴钰脸上掠过一个自嘲的笑："我当时还挺不服气的。"

席唯垂下眼睛，轻声道："做哪个行当，不能全看能不能做得好，还要看自己是否喜欢。"

裴钰十分感慨的样子："我这次是来谢谢你的。上次的事，果然在内部抓住了一条尾巴，虽然算不得泄密，但是多次试探我们的底线已经很危险了。"

"卖个人情罢了，估计那人也不会想到，我的事会涉及他，毕竟，那件事也过去十几年了。"席唯十指交叠，神情淡漠。

裴钰看过很多次席家的案卷，直觉告诉他，席唯这次回来，绝不仅仅是想上个班儿、叙个旧那么简单。

但就像席唯说的那样，卖个好而已，这个他也会。

反正事情没发生，他也不想枉做小人。另外，如果不是必要，他其实并不想对上席唯。

席唯抿了一口酒："你们内部的那个人，想把我被抓的信息传递给谁？"

裴钰不语。

席唯换了个说法："或者说，他想把这条信息递给这院子里面的谁？"

裴钰喝了口酒，依旧不开口。

席唯点点头："谢谢，我知道了。"

聪明人之间的交流点到即止，裴钰还了人情，悬着的心落到地上，席唯也确认了心中的想法，两人都得到了自己想得到的信息。

"这里头的水很深，你要小心。"裴钰说完站起来，跟席唯点了点头，像来的时候一样，无声无息地走了。

起风了。

另一边，池惊鸿自来熟地招呼人关窗子，换了白酒来继续喝。和牛撤下，厨房送了些地道的小菜，还有谢青山特意提前让人醒好的酒。

谢临川兴致颇高，放着现成的点心不用，鼓捣了半天，费了好几斤原料，总算弄出一份稍微满意的食物，得意地递给了席唯。

席唯就着光一看，是一份煎得刚刚好的鹅肝，堪称色香味俱全。席唯接过来尝了一口，毫无意外地美味，甚至超过了他的预期。

"可以呀，有大厨水平，比起小时候进步巨大。"

"那还用说？等会儿还有硬菜。"谢临川暗暗松口气，做出十分漫不经心的样子，说着又看了一眼门口的方向，"刚裴家那小子跟你说了什么？你俩坐那儿嘀咕半天。"

席唯瞥了谢临川一眼："他夸我来着。"

谢临川哧了一声："这种男的，嘴上什么都好，就是一根手指头都不会动，他们说的话，一个字都不能信，知不知道？"

席唯若有所思的样子："哦，就是传说中的'渣男'咯？"

谢临川赞许地点了点头："对，就是渣男，除了我不是渣男，这几个都不是好鸟，你信我就行了。你等着，我给你弄好吃的去。"

"好。"席唯忍俊不禁，推了推镜框，以掩饰嘴角压不住的笑意。

谢临川走后不久，池惊鸿一屁股坐了过来，对着席唯吐着酒气说："我说师兄啊，你就是在这种环境里长大的？"

席唯道："差不多，不过小时候那几个爱打架的刺儿头没来。"

池惊鸿感动地捂着嘴巴："太好了，真的太好了，我太羡慕你们这种环境了：不公开乱搞，一家就生一个，有什么仇都暗地里报，即便再想把人剁了，也不当面掏刀子，见了面还能笑嘻嘻。真的好讲究哦！"

池惊鸿抹了一把脸："我小时候睡觉，枕头底下都得藏一把剪子，太难了——"

席唯无动于衷，嫌弃地掸了掸自己衣领上池惊鸿抖出来的酒水："我们这儿也有个人作风不好的，你们那儿也有一家只生一个的，请不要把你爸的个人作风问题上升到国际层面，谢谢。"

池惊鸿"嗬"了一声："大使馆那个外交官给你当正好。没意思，还是阿嘉好玩，阿嘉——"

孙嘉那边似乎开了副扑克，闻言一招手："快来，复哥输红了眼，要尿遁咯！"

沈复正要站起来，闻言气得笑骂："我一个挣死工资还年年降薪的，能玩过你们这群做买卖的？这把算我输，行吧？小池呀，你来替我！"

"别呀，明年我的生意还得靠你呢！真不玩啦？"孙嘉笑骂一声，鄙夷地看着下桌的沈复，"你降多少工资，我给你补上行不？那小子他会玩吗？"

"来啦来啦！怎么不会玩呢，斗地主还是德州扑克？我在拉斯维加斯实习过，持证的！"池惊鸿乐颠颠地跑了过去。

孙嘉嬉皮笑脸地叫道："是吗？那双扣会吗？！"

池惊鸿惊呆了："扣……啥玩意儿？"

沈复将池惊鸿按在了座位上："你就打吧！跟老孟一组，带顺子、炸弹的，比谁跑得快！"

池惊鸿秒懂："明白！"

孙嘉笑得直咳嗽，点了点池惊鸿："那行吧，这把哥带你，输了可不带哭鼻子的啊！"

池惊鸿在口袋里翻了翻，拍出一张耀眼的运通卡："谁哭谁是弟弟！"

沈复脱了身，拿着手机急匆匆地去了另一个屋，似乎是有个电话要打，也就没人跟着他闹了。

很快，池惊鸿就感受到了双扣的魅力，大呼小叫起来。

气氛再度热烈。

这地方隔音效果好，房子里天花板都要震掉了，外头看着还以为屋里安安静静的，玩得挺文明，其实池惊鸿输得鬼哭狼嚎，嗓子都要叫破了。

那边的沈复出了门就收起手机，端着酒杯，熟门熟路地从门廊里头转悠过去，穿过一道月亮门，进了更加僻静的第四进院子。

第三进院子里还有些灯光点缀，第四进院子里就只有两盏橘黄色的宫灯还亮着，看起来似乎没有人。

沈复向里瞧了一眼，意味不明地笑了一下，推开正房的门，直直地走了进去。

刚一进去，门哗啦一下就被关上了，沈复被抵在门框上，脖子被一只大手紧紧箍住。

沈复毫无畏惧之色，仰头将杯中酒喝进口中，黑暗中伸手一拽，将那人顺着领带拽到身前，那人似乎被激怒了，在黑暗中的眼眸微深。

沈复张开嘴巴，大口呼气："青山……"

那句称呼转瞬就被谢青山死死地捂住。

"呜——"

鼻音骤然高亢，转而化成一声长长的叹息。

沈复："你是想杀了我吗？"

谢青山松开了手，他身影颀长，衣饰整洁。他坐到椅子上，借着月光，从架子上拿出一本书来，再没看沈复一眼。

沈复一步一顿地走到门口，扭过头，冷笑了一声："姓谢的，你可真绝情啊。"

"这不就是你想要的？"谢青山温润地笑了笑，"当了家主之后，不是说再也不用靠我了吗？'一别经年'，你还是老样子呀。"

沈复恼羞成怒道："别说了！"

谢青山举起双手，抬起头："好好好，今天小阿福吃亏了，需要我送你吗？"

沈复冷漠地打开房门："不需要。毕竟，我们之间的关系，只剩下利益。"

谢青山单手支着下巴："怎么会呢？我这个当哥哥的，可是很关心你的呢。"

沈复骂了一声："你算什么哥哥，有要弟弟求着才给办事的哥哥？"

谢青山面色坦然："哪里的话？"

沈复冷哼了一声。

谢青山此时似乎对沈复十分包容，柔和地说："所以，这回来找我，是什么事呢？"

沈复倔强地不开口。

谢青山看着沈复："你知道的，我对你的请求一向有求必应，阿福。我拿了你的好处，理当给你回报。"谢青山的视线扫向沈复的领口。

谢青山思索了一下，把书卷起来敲敲手心："让我猜猜，嗯……是小唯的那件事吧。你的人绕了一大圈，说动他们医院的那个小医生去实名举报，试出来什么了？"

沈复沉默了一瞬，忽然泄了气，他抬起头直视着谢青山的双眼，道："他盯上我了。"

小院里没人注意到某人的离开，或者说即便注意到了，也没人在意。

每个人都有自己的秘密。

沈复过了很长时间才回来，看起来似乎洗了脸，衣领的扣子也敞开了。水迹残留在他的领口，让领口看起来有一点儿凌乱，这在一向注重仪表的沈复身上是很罕见的，但他顾不得了。

安排在裴钰身边的线人失联了。

沈家近些年发展得越来越好，以沈复目前的关系网，没有人敢对他下手，可沈家的能力也是有限的，他不得不求谢青山帮他，而谢青山始终避而不见，逼得他只能不请自来，好在谢青山没有拒绝他。

沈复隐忍着身体上不时传来的痛苦，重新倒了一杯酒坐了下来，而后又仰躺在沙发上，余光里，看到谢临川端着东西走到席唯身边说了两句话，席唯给了他一个笑脸，谢临川的笑意就毫不掩饰地挂在脸上了。

沈复灌了一大口酒，又被酒呛得咳嗽起来，他忍不住揉了一下眼角，扯开嘴角咕哝了一句："果然，不是一家的种，差得真不是一点儿半点儿啊……"

席唯若有所思地看向沈复那边，这时候的沈复好像已经醉醺醺地蜷缩在了沙发里。

谢临川不满，大力把沙发拉过来，一屁股坐在了席唯的对面："你看他干吗？"

席唯将他的手打开："不看他，看你吗？"

谢临川得意地挑眉："对，看我，我帅吧？"

席唯扑哧一下笑了："谢临川，你刚三十出头儿，还没到中年，怎么突然就油了呢？"

"我油？我怎么可能油？这叫男子汉气概，你懂什么！"谢临川暴跳如雷。

在席唯蹙眉抬眼看过来的时候，谢临川又臊眉耷眼地自己坐了下去："我怎么油了？明明出去后有那么多人都拜倒在老子的西装裤下。"

席唯冷笑了一声："是拜倒在你的迈凯伦下，你骑个共享单车穿个背心短裤出去试试看？"

谢临川毫无羞耻之心："我才不去。金钱也是魅力的一部分，我自己赚的钱，人家为什么不能喜欢？也就你不喜欢钱。"

席唯满眼不解："谁说我不喜欢钱了？只不过我的钱没有拿来买车而已。"

谢临川立即凑了过来："那你喜欢啥，我马上安排。"

席唯打开手机备忘录，翻了翻，随意道："一定要买的话，帮我买点儿 LIPO3000 转染试剂吧，实验室里的好像快用完了。"

谢临川眼角一跳，硬生生地把嘴角扶了上去："来多少？"

"500 毫升应该够用一段时间了。谢临川，你攒点儿钱也不容易，有困难就算了，我自己买也行的。"席唯沉吟一下，抬头就看谢临川眼含热泪地掏出手机，不由得有点儿想笑。

谢临川抹了把脸："我有什么困难？老子有的是钱，给你买 1 升都行！"

席唯这下真是对谢临川另眼相看了："看来你当股东没少赚哪，买都买了，一事不烦二主，顺便让苏念给我单采几只基因敲除小鼠吧。"

谢临川含泪安排去了，回来之后就默默地坐在桌子边上喝闷酒。

另一边，池惊鸿输得快要当裤子了，被孟庆泽赶了出来，把沈复又给拽了回去。池惊鸿牌场头回受挫，气愤地让人从厨房弄了一大盘东西出来，想化悲愤为食欲。

两人一左一右，莫名地坐出了一股子悲壮的气势。

灌了口酒，池惊鸿咽下嘴里的肉，吐了口气，注意到了谢临川："大哥，你怎么看起来不开心？"

席唯轻笑一声："大概是在肉疼吧。"

谢临川叹了口气："早知道不留那么多外汇了，银行那边大额兑换要提前预约，这几天怕是要喝西北风。"

池惊鸿偷瞄了席唯一眼："你给他买啥了？不会是试剂吧？"

谢临川点点头："LIPO3000 转染试剂。"

池惊鸿"哦"了一声："那个还好吧，几千块钱1毫升，你买了多少？"

"1升。"谢临川看起来有点儿沧桑。

池惊鸿说了好几声"我的天哪"，最后一竖大拇指："牛哇，真有钱。我一个'富六代'还得看我爸眼色过活，你俩买个试剂论升买，我说二位'土豪'，你们俩加一块儿，这一个月流水小几千万了吧？"

"嗯？"

谢临川倒没算过这个账，现在掐指一算，这个月他满打满算，吃饭花了几万，买车一千多万，今天买试剂二百多万，"捞"席唯的时候找人查了点儿材料，花了不到一百万……一个月他花了快一千五百万了。

谢临川眉头一挑，突然发现了哪里不对劲："你说我俩加一块儿一个月能花小几千万，席唯一个月能花上千万？"

池惊鸿满脸理所当然的表情，比比画画地说："你不知道？你不会以为席唯就是个苦兮兮的穷医生吧？我还以为你要抱小唯的大腿来着！我跟你说，我师兄可是大富翁来着，带他的导师都没他有钱，老向他借材料的！"

"他用材料要用很多？"谢临川心里一咯噔。

池惊鸿无所谓的样子："医学大佬的研究嘛，做实验当然很费材料哇！他做实验用的那个小白鼠，一动就是 30 只一组，上万一滴的生物试剂，一天可以消耗十几毫升……不过他们实验室也很高产就是了，只是他导师有时候赚得还没他多。"

谢临川点了根烟，忽然清晰地意识到了压力，这压力压得他胃疼。

谢临川哆嗦着点上了火，吐了一口烟，咬牙道："没事，我能挣。"

池惊鸿说着，拍了拍自己的油脸："我一个在不列颠有两座庄园、一家马场，横扫北美洲学术圈的'富六代'败家子，不也老老实实地抱着我师兄的大腿吗？"

谢临川认命地闭上双眼——压力更大了。

池惊鸿看谢临川还没反应过来的样子，同情而亲切地拍了拍谢临川的肩膀："你现在还没深入了解我师兄，不过以后你就会慢慢习惯的。"

坐在两人身旁不远处，目睹了全程的席唯不禁哑然："你们两个，说这种话的时候可不可以背着我点儿？"

谢临川吸了吸鼻子，一秒钟就换上了腼腆的笑脸，凑到席唯身边说："小唯，我老早就看一家制药公司不顺眼了，要不咱们把他们收购了吧？"

席唯挑挑眉："哪家呀？"

"临德生物，抢了我好几个医保谈判的合同了。"

席唯似乎有点儿意外的样子，沉思了一下："这么久了，还没问你开的那家公司叫什么名字。"

提起这，谢临川就很骄傲了，牛气地从口袋里摸出一张烫金的名片，上面简简单单地写着两行字，席唯就着谢临川的手念道："微明科技，谢临川……哦，后面是二维码，我听过这家公司，业内人送外号'掀桌公司'，名气很大。"

谢临川对此十分得意："需要什么药，我们就仿制什么药不好吗？我们不但能做到一模一样，还可以做到更好，价格嘛，是原研药的十分之一，甚至百分之一不到，公司收到的锦旗一栋楼都放不下。就那个临德生物，放着几种靶向药宝贝得跟什么似的，还不是都被我们破解了？"

席唯轻咳一声，不赞同地说："仿制药可以，但你们仿制完了药还把药物申请专利，一下就把绝密配方变成了授权产品，把原研药的桌都掀了，怪不得叫'掀桌公司'。"

谢临川不高兴了："你怎么胳膊肘还往外拐呢？临德生物是你实验室导师开的？"

席唯摇了摇头，表情看起来有点儿歉意："不是，不过，那家好像是我的公司。"

有段时间被临德的法务告得焦头烂额的谢临川沉默良久，干笑了一声："哈，这不是大水冲了龙王庙……"

席唯打开手机，发了个短信出去，展颜一笑："是呀，对微明科技的诉讼官司还是撤了吧。之前我没管过这些，也没怎么留意人事任免，毕竟也没什么合作，说到底，临德只是一家很小的公司。"

谢临川的脑海里无声地滑过他含泪从临德买来的授权、签订的协议，咕哝了一声："我当初都想去把你套麻袋了，被公司那帮人劝住了。"

谢临川转瞬想出了个馊主意，还没开口，就被席唯按住了嘴巴："谢临川，你应该不会打我钱包的主意吧？"

谢临川处于被怀疑的愤然中，怒道："谁图你那两个钱？你要么跟我股权置换，要么就重组，你来当老板，给我发工资，怎么样？"

席唯无动于衷："不怎么样，我妈说了，关系再好，也不能把事业掺和到一起，要不然以后闹翻了没办法分。"

池惊鸿竖了个大拇指："阿姨是明白人，我第三任小妈就这么干的，拳打第四任，脚踩第二任，事业搞得风风火火，都快把我爸架空了。"

谢临川嫌弃地挥了挥手："一边去，怎么哪儿都有你。"

"怎么没有我呢？我师兄那公司里头还有我五个点的股份呢！跟你那个'四不像'合并了，我岂不是连根毛都剩不下！"涉及钱的问题，池惊鸿半分不让，虽然厌，但是十分坚定地站在了席唯的那一边。

谢临川黑着脸："我那个'四不像'体量比临德大上百倍，跟临德置换股权，对临德来说只会是一件好事！老子是绝对控股的股东，我一年能分多少钱，你们一年能赚多少钱，谁多谁少，我能没数吗？老子这是在给你们送钱！"

"哦……"池惊鸿反应了一下，态度有所缓和，"是哦，好像真是这样，师兄……"

席唯无奈地摇了摇头："临德的思路和未来的发展方向跟微明相反，不适合搅和在一起。再说，我也不缺钱，你要实在想送，可以把分红上交。"

谢临川的下巴几乎要掉了下来，傻眼了："上……上交？"

席唯一脸的理所当然："对呀，你的分红交给我，你觉得有什么不对吗？"

谢临川心一横："交就交！只要你愿意收！"

席唯："怎么会不愿意呢？"

池惊鸿嗷的一声，捂住耳朵逃走了："我不参与你们这些'土豪'的谈话。"

灯光下，席唯的表情单纯而又坦然。谢临川因为他这一句话，噌地一下站起来，板着脸对席唯说："走，回去。"

上一秒还风风火火的谢临川，下一秒就略显犹豫了，一时之间不知道应该带席唯回去哪里。他刚在席唯面前哭过一回穷，在霄云路8号的房子现在拿出来，仿佛也不大合适。

席唯看出了谢临川的窘迫，沉吟了一下，主动报了一个地址："去灵通观？上次你说自己无家可归的时候，我就想说来着。"

谢临川先是感觉这地方听上去有点儿耳熟，很快就恍然大悟："是我成年后咱俩凑压岁钱一起买的那套房子？还能住人吗？"

两人小时候都被家里收拾得够呛，跑去亲戚家又会被押回家里，后来就商量自己买套房，谁也不告诉，惹了祸就出去躲几天。

席唯在家旁边溜达了好几天，相中了国贸旁边的灵通观小区，楼层不高，离日坛公园还近，出去玩或者买东西都方便，而且这边人口相对多点儿，他们俩出出进进的也不扎眼。那阵儿房子还不算贵，他们买了个小两居，拢共花了一百多万，后来还自己鼓捣着装修了一下，主要是谢临川往里面塞了很多游戏装备，还摆了几个健身设施，搞得真的像秘密基地一样。

席唯面带感慨之色："说起来，那还是我第一笔投资呢，想着万一没得混了，还能有个地方住，后来还真用上了，头几年上大学的时候，没事就过去住两天。"

谢临川有点儿怅然的样子——自打他去了大学之后，家里面就很少待了，就算回来也是在跟朋友各种聚。那套房子，他下意识地藏进了记忆深处，一次都不愿意想起来。掩下酸涩，谢临川打趣道："你不地道哇，房子我可是投资了一半呢，结果你倒自己闷声不响住上了。"

席唯诧异地说："当初买的时候不是说要留着给我当婚房吗?! 谢临川，你不会是个隐藏的葛朗台吧?"

谢临川掩饰性地握拳干咳一声："……"

席唯看谢临川这副样子，轻轻地"嗬"了一声。

谢临川仔细回忆了一下："我记得那阵儿应该花了一百多万，把我后来两年的压岁钱都给预支了才凑够房款，现在这房子的价格怕是得翻几番了?"

"是呀，当时本来钱还是够的，但你又要买任天堂，又要凑齐整套的游戏卡片，后来又说 PS3 好玩……"席唯的眼神充满幽怨。

谢临川尴尬不已："后来我不是也让人免费给扯了条光纤吗?!"

席唯想了想 B 市千兆光纤的价格，也乐了："那倒是。"

两个人说说笑笑的，很快便到了那个老小区，车子蹭了个路边的车位，停好了车，两人并排走了进去。

房子买得早，这一片儿都是老住户，楼上楼下几乎没什么人，住户大多是岁数大的老爷子、老太太，早早地就关了灯，小区里只剩下路灯的光亮。

房子在三楼，对两个大男人来说，爬上去也就是喘口气的工夫。

席唯之前换了指纹锁，轻触一下，门就无声地开了。

谢临川顿了一下，不走了，拿眼睛觑席唯，席唯想了想，恍然道："哦，密码是吧——"

谢临川摇摇头，伸出手指，在指纹锁旁边晃了晃："我也要录。"

"自己录呗……好吧，估计你也不会。"席唯认命地叹了口气，帮谢临川把指纹录进去。不一会儿，指纹锁绿灯闪烁，提示已录入成功。

第二天，席唯人还没睡醒，手机就一直响个不停。他摸索着接起了电话。

"席医生，医院来了个急诊病人，急诊那边给的信息是抑郁自残，皮瓣残损得比较厉害，请您过来帮忙缝合一下。"

席唯愣了一下："我是内科医生，你们急诊的外科手术喊我干吗？喊你们主任不行？"

小护士急得不行："今天急诊是池医生轮值，他叫我给您打的电话，说那几个老……老主任眼神没有您好。席医生，您能过来吗？"

席唯这回是真的想骂人了，挂掉电话就准备起来洗漱出门。

谢临川听到动静，起来看到匆忙的席唯："干吗呀？你这是要去哪里？"

席唯头也不抬就往外走："医院有急事，小鸿那边搞不定了，去给他善后擦屁股。你给我开车？"

谢临川一听，立即跳了起来："我送你去。"

两个人匆忙地收拾好，往医院赶。

灵通观这里距离和协说远不远，说近不近的，谢临川的车技不错，开车还能快点儿。

两人风风火火地下了楼，谢临川一路压着超速的边儿把席唯送到了地方。

席唯很快换上衣服，去了急诊手术室，池惊鸿衣服上全是血，正急得在那儿原地踱步。

"怎么回事？"

池惊鸿见到席唯，就跟见到救星一样奔了过来："唯呀，你得救救我，不是，得救救她，那姑娘年纪轻轻的，长得老漂亮了，要是死了，真太可惜了。"

席唯眉毛拧着往里走，低声问："割腕？"

池惊鸿摇了摇头，十分沉痛地说："自残。我怀疑她可能有点儿别的病……你去看看就知道了。"

说着，池惊鸿帮席唯换上手术服，打开了帘子。见到躺在床上的病人，席唯愣了一下，很快就明白了池惊鸿说的"可惜"是什么意思。

这是个女性患者，身份证姓名郑佳怡，看起来受到过很好的教育，衣着打扮都相当时尚，长得非常漂亮，皮肤白皙，个子高挑，气质很是出众。但她的状态与富贵太平的长相截然相反，看起来十分凄惨。

她的病历卡上写着二十六岁，看起来却像是三十出头儿了，不是说长得老，而是她的形容憔悴，整个人身上有种说不上来的沧桑和疲惫感，像是陷入情绪的困境里无法走出来的样子。除此之外，她的双脚脚趾、脚踝、膝盖、双手手肘，都有不同程度的破损，最严重的大拇脚趾，皮肉翻开，已经可以见到骨头，虽然伤口已经做了初步的处理，但仍然可以想见刚送来的时候，这些伤有多么惨烈。

"谁送她来的？"席唯头也不回地问。

池惊鸿毫不犹豫地答道："一个网约车司机把她扶进来的，司机说，本来郑佳怡在手机上下了订单，后来自己到了上车点却久久不见人下楼，电话也打不通，觉得不对劲，就让保安上楼看一眼，保安见到她的时候，她脚趾流的血把地板都染得一塌糊涂了，人还在跳舞。

"刚才给她打了一针镇静剂，不然按不住。"

席唯迅速戴上手套："给她安排个基因检测，重点看一下 CAG 重复序列拷贝数，通知手术室立即手术。另外，你……你安排完了基因检测的事，去咱们停车场一趟，告诉谢临川我有台手术，叫他先回家。"提到谢临川的时候，席唯迟疑了一下，随后面色如常地开始安排。

"CAG重复序列……你怀疑她有亨廷顿病？那我马上安排检测。还有，谢临川那个事你微信跟他说不行吗？你们俩不是有微信吗……好吧，我亲自去一趟。"池惊鸿十分不解地问了一嘴，等席唯横了他一眼之后，立马就怂了，蔫头耷脑地去开检测单子。

席唯面色肃然，迅速安排了急救手术。那边，池惊鸿取了点儿郑佳怡的组织样本送检，随后就噔噔噔地跑了出去，果然在停车场找到了谢临川。

谢临川正坐在车里抽烟，看停车场的大爷美滋滋地在一边的小亭子里点谢临川交的"巨额罚款"，对这里的情况视而不见。

池惊鸿人精一个，一看到谢临川，眼珠子一转就凑上去搂住了谢临川的肩膀："哎哟我的哥，你怎么在这儿蔫着呢？师兄那边有手术，让我告诉你先回去。"

谢临川此刻看着池惊鸿，有些话在心里斟酌，不知道该怎么说出口。他捻碎一截烟头，突然问道："喂，小子，你和小唯一起学习的，很有共同话题吧？"

池惊鸿听完一脸疑惑："那得看是哪方面了。"

谢临川的气压更低了："就你们俩都感兴趣的那些方面。"

池惊鸿看着谢临川，疑惑更甚地试探道："大哥你是怎么个事呀，你想干吗？"

谢临川没耐心了，长腿一伸下了车，从上而下地瞪着池惊鸿，似乎是有点儿难以理解地说："就是你和小唯都感兴趣的东西，我不懂，有时候跟不上你们的默契的时候，我要怎么办？"

"怎么办，凉拌呗，难上加难，迎难而上咯！"池惊鸿随口扯了一通，看谢临川似乎是真的虚心求教的样子，脑海里第六感乍现，他瞪大眼睛：

"不是吧，大哥，不懂就学啊，这么简单的道理你不会不知道吧？"

"不懂就学？"谢临川沉默了一下，木然地问，"怎么学？"

池惊鸿一下就找到了自己的位置，老大哥一样慈祥地搂着谢临川的肩膀把他拉上了车："这个嘛，口说无凭，眼观为证，老夫这里有一套互联网学习资源，看过的都说好！"

谢临川刚想拒绝，微信好友"漫山菊花我最黄"就给他分享了一个十分长且复杂的网址。池惊鸿拍了拍谢临川的肩膀，有些感慨："大哥，我也没想到咱俩加上好友这么久，第一条消息发的竟然是学习资源，真是奇妙哈。"

谢临川看看网址，又看看池惊鸿，艰难地开口："其实也不用……"

"要用的要用的，不懂就学也是优良传统，大哥你慢慢品鉴、学习，哥们儿那边还有个检测数据要追，先撤了哈，建议仔细观摩，千万记得戴耳机！"

池惊鸿火速拉开车门溜了出去，叫谢临川想拒绝都没机会。

然后，谢临川脑子里不知道怎么想的，一下子就把那个网址给点开了。

今天谢临川开的是幻影里的一辆，漆黑无光的车里，谢临川经历了相当漫长且震撼的几个小时，充分地领会了"迎难而上"的深层含义，然后对自己充满了信心，觉得学习完这些资源，就可以像池惊鸿一样，能和席唯有共同话题了。

三个小时之后，席唯下了手术台，郑佳怡的脚趾被最大程度地保了下来，皮瓣有些实在残缺的部分，席唯也想办法做了补救，只是神经部分已经无力回天了，在地板上磨了几个小时，血管和神经损耗巨大，脚即便能保住，以后也行动困难，甚至需要终生坐轮椅，再也不能跳舞了。

之后的复健对这个姑娘来说，也将是伴随终生的一项苦修。

"阿福……阿福……你到哪儿去呢……阿福别走……"麻醉剂让郑佳怡处于思维混乱状态，她不断地说着胡话，似乎是感情上受到了很大的创伤。

席唯不经意地蹙了蹙眉，总觉得"阿福"这个名字好像在哪里听过。他脱掉了口罩，看向依旧处于麻醉状态的女孩，感觉有些遗憾。

"等她检查结果出来了，如果是亨廷顿病，建议把她转到我这里来。"席唯交代好了后续的安排，换上自己的衣服，走出急诊楼。此时天已经快亮了，东方已经出现了一抹鱼肚白，席唯揉了揉手腕，准备去办公室补个觉。

这时，谢临川开着车停在了席唯的面前，车窗摇下，谢临川仿佛闪烁着绿光的眼睛把席唯吓了一跳。

"你这是怎么了，一宿没睡？"席唯自然地上了车，偏头问，"要不要去吃个早饭？"

谢临川脸上挂着两个漆黑的眼圈，表情诡异地点了点头："对，早饭自然是要吃的，你想吃点儿什么？"

席唯对吃很随意，伸着懒腰说："来两个包子就行，倒是你，吃饭又挑，要不去私厨给你弄点儿适口的？"

谢临川摇摇头："不用，我有别的吃。"

说着就把车开到了席唯常吃的一家早餐店，席唯安全带都没来得及解开，谢临川已经风一样地下车、打包、扔下一百块钱、火速上车，然后在众目睽睽下直接开走了。

席唯捧着两个包子，一脸茫然："你公司有事吗，今天怎么这么着急？"

"不是公司，但有事倒是真的，有大事！"谢临川板着脸，督促席唯，"快吃，下一顿不定什么时候了。"

席唯总觉得谢临川好像哪里很奇怪，又察觉不到是哪里奇怪，只得一口一口地把包子吃了，临下车之前，又在谢临川的监督下喝了一杯果汁。

谢临川念叨了一句："碳水、蛋白质、维生素都有了，营养差不多够用了。"

两个人一起回到了灵通观的房子，席唯开了门走进去，想到今天谢临川的种种反常行为，闻言抬头问："谢临川，你是不是困出毛病了？"

谢临川抬起头，饥肠辘辘的眼神仿佛是发现了大餐的饕餮，透着一股蓝光，幽幽地说："我不是困出毛病了，是饿出毛病了！"

席唯愣了一下，有些歉意地说："啊？要不咱们出去吃点儿东西吧。"

谢临川看着席唯："不用出去，我一会儿给自己做好吃的。"

席唯："你不是说还有事吗？"

谢临川突然正色说道："昨天我才发现，我和你之间的默契、共同话题还没有你和池惊鸿的多。"

席唯一脸疑惑："怎么突然说这个？"

谢临川将自己的外套脱下来放在沙发上，继续说："然后我学习了一些你和池惊鸿都感兴趣的知识，我们以后也会有很多共同的话题和默契。"

谢临川的话席唯一句都没听懂，他一直云里雾里的，但由于半夜起来做手术，他现在整个人都迷迷糊糊的，只想躺着休息。

◆
◇
◇

那天做完手术之后，席唯一天都没有下楼，尽管他十分热爱工作，但身体超负荷也无法工作。谢临川看着身体不舒服的席唯，强硬地让他休息，席唯临睡前还不忘向医院请假。

病来如山倒，一直高强度的工作让席唯的身体超负荷运转，他瘫躺在床上休息，梦里全是光怪陆离的画面，人仿佛是在惊涛骇浪的上方，被颠来颠去，起起伏伏，然后，他就失去了所有的力气，陷入了沉沉的梦魇里……

第三天，席唯身体终于恢复得不错了。

《柳叶刀》最新一期送达医院，席唯榜上有名，院长交代席唯去一趟。

在谢临川的千叮咛万嘱咐之下，席唯终于去上班了。

临出门的时候，谢临川说："病刚好，不要逞强，早点儿下班。"

席唯的手下意识地扶在腰上，伸了伸懒腰。在家休息的这几天，腰都睡疼了。

谢临川又说："实验室那边的申请卡住了，我得亲自去看看怎么处理，要不我处理完了去接你，你今晚早点儿下班？"

席唯："我今儿晚上值夜班儿。"说完就把门一关，出门上班去了。

"怎么又有夜班儿了呀？还让不让人过日子了，身体怎么撑得住！"谢临川骂了一声，悻悻地开门追了上去，"小唯你等等，我送你去！"

席唯去得太早，七点刚过就到了医院，手续也不用他自己弄，在院长那儿露一面就行。

《柳叶刀》的子刊也不是随便哪个医生都能上的，再加上本身的能力在那儿，席唯一到医院就被院长给表扬了，顺带通知他，主任医师的职称也评下来了，以后不用再坐普通号，医院直接给他开了个专家号。

工资也上涨了可怜的仨瓜俩枣。专家号的好处在于，席唯出门诊的时候，一天就开 25 个号，也不用天天坐诊，但坏处是排了班儿就得去坐，因为没有人能替他了。这种消息对平时生活得十分随性、"小资"的席唯来说，本来算是个苦差，不过席唯现在对于任何要求他上班的人和事都十分包容，能加班就加班，能不回家就尽量不回家。在家躺着休息啥也干不了的日子，席唯一天都不想再过了。

记挂着池惊鸿刚转正，席唯先去池惊鸿那边看了一眼，刚好郑佳怡的基因检测结果也出来了，池惊鸿扫了一眼单子，忧心忡忡把结果递给席唯："师兄，你的猜测是对的。

"基因检测结果显示，TT15 基因的三核苷酸串联重复序列异常扩展，已经达到了 69，她的确有亨廷顿病，应该已经多次发病了。我早上查房的时候，郑佳怡表示已经知道了自己的病情，但她坚持要出院，并且拒绝服药。"

席唯看报告的动作顿了顿："她的监护人呢，怎么说的，之前她没使用过药物治疗？"

池惊鸿摇了摇头："她没有监护人，唯一的亲属也在医院住院，就在你那边，听说是文工团退下来的一位老太太。药物治疗的话，她的个人物品里头有多巴胺受体阻滞剂和抗抑郁药，但看起来她只使用了安定类的药物，其他药有的都没开封。"

席唯愣了一下，手缓缓地揣进了口袋里："文工团退下来的，我那儿就一位，是沈复的姨奶奶。"

池惊鸿瞪着眼睛，左右看了看，小声说："她是沈复的亲戚？"

席唯缓缓摇了摇头："不一定，没听说沈家沈复这一代有女孩。"然后一顿，"除了当年那位……"

"当年那位？那她……"池惊鸿犹豫了，"她要出院就让她走吧，这几天我也侧面打听了，老沈家好像没什么好人的样子。"

"没什么好人你跟人家聊得火热？"席唯冷飕飕地瞟了池惊鸿一眼。

池惊鸿哀怨道："我那不是深入敌后，获取第一手资料吗？"

席唯挑挑眉："获取什么资料了，说来听听？"

"资料还有待窃取……"池惊鸿想了一下，凑近席唯耳边小声说，"不过我感觉沈复有点儿奇怪。"

"哦？哪里怪了？"

"说不清楚，就感觉他身上有种莫名的熟悉感，这要是在酒吧里，我可能会觉得他也是个和我不相上下的潇洒人士呢。"

席唯下意识地说："他是有未婚妻的……"

想到沈复跟暮云相处的时候略带怪异的感觉，席唯也不说话了。

"这事跟咱们没关系。"席唯迈着小步，沉吟着说，"等郑佳怡能动了，你带着她去看看那老太太吧，看看她什么表现。你跟她说，老太太是糖尿病晚期引发多器官衰竭，前些日子查出了中枢神经病变，出现了老年痴呆的前兆指征，清醒的时间不多了。"

看着窗外不断落下的枯叶，席唯轻声道："一老一小的，都不容易，也许这样能唤起她的求生欲望。"

"师兄，有时候我觉得你没有感情，有时候又觉得你像个圣人。"池惊鸿叹了口气，哭丧着脸说，"有时候想想，真的，唉，你说人活着怎么就这么难呢？"

席唯拍了拍池惊鸿的后背，让他抬起头，平静地望着医院走廊里各种各样、行色匆匆的人说："你是个医生，如果你倒下来，病人的天就塌了，要么就把那副样子收起来，要么就转去病理科看切片，那更适合你。"

"果然是没有感情的杀手。"池惊鸿不情不愿地挺直了腰杆，嘟囔了一句，"真不知道谢临川怎么受得了你。"

席唯优雅地横了池惊鸿一眼，非常不屑开口的样子，扭头就去了门诊楼，那句"谁受不了谁"压在嘴里，到底没好意思说。

怀抱着某种不好言说的怒气，席唯忍着不适开门坐诊，若隐若现的低气压之下，席唯身边三米之内都冷飕飕的，一个眼风扫过，就叫人直打哆嗦，忍不住回忆起学生时期被教导主任支配的恐惧。那些花钱托关系插号的票贩子一个字儿都没敢跟席唯说，一上午，连一个托人加号的都没有。

把各类头疼脑热的小毛病一个一个地诊断好，记录到纸面上，该检查检查，该开药开药，一上午时间，席唯闷着头，一口气把所有的挂号病人都给看完了。送走最后一个病人的时候，席唯抬头一看，都快一点了，不由得捶了捶酸疼的脊背，揉着腰走出了专家诊室。

席唯这段日子胃口被养刁了不少，不乐意吃外卖，对食堂也兴味索然，本想去外头对付一口，瞧了一眼外头晒得明晃晃的地面，又退了回去，转从后门走。

这一走，就瞧见后门楼梯口下边，席地坐着一个岁数挺大的大爷。似乎是察觉到席唯的脚步停了，大爷还稍微往里撤了撤，害怕挡住席唯走路。

老大爷一看就是做惯了活儿的，皮肤黝黑，皱纹遍布，双手手指粗大，满是老茧，身体肌肉线条都在，坐姿也偏利落，只是原本黑黝黝的皮肤上泛着一层灰，原本有神的眼睛里，也遍布着瘀斑，他不断地咳嗽着，手上还夹着一根自制的卷烟，放到鼻端不断地嗅着。

席唯打量了一眼，就感觉这大爷身体不好，还是很严重的那种不好。他想了一下，弯下腰问："大爷，您是来看病？"

没承想老大爷摆了摆手，刚想开口，就艰难地捂着嘴剧烈地咳嗽起来："不，不看咧，黄牛说，加不上号，把钱又退给我了。"

"我其实在家都查了一遍了，大夫背着我跟孩子们说，我这个病不太好办。孩子们还小，不懂事，非让我来这儿看，我都这么大岁数了，费那个钱干啥？"说着，他黝黑的脸上现出讨好的表情，他扭捏又带着点儿怯地问，"你是这医院上班的大夫吧？"

席唯点了点头："对。"

老大爷搓着手上的烟卷，试探着问："我在这坐一会儿，等太阳不那么晒了就走，刚好赶上下午那班车，你看行不？"

"您在哪里坐着都行，医院不管的。"席唯沉默了一下，低声说，"不过，看起来您的贫血已经很严重了，可能凝血功能也出现了一点儿问题，走远路恐怕身体会吃不消的。"

老大爷笑了，脸上带着得意："不会，我来就是这么来的，早上蒸了一大碗猪血鸡蛋吃，晚上回去再蒸一碗。"说着又叹了口气，望着门口的方向说："家里的墨米要收割了，现在的收成一年不如一年，不回去怎么行呢？"

席唯神情一动："您是东兰人？"

"东兰县兰阳村的，后生知道我们的墨米？"

"知道的。小的时候在那边待过，当初东兰墨米的推广，我爸爸还出过一份力。"席唯面上浮现回忆之色，"那时候好几个小伙伴都在那儿，我还在那边上过一年学。"

席唯腰不行，弯一会儿就酸了，索性伸出手邀请道："您要等车的话，可以到我办公室坐着，那儿还有床，可以睡一会儿。"

老大爷有些局促地说："不用，我不用睡，添麻烦……"

"没什么麻烦的，放心，不白请你，我也很多年没有去广市看看了，您跟我聊聊家乡近些年的发展，我给您简单诊断一下，怎么样？放心，很近的，就在楼上。"席唯微笑着指了指头顶，"如果您要治疗，我也可以为您提供一些匿名的慈善机构，不花什么钱的。不想检查也没关系，我们就聊聊天。"

老大爷眨了眨眼睛，局促地拎起了自己的布口袋："那，就聊一会儿？"

席唯微笑着扶了一把，顺手帮老大爷拎起了另外一只帆布书包，干净洁白的手指毫不犹豫地拖住老大爷风尘仆仆的衣袖，口中温柔地说："您注意脚下。"

老大爷答应了一声，略显拘束地跟着席唯进了他的诊室。

席唯在诊室边上的床上铺了一张一次性床单，仔细将老大爷的两个包都放好，便叫老大爷躺在病床上。

小床窄长，但老大爷躺在上头，依旧一边宽了一手的距离不止。

老大爷一躺上去，就长长地出了一口气，筋骨也舒展了不少。

简单看了一眼老大爷的黏膜，席唯有些意外地说："您这病有年头儿了，怕不止两三年了吧？"

"五年啦，谁能想到，老汉在家种田，也会得这个病呢？"老大爷显然对自己的病心中有数，叹息着说，"小后生，我活不了多久了吧？白血病啊，不抽烟不喝酒的，怎么就能是我呢？"

席唯不知如何劝慰，只得勉强顺着他的话说："得这个病，也不一定就是习惯不好引起的，环境不好导致的也是有可能的，比如长期使用不合格的化肥，都会增加致病风险……"

"可是我家的墨米，从来都不用化肥的呀？就几亩地自己吃，顺带给城里的孩子捎带一点儿，怎么能用化肥呢？"老大爷神情激动起来，忽然一顿，试探着问，"后生，你说如果空气不好，是不是也有可能得这个病？"

席唯一愣："怎么说？"

老大爷犹豫了很久，才低声说："这些年，尤其自从那家纺织厂搬过来几年后，我就总感觉家附近的空气不好，孩子们来了，也总爱感冒咳嗽，后来我就不叫他们来了，一早一晚的味道，辣眼睛得很。

"但是村主任说纺织厂都是排废水的，不会排废气，而且人家的废水也没啥污染，我就不敢说了。"

席唯动作一顿，缓缓开口道："大爷，您说的那家工厂，叫什么名字？"

老大爷随口说："兰阳纺织厂，以前叫东兰棉纺厂，听说以前还是大企业哩！"

席唯的眼神微微变了变。

当初他爸爸席长水在兰阳工作，一力主张发展新式特色农产品，他的几个朋友同时也帮忙引入了几条工厂线，有冶炼厂、食品厂、粮油厂，还有沈复的父亲沈邦成拍板开过去的棉纺厂——西南纺织公司第六棉纺厂，代称"东兰棉纺厂"。

席唯带着老大爷去做了血常规和血分片检查，走了特快通道，迅速确定了病情之后，便用自己公司的名义为老大爷捐助了这次治疗的全部费用。

见老爷子十分惦记家里的那些稻谷，席唯还亲自打电话给他的家属，向他们说明了诊断的情况。名为孙光根的大爷有三子二女，全部支持他在 B 市治疗，同时请求席唯让老大爷放心，家里的墨米他们会及时收割。

把孙光根安排去了住院部，席唯到林荫道边的长椅上坐了一会儿。

在兰阳的那一年是非常艰苦的一年，那时候席唯还很小，记忆里的每一天都是湿漉漉的，房子漏水，还靠着一条汹涌的大河，每天都要在激烈的流水声中入睡，时不时地还要被巨大的蚊子活生生地咬醒。

但他跟妈妈都没叫过苦，因为爸爸更苦。席长水几乎没有在家里睡过觉，用了四个月的时间，硬生生地在山上开出了一条路，又忙上忙下为这里引进了优良的育种和种植技术，种植采用合作化生产的方式，将大部分劳动力从田地里释放出来。四家工厂的引入更是为兰阳打了一剂强心针，一时间工作开展得如火如荼，工厂的建设让整个兰阳都变成了大工地。大家陆续进入工厂工作，不到一年的时间，大家都有了工作，收入实现了五倍增长。

席唯那时候很感激几位将工厂开到兰阳的伯伯，一直到刚才，都觉得对沈复的怀疑并不能延伸到沈家，但是现在看来，或许沈家从根子上就已经朽烂了。

季东昂走到林荫道上的时候，看到的是席唯踩在一片金黄色的落叶上，靠在长椅上沉思的景象。枯叶绕着他轻轻打转，阳光从树枝的缝隙里零散地洒在长椅上，在席唯头顶镀上一层浅金色的微光，连路过的风都对那个年轻人十足温柔。

在那幅画面里，席唯飘逸出尘，不似凡人。

他忍不住放缓了呼吸。

可席唯已经抬起头，在这一瞬间，季东昂真正地与席唯有了一秒钟的对视。

那个眼神，冷漠、凌厉、肃杀，还掺杂着一点儿十分隐晦的痛惜，叫季东昂以为席唯已经看穿了他所有阴暗的想法，并且毫无动摇地判了他"死刑"。

好在，那眼神只一个瞬间就收了起来。

席唯的目光有了焦距，仔细地辨认了一下，才开口道："你是……季春芳的儿子吧？"

季东昂讷讷地点头。

席唯朝他招了招手："过来坐。"

季东昂十分小心地走到席唯面前，看了一眼席唯旁边的座位，犹豫了一下，给席唯鞠了一躬。

"对不起，席医生，我妈妈的事情，给您添麻烦了。"

席唯轻轻摇头："你什么都没做错，你的母亲也是。如果有人因此为难你，你可以来找我，经济上或者生活上，我都可以提供一点儿帮助。"

季东昂眼眶一热，忍不住落下了泪。看病那天的视频片段被人传上了网，他的妈妈在死后也受到了网暴，季东昂无论如何也没想到，第一个为他说话的人会是席唯。

"当时给您造成了困扰，再次跟您道歉，对不起。"

季东昂擦了一下眼角，摸了摸口袋里的录音笔，用力地关掉了它，然后鞠了一躬就想走，重新回归的羞耻之心让他迅速找回了理智，此时他恨不得找条地缝钻进去。

"等一等。"席唯对眼前这个刚刚成年就失去母亲的男孩子颇为怜悯，放缓了语调问，"季春芳的后事是你处理的？医院应该会有一部分补偿款，你收到了吗？"

季东昂似乎想说什么，但又止住了，沉闷地点点头。

席唯想到他那几位难缠的父系亲属，恐怕即使有补偿款，季东昂也无法得到什么，不由得微微叹息。

"你叫什么名字？几岁？"

"季东昂，十九了。哦，是这几个字，"季东昂手忙脚乱地掏出一个学生证，打开给席唯看，这是他唯一拿得出手的东西了，"这个名字，还是我妈花了五百块钱找算命的给我改的……"

席唯记住了他的名字，惊讶地说："人大新闻传播学专业的新生啊，了不起，想做主持人吗？"

季东昂脸涨得通红，局促不已，小声说："谢谢席医生，我想做个记者。我知道我这个性格不大适合，但是我真的喜欢记者这个职业，我妈也说，当了记者可以去曝光那些不法行为。"

察觉到自己说得不妥当，季东昂不好意思地住了嘴。

席唯笑了笑："调查记者可不好干，你选了一个十分辛苦的行当。"

季东昂十分不好意思的样子，腼腆地说："是的，我们的导师十分严厉，刚开学就给我布置了实践任务，我思来想去，不知道可不可以将您作为我的第一篇调查报道的采访对象？"

席唯哑然失笑："这似乎并不是一个美差，我也没什么需要挖掘的东西，只能愧对你的期望了。"

季东昂眼里的失落藏都藏不住，他怅然道："啊，这样，这没什么的，席医生……"

席唯话锋一转，眼神忽然犀利起来，他明明仰着头，可看着季东昂的时候，季东昂却产生了一种被俯视的感觉。

恍惚间，季东昂听到席唯问他："东昂，你怕吃苦吗？"

季东昂摇了摇头。

"做调查记者，可能会很危险，你能保护好自己吗？"

季东昂摇摇头，又点点头。

席唯声音很轻："如果，有一个一战成名的机会放在你面前，不过它同时也意味着同等大的危险和苦楚，你会如何选择呢？"

季东昂双目圆睁，呼吸都急促起来："我，我当然选择那个机会！席医生，我妈平生最大的愿望就是看我有出息，如果有可能，我想让她高兴高兴。真的，我不怕苦，我也不怕受罪，我就怕这一辈子都平平凡凡，我怕我以后会像我爸那样，做一个混蛋，或者像我妈这样，憋屈着过一辈子，到最后在土里腐烂的时候，都悄无声息！"

季东昂因为太过激动，膝盖不自主地颤抖着，扑通一下跪坐在地上，仰着头，看着光晕里面目模糊的席唯。

因为过度兴奋而昏沉的脑海里血液沸腾翻涌，掀起滔天大浪，浪花翻涌间，季东昂听到他自己这样说："席医生，我想发出我自己的声音，让每一个人都能听到。"

光晕里的席唯垂下了手臂，轻轻朝他伸出了手："现在，这个机会是你的了。"

后来，即使过了很久很久，久到季东昂早已实现了自己的愿望，他依然记得那个温暖的午后，和将他拉起来的那只干燥、温热的手。

下午，席唯抽空去了一趟母校，他的博导朱教授正在办公室等他。

朱教授除了在医学院任职、教学，还是肿瘤医院的院长，作为席唯的导师，对席唯的天赋一清二楚，护得跟宝贝疙瘩一样。

当初他曾经一力建议席唯去肿瘤医院，后来席唯被和协医院抢了过去，朱教授还去跟曹副院长对骂了一阵儿。

据说肿瘤医院后来在采购医疗设备的时候，样样都要比和协医院多买、贵买。那一年，朱教授还把医院的几个博士生逼成了十几篇核心期刊论文的一作，才算是把那口气出了。

席唯来的时候，就带着点儿忐忑，敲门的时候，动作都比往常轻。

朱教授哼了一声："进来吧，还等我请你？"

席唯略带腼腆地笑了笑："哪儿敢劳烦您？"他把手上的盒子放到桌子上，往前推了推。

"上回您说小孩给您的紫砂壶打碎了，我这回来之前特意请人给寻摸的，您给掌掌眼？"

朱教授鼻尖动了动："铁观音？"

席唯轻轻打开盒盖："您老宝刀未老，这的确是铁观音养出来的，您瞧。"

朱教授看了一眼，再看一眼就移不开眼睛了："虚扁壶？你从哪儿淘来的？这我得瞧瞧。"说着轻托着壶底，将巴掌大的小壶托在掌心，贴近一瞧，念叨着："盖款钤印，生于乙卯，把款钤印是……壶叟？！这是？"

席唯轻轻颔首，面带微笑："景舟先生晚年的作品，高虚扁壶。"

朱教授抽了口冷气："你去拍回来的？"

"怎么会？学生给老师送礼物，用钱买岂不是俗了？"席唯立刻摇头，解释道，"家中长辈跟景舟先生是旧识，这把壶是两家互相赠送的家礼，没在外流通过，因此也不值钱。长辈每天一壶铁观音养着，养了三十年了，倒入热水自有茶香，教授喜欢铁观音，用这个壶来泡茶正好，也算是学生的一片心意。"

朱教授哼了一声，手指不舍地摩挲着手中的紫砂壶："别以为你拿点儿好处我就……"

不待朱教授推拒，席唯感慨地说道："说来这把壶也跟教授有缘，景舟先生是乙卯年一九一五年生人，您是乙卯年一九七五年生人，景舟先生钤印为'生于乙卯'的壶存世数量极少，教授得了其中这一把，岂不是一种缘分？"

"乙卯年……还真的是……"

朱教授的眼睛彻底移不开了，没一会儿，他叹了口气，将紫砂壶放回盒子里，抬手拉开抽屉，从中拿出一张裹着封皮的硬卡纸，扔在桌面上。

"本想着再卡你个一年半年的，算你小子上道儿，拿去吧，快回你的和协发光发热去，省得我看了生气。"

席唯接过那张博士毕业证，收起笑容，郑重地给朱教授鞠了一躬。

"谢谢教授。"

朱教授眼眶微湿，想伸手拍拍席唯，又收起了手，扭过头去，挥了挥手。

"去吧，以后福祸自担，若混得不好，就别说是我带出来的。"

席唯郑重应了一声："是。"

求学二十多年，如今终于毕业了，答应了母亲要好好生活，他也做到了。席唯深更半夜驱车两百公里，一路开出 B 市，来到了冀北一处很小的公墓。这个地方的名字叫越河，是他爸爸出生的地方，也是他爸爸埋骨的地方。

深秋的越河公墓，霜痕未消，席唯肩膀上带着一点儿露水的痕迹，他靠在冰冷的石碑上，满身狼藉。

墓园年久失修，早就无人管理，席唯给父亲磕了三个头之后，默默地捧起一捧泥土。就这样一捧又一捧，他的双手逐渐伤痕累累，泥土里掺杂着血渍。很快，墓碑后面被掘开了一个小小的墓穴，他掀开石板，下面安放着一只红漆的木盒子。

"爸……"

席唯颤抖着唤了一声，擦干净双手，从风衣的内侧，小心地捧出一个绸布的小袋子。袋子上还残存着他的体温，那里面是一只玉镯子，是他的母亲为他留下的唯一遗物。

"妈，我听你的话，好好地念书，好好地毕业，也找了一份工作，一次都没来看过爸爸，一直到毕业，我都做到了……现在，我来送你们团圆了……"

席唯的声音哽咽，他强忍着眼泪，动作轻柔地将绸布袋子放进了墓穴的红漆木盒子里，里面有另一个灰色的绸布袋子。看着两个小小的布袋子紧紧地靠在一块儿，一种席唯已经遗忘了很久的情绪涌了上来。

他终于忍不住低头，深棕色的土壤上，一点水迹迅速隐没。

"爸，妈，我顺利地长大了，快三十岁了，有了朋友，也有爱护我的人，你们不要担心我……我过得很好……

"妈当年要求我，要忘掉仇恨，拥抱新生，我想了十年，依旧没有做到，对不起。

"等儿子把属于席家的公道夺回来，再来看你们。"

席唯用力地将土壤按平整，看向墓碑上那张已经被风化得接近模糊的照片。

当年匆忙下葬，席长水的照片还是从工作照里截下来的，塑化后风吹日晒到现在，已经风化得只剩下五官的轮廓。

席唯小心翼翼地用刀将照片撬了下来，把自己口袋里的一张用湿版摄影法拍的照片拿出来，固定在墓碑上。照片是席唯手里仅有的一张父母的合影，孤零零地在这里守了十二年的爸爸，终于有了温柔优雅的妈妈陪伴在侧。

相隔十多年，席唯终于迈出了那一步。

在众多惊讶或狠辣的审视中，席唯这个名字再一次同"席长水""席家"联系到了一起。他也用这一次毫不掩饰的祭拜，正式宣告韬光养晦十多年之后，席家的儿子回来了。

谢临川踏上越河这一片低矮的群山时，天空飘起了小雨。

老陈从车上抽出一把黑色雨伞，谢临川撑起伞，肃容登山。

在墓园的入口，他一眼就看到了站在墓碑前的席唯，同以往的隐忍克制不同，现在的席唯看起来，有一种利刃出鞘的锋利感。语文成绩一般的谢临川平白想起了一句诗："十年磨一剑，霜刃未曾试。"

谢临川很早就明白，席唯这柄剑总有一天会"不平则鸣"，也许，那一天就是今天了。

谢临川的胸腔里回荡起沉闷的叹息，他缓步走到席唯身旁，收了伞，与席唯一同站在雨里。在席唯父母的墓前，谢临川极其正式地鞠了一躬。

"叔叔婶婶好，我是小川。"

席唯笑了一下："跟他们说过你了。"

谢临川有些局促："我这次来看望叔叔婶婶也没带什么礼物……"

"把自己带上就行。走吧，下山回家。"心中的决定终于落了地，席唯的心情反而平静了下来。

谢临川默契地应了一声。

席唯边走边侧过头问他："审批进展得顺利吗？"

谢临川偏了偏雨伞，言简意赅："家里头几个不长眼的蹦跶了一通，药的事漏出去一点儿，那边只能最大化地压缩时间，大概要一个月，元旦前可以进行第四期临床……"

看着席唯残留着灰尘与血渍的手指，谢临川一语不发地从口袋里拿出手帕。

谢临川说："医院里的几个'钉子'想跟着，被我拔了，是沈复安排的？"

席唯没作声，沉默了一下，忽然道："叫他们跟着好了，我的安排已经做好了，跟着我，反而说明他们什么都没发现。"

谢临川回忆了一下从几个"钉子"嘴里撬出来的消息，将之前忽视的内容、人物全部重新咂摸了一遍，依旧没感觉有什么值得注意的，皱着眉说："你用了谁，可靠吗？"

席唯轻声说："一个还在上学的孩子，19岁。"

他仰起头，雨滴在他的睫毛上，碎成一片晶莹的小水滴，让席唯睫毛下的眼睛看起来亮得吓人。

"毕竟，谁会在乎一个失去双亲、扶灵回乡的可怜小孩呢？"

谢临川脱口而出："季东昂？不可能啊！那小孩恨你都来不及！"

席唯将手揣进兜里，平静地说："是呀，他本应恨我，但并没有，不是吗？我只是给了他一个机会，他如果能抓住这个机会，自然功成名就；如果不行，这么多双眼睛明里暗里地在我身上，一个我接触过的、没名没姓的大学生，沈家又能拿他怎么样？"

谢临川沉默了一会儿才说："昨天我大伯跟我说，即便你不出手，沈家也蹦跶不了多久了，他们家手段太过下作，吃相也太难看，得罪过的人数不胜数，现在其他几家多数都对他们有些想法，沈家倒台就是这一两年的事。"

席唯垂下眼皮，眼角的睫毛微微颤抖，一抬头，露出的却是张笑脸："所以我才要抓紧时间，如果仇人都死了，我又去找谁报仇呢？难不成要等他们都老死了，叫我父母自己去跟他们聊？"

谢临川也是个记仇能记一辈子的人，相当理解席唯的心态，但他还是非常不解，以席唯的能力，为什么非要等到今天才动手呢？

席唯恍若知道谢临川的想法，抿着唇，望着不远处雾蒙蒙的群山，轻声问："你知道，我为什么学医吗？"

谢临川摇摇头："治病救人，悬壶济世？"

席唯笑了一下，略带伤感地说："为了救我妈妈。后来她重病不治，我一度想要放弃学医，但她不许。她告诉我，如果我想回来替我爸爸讨回公道，就必须做一个医生。在完成学业之前，我不能看他们，不能碰我爸的案子，也不许说自己是席长水的儿子。

"我那个时候并不明白，我以为她是想用时间来让我慢慢消弭复仇之心……"席唯神情复杂，"直到……直到我亲手送走了我的第一位病故的病人。"

谢临川喃喃地说："不知生死，便不能断生死。"

席唯无意识地摩挲着自己受伤的手指，低声说："是的，我用了十年才想清楚这个道理，她想告诉我的是，在做出每一个决定之前，都必须清楚那些决定背后的每一条生命的重量，如果我背不动，就不能做。"

谢临川扶着席唯的手微微一紧，稳稳当当地扶着席唯下了个陡坡，脸上神情丝毫不变。

"你不用想那么多，想做什么就去做，你背不动还有我，还有谢家……"谢临川的眼神里带着点儿狠劲儿，"这世上哪儿有什么因果报应？我们就是那些人的报应。"

席唯给谢临川逗得扑哧一下子乐了，笑得小声咳嗽起来，末了喘着气，说："谢临川，陪我喝点儿？"

谢临川挑起眉，显得有些意外，回忆起席唯从小到大都相当惊人的酒量，眼睛一闭，大手一挥，浑然一副舍命陪君子的样子。

"喝！老爷子藏了几瓶五八年的茅子，回去咱们全给他端了！"

席唯忍着笑意说："谢爷爷也就那点儿念想了，若都叫你端了，他还不把你的皮揭了？"

谢临川本想再表示一下自己在老谢家一根独苗三代单传的地位，却眼珠一转，可怜兮兮地说："是呀，所以以后你每回喝茅子，喝的那都不是酒，而是我豁出去的皮！怎么着，我觉悟这么高，是不是得回报我点儿什么？"

席唯小声说："没有回报。"

在山脚下看了半天热闹的司机老陈面无表情地升上了车窗，十分上道儿地将车厢门按开，席唯远远看着，好像还把挡板给升起来了，谢临川满意得不得了。

当车子驶离墓园，消失在监控画面里，沈复啪地一下合上了电脑，面容凶悍的曲三水抱着手肃容而立，偌大的办公室里，跪着几个鼻青脸肿、流里流气的小年轻。

"我让你们看住席唯，你们就这么看的？嗯？"沈复漫不经心地靠在老板椅上，似笑非笑地说。

小年轻里头的一人捂着脸，瑟瑟发抖地说："沈总，席唯一向三点一线，老老实实的，可这回不知道他发的什么疯，突然就不见了。我们叫兄弟查了监控，他是后半夜出的门。谁能想到他大半夜不睡觉，开出去几百公里呀！"

沈复依旧带着笑，撑着下巴说："这次是人看丢了给我看监控，下次人家过来把我砍死了，是不是要给我家里人看监控啊？"

小年轻不敢说话了，只能一个劲儿地说"不敢"。曲三水适当地给了他们一个台阶："沈总，要不就一个人扣一个月工资，叫他们长长记性？"

沈复摆摆手："扣工资做什么？大家都有家有口的，我也不差你们那几个钱。"

几个小年轻神情微松。

沈复忽然拍了拍手："我记得你们谁家有个妹妹，还在上高中？"

其中一个人立刻绷紧了后背，直起了身子："沈总，我妹妹今年才刚上高二，淘得很，还不懂事……"

沈复满脸带笑："对了，你小子有福，自己长得歪瓜裂枣，妹妹倒是水灵得不行，我给你安排个好姻缘，晚上你把那孩子打扮打扮，带去见你妹夫。"

那人张了张嘴巴，无助地看向曲三水，曲三水却垂下了眼皮。

他努力地挤了个笑："沈总，她才十七，是不是小了点儿……"

沈复脸上笑意一收，随手扔出手边的烟灰缸："都想赚钱，又没那个本事，你妹妹不替你出头，就换你老婆去，你不愿意当大舅哥，那你们做'兄弟'也行！"

烟灰缸落在地上弹起来，又磕在那年轻人的额头上，尖锐的棱角瞬间就把他的额角划开一道几厘米长的豁口，血瞬间糊满了他的脸。

年轻人不敢去捂，哆嗦着在地上爬了几步，还想再求情，曲三水已经上前一脚将他踢开了去："第一天做事？跟沈总还敢挑肥拣瘦的，不想活了！"

年轻人倒在地上，手背遮住脸，无声地哭了起来。

沈复就那么撑着下巴，欣赏地看着他一点点崩溃、碎裂的表情，甚至好整以暇地切了根雪茄。

半晌，房间里传来年轻人鬼一样嘶哑的声音："谢谢，谢谢沈总……"

沈复满意地摆了摆手："以后跟着你们三水哥好好做事。——叫他们从地下车库走！"

曲三水迅速将人都带了出去。

几分钟后，清洁工敲门进入，低着头将地毯打扫得一尘不染，又将染血的烟灰缸消毒后放回了沈复的桌子上。

沈复摩挲着水晶烟灰缸上晶莹剔透的棱角，望着窗外不远处的八大胡同，虚虚地比画了一下。

"席唯，总有一天，我会让你也这样，跪在我的脚下。"

半个月之后，郑佳怡的伤拆了线，恢复得还算理想。

席唯在医院门口"捡"回来的那个患白血病的老爷子孙光根的治疗也算顺利，一个年轻，一个吃绿色食品几十年，底子都还不错。

将孙光根转去了更擅长治疗白血病的巴衔远手里，席唯在给郑佳怡办好了出院手续之后，推着她去了特需病房。

沈复的姨奶奶白柳芳就在距离谢老爷子病房不远的 19 号房，因为糖尿病的并发症不可避免地加重，白柳芳此时全身的器官都有不同程度的衰竭，房间里直接单独给她摆放了一台透析机器，以方便她随时透析。

老太太八十出头儿，说起来比谢老爷子还要小一点儿，不过从小没吃过苦，得了病之后人就垮了，不到半个月的工夫，她的痴呆症状就已经很明显了。

郑佳怡到病房的时候，白老太太刚做完一次透析，身上插着密密麻麻的管子，脚上还在清创，房间里的味道算不上好。

席唯注意到，原本有些忐忑的郑佳怡动了动鼻子，很快又镇定了下来。

她试探着叫了一声："奶奶？"

白老太太昏昏沉沉地睁开眼睛，嘴巴动了动，又合上了眼睛。

"白柳芳是你奶奶？"席唯不动声色地将郑佳怡推到病床前，将老太太能动的一只手从被子里拿了出来。

郑佳怡立刻握住了那只遍布着老年斑的手，仔细地盯着手掌上的一颗红痣看了一眼，点了点头。

她将白柳芳的手贴在自己的脸上，眼泪就流了下来："奶奶——，你看看我呀，我是佳怡呀奶奶！"

白老太太毫无反应，郑佳怡哭得上气不接下气，泪眼蒙眬地回过头："席医生，我奶奶她……她怎么了呀？她是不是晕过去了？她怎么不跟我说话呢？"

席唯平静地说："透析和清创对病人来说比较痛苦，白柳芳年龄比较大了，治疗的时候需要配合少量的麻醉和镇静剂，过两个小时，她就会醒了。不过，以后她清醒的时候会越来越少，也有可能会出现不认识人的情况。"

郑佳怡趴在了老太太的病床边，肩膀耸动起来，口中不断地重复着："奶奶不认识我了，奶奶不认识我了……"

顿了顿，席唯反问："你不知道？"

"我不知道！他们不告诉我……我，我不知道……"郑佳怡尖叫了一声，很快眼神中又浮现出一股恐惧，"席医生，你可以让我跟奶奶单独待一会儿吗？"

席唯认真地看了郑佳怡两眼，点了点头："五分钟。"说着就退出了病房，关上了门。

郑佳怡摇着轮椅，到白柳芳的枕边，轻轻地抚摸了她苍白的发丝，低声道："奶奶，你不认得我了，你快死了，这……"

"这可真是叫人开心哪。"郑佳怡凄苦的神情逐渐癫狂，眼里带着奇特的亮光，"我早就说过，你这样的人，怎么配寿终正寝呢？你就该这样煎熬着，毫无尊严地、一点点地腐朽掉，最后充满痛苦地死去，这才是匹配你的好死法呀！"

郑佳怡狠狠地拔掉了白柳芳的呼吸机，白柳芳茫然地睁开眼睛，看了郑佳怡一眼。

郑佳怡下意识地瑟缩了一下："奶奶，我不敢了……"

话音未落，白柳芳就再度合上眼睛，郑佳怡的话也就那么戛然而止了。

她微笑着，将呼吸机面罩放在了白柳芳的脸上，尖锐的指甲捏住了氧气管，捏一会儿就松开，然后再捏一会儿，欣喜地看着白柳芳的脸色逐渐发红、发白，最后慢慢地发青。

席唯适时地敲了敲门。

郑佳怡瞬间松开了氧气管，低下头揉了揉眼睛。

"我……我先回去了，等奶奶醒了，我再来看她吧。"她抿了抿嘴，面色有些苍白，手指下意识地攥紧，她眼神中满是哀求地看着席唯，"我不能休息太久，我的学生在等着我。"

席唯没作声，将白柳芳的手放回被子里盖好，将郑佳怡推出了那间病房。

郑佳怡低着头，看着刚拆了线的脚趾，那里还有一些红肿，显得有些滑稽，但席唯确实是实实在在地将她的脚趾给保了下来。

"席医生，我还能跳舞吗？"

席唯的声音平静无波："当然，只要你想。但作为医生，我不建议，你的情况我相信你自己比我还要清楚，你的每一个动作都是踩着自己的生命和健康来完成的，继续跳舞的话，或许未来连走路都会成为奢望。"

郑佳怡扯了扯嘴角，白皙柔美的脸上浮现一抹复杂，她摸了摸自己的腿："我知道，再跳下去，会死的。可是不让我跳舞，会让我比死了还难受。"

"这些年来，如果不是跳舞，我早就活不下去了。"郑佳怡仰起头，目光凝聚在席唯的眼镜上，"席医生，人间太苦了。"

席唯垂下眼，漆黑的瞳孔里映出郑佳怡哀伤凄切的脸，低声道："人生越苦，越要找糖给自己吃。"

"可是你选择了把砒霜当成糖"，席唯心中这样想。

郑佳怡垂下了头，神色不明地沉默了一会儿，忽然笑了一声："哪儿有什么糖，都是骗人的鬼把戏，给你糖的，都是来要你的命的。"

郑佳怡仰起头，看着窗外灰蒙蒙的天空。

"席医生，我是从小地方来的。我妈妈爱上了一个人渣，所以我生下来就没有爸爸。那个时候，村子里有很多闲言碎语，一个独身女人带着孩子过活，很难很难。为了防止那些人的骚扰，我跟妈妈睡觉的时候，每一次都要再三检查，我妈妈甚至用钉子把窗户全都用木板钉住了。但是我反而觉得，那些日子是我这一生最幸福的日子。"

郑佳怡掐着自己的手指，脸上带着冷笑："后来我妈死了，我也爱上了一个人，我满心欢喜地以为我这辈子的苦都受完了，谁知道，他也骗了我……

"男人都是骗子，就连最亲的人，为了蝇头小利，也可以将你打包卖了，甚至要明码标价！

"他们叫我女儿，叫我姐姐，可并不将我当成女儿或者姐姐，对他们来说，我的存在，只是为了换一张合同，或许两张，再多，就不值了。

"我为了逃离那里，像没头苍蝇一样地在网络上求助，直到有一个人出现，他那么了解我的想法，那么理解我的处境，愿意爱我，愿意带我走，我真的以为我距离幸福只有一步了，只有一步……"

席唯轻声问："后来呢？那个人来了吗？"

郑佳怡嗤笑了一声："我不知道。我不知道他是一只披着人皮的狼，还是干脆就是一个拐客，诱拐小姑娘以使自己获利……我们见面的那天，我就被他推进了地狱。"

郑佳怡捂着脸："如果不是我弟弟坚持要救我，我应该早就死了。"

席唯的脸上带着悲悯："一念成佛，一念成魔，佛、魔本在一念间。"

"你就没有想过，那个网络上虚幻的存在，那个了解你了解得如同就在你身边的人，他或许真的就在你的身边呢？"

郑佳怡怔住了。

她失神地张开嘴，无声地说了一个名字。

阿福。

郑佳怡的司机接走了她，席唯站在医院门口的台阶上，若有所思地看着接走郑佳怡的那台保姆车的车牌号。

池惊鸿嘴里叼着一个馒头风风火火地疾步走过，过了一会儿又迅速退了回来，手里多了一瓶水："急诊真的不是人待的地方，吃口饭还得趁着上厕所的工夫吃！"

他翻着白眼将水咽下去，把那块馒头压进胃里："师兄，跟你商量个事，你说，我能不能跟院里申请调去影像科呀？"

席唯转身就走。

池惊鸿屁颠屁颠地跟在席唯身后："那我给你当管床大夫，实习生也行！你不是能带学生了吗？带我！"

"门诊不想干了？"席唯扭头看了他一眼，意味不明。

池惊鸿以为有门儿，疯狂点头："只要不叫我干门诊，干啥都行！"

席唯嘴角飞快地翘了一下："好说。早上去巴副院长那边的时候，正好听游医生说，肛肠科还缺个人，我帮你说一声？"

池惊鸿的嘴巴大张得快能塞个拳头了，支吾了半天："肛肠科？"

席唯点头。

池惊鸿的脸扭曲着，他气愤地喊："你知道肛肠科的医生人送外号叫啥不？"

席唯面无表情地开口："吐在我身上你就去定了。"

池惊鸿两只手捂住嘴巴，喉咙蠕动着，硬生生地咽了回去："师兄，你不是人，你根本没有感情，你竟然对你的'死忠粉'下手！于心何忍？"

席唯听到池惊鸿的话，难得地心虚了一下。

池惊鸿眼看着席唯一言不发、眼神游移，最后他居然直接背着手轻飘飘地走了！

"师兄？席唯！你个杀千刀的负心汉，你怎么真走了？肛肠科有没有不下手术的位置，咱俩商量商量！"池惊鸿急得直跺脚，连忙追了上去。

同一时间，微明科技，谢临川自己的办公室里，气氛一片肃然。

"鼎川传媒那边传来消息，收到一封署名为季东昂的调查材料，详细地调查了西南纺织公司第六棉纺厂将污染超标1800倍的废水直排地下，同时用假的排污设备制造环保排放假象的事实，收到邮件的时间是凌晨，目前已经联系不上发件人。

"因涉及兰阳及沈家，鼎川传媒的任总特意来电问您的意见……"

鼎川传媒是谢临川的另一个私房钱袋子，捏着"焦点在线"这张响亮的纪实报道厂牌，群众基础深厚得没边，关键是完全公司化运营，由谢临川完全控股。

这件事，除了他，谢家只有他父亲知道，平时基本不管，微博账号活跃得像个"高仿公司"，有事的时候就拿来控评、引导舆论什么的，十分好用。

谢临川打断苏念的汇报，低声问："为什么拖到现在？"

苏念不敢说是因为谢临川自己，立刻低头认错："是我的疏忽。"

谢临川也想起来自己扔车上的那个手机好像是接到了苏念的电话，对苏念的"自动背锅"意识十分满意："电话接进来，我亲自跟任总说。"

苏念点头哈腰地抬起电话机，1号线火速接入。

"谢总，我是任敬……"

谢临川扬声打断："你什么意见？"

电话那边的任敬揉了揉自己的大肚子，赔着笑说："谢总的意见就是我的意见……"

谢临川冷笑一声："我的意见是年终奖减半，行吗？"

"谢总，我的爷爷，年终奖可不敢减半，就指着那点儿钱给孩子们提车呢。这帮小屁孩，活儿没干多好，要的奖励一年比一年豪横，我都没开上大G，他们就敢要大G！"

任敬搓着脸，涎着脸，毫不吝惜自己这张平时高冷的圆脸，捏着嗓子给谢临川卖惨。

谢临川不吃这套，稳稳当当地坐着，"哦"了一声："人都管不住，要不你还回来给我们家当顾问？"

任敬这回真急了："查！我想查！这帮子蛀虫，偷两个钱都不知足，还要祸害老百姓，简直丧尽天良！"

谢临川不动声色，继续"哦"了一声。

任敬话锋一转："但是吧，这历史遗留下来的东西呢，他也转了好几手人负责，小沈先生刚接过来，又是谢总的朋友，总不会是那种垃圾人物，我想着，这里头是不是有什么误会呢？"

谢临川将杯子一蹾："有个屁的误会，你才有误会！我什么时候说过姓沈的是我朋友？"

任敬顶了一嘴："上回您老人家三十大寿，小沈总还跟您合影了呢！你俩聊得可开心了……闹矛盾了？"

谢临川咧了咧嘴，惋惜地说："老任哪，你是看着我长大的对吧？"

任敬莫名其妙地"啊"了一声："对呀。你小时候还往我饭盒里塞过蛤蟆……哈哈，蛤蟆好，滑溜溜的还挺好玩的。"

谢临川将话筒夹在耳朵下边，靠在老板椅上，两只脚往台子上一搭，底气十足地说："那你说说，我们这一辈的几个，哪个同龄人见了我不是沈复那个样子？当然了，那边的不能算，那些都是你家少爷我用命换回来的交情。"

任敬琢磨了一下，忍不住咂了一声："别说，还真别说……"

"比我爸能力大的人有很多，比我爷牛的也有很多，但是，第三代中没出过事，还好端端的混在这座城里，而且混得还不错的，可真不多了。所以说，归根结底还是少爷我自己本领够硬，爹妈给的家底儿我不仅都能接得住，而且玩儿得转。

"不然，你当我手底下这些人，还真瞧得上我这个'三代'的身份？不在背后骂我就不错了。"

谢临川的眼睛扫过办公室里几个负责人和秘书，除了苏念，其他几个都低下了头。

苏念一脸讨好地屈膝，两个大拇指并在一起，用口型说了一声："出彩！"

"滚滚滚！"

任敬："啊？"

谢临川笑骂一声："哦，不是说你。老任哪，你说这个活儿给你干了，年底能给我整个普利策新闻奖回来不？"

任敬深呼吸了半天："少爷，您刚才树立起来的伟岸形象又塌了，我真不想背后说您是文盲……"

"你别忽悠老子，今年开放网站媒体评选了，调查报告费劲，摄影评选也不行？"谢临川瞅了一眼自己原来准备放奖杯的展柜，现在里头意思意思地摆上了一柜子书。

任敬不说话了，那边传来哗啦哗啦的翻页声，半晌后他说道："还是很难。评奖委员会每年的倾向都不一样，第六棉纺厂在国内名头不小，但是地位放到国际上，就不够看了。"

谢临川眉头蹙了蹙："评奖委员会……我记得是不是有几个大学的校长在里头？"

　　"是。少爷，您不会连这方面的人脉都有吧？"任敬从椅子上跳了起来，腰上的"游泳圈"都颤了颤。

　　谢临川云淡风轻地应了一声："哦，我有一朋友他爸是常春藤哪个盟校的校董来着。没事，你把这新闻整漂亮点儿，其他的交给我就行。"

　　在任敬排山倒海般的马屁声中，谢临川十分泰然地掸了掸自己的指甲："淡定，你也是个老总了，出门端着点儿，别见到我就要拍马屁，掉价。

　　"哦，对了，叫外勤组去兰阳那边看看，找人定位季东昂的手机，能捞就把他捞出来。那小孩还挺上道儿的，他要愿意，给他挂个报道记者身份也行。"

B市的风悄悄地变了。

或者说，以谢家二少爷为代表的某一个群体，将原本处于观望态度的棋，一举下在了明面上。

谢临川的动作就像是一种信号，原本与一些合作伙伴热络往来的沈家，也接连失去了几个重要的合同，虽不至于伤筋动骨，但摆在台面上的这些，已经足够难看。

沈复清晰地认识到，这些年来持续走下坡路的沈家，此刻已经站在了悬崖边上。

其他没有出手的那些人并非出于信赖，而是在进行第二轮的观望：假如沈家可以顺利渡过这一关，那么他们也不吝于表达自己雪中送炭的情谊；如果沈家挺不过去，那这些依旧观望中的人，就会露出自己的獠牙，将沈家这块肥肉吞吃入腹，渣都不剩。

这一点，谢临川明白，沈复也明白。

沈复越是急于探查谢临川的底线，谢临川越是将沈复踩在脚底下，连一个眼风都没给沈复留。

当沈复不得不再一次将谢青山约出来的时候，季东昂人已经被谢临川找到了，正在送回B市的路上，传回B市的消息是：季东昂经历了一场惨烈的车祸，车主肇事逃逸并将季东昂乘坐的车子撞下山崖，企图以此隐藏事实，如果不是他的手机太过老旧，电池很经用，任敬的人再晚一些找到他，估计他人都要凉了。

季东昂现在的情况比直接凉透好一点儿，脑震荡、颅内出血、全身二十多处骨折，加上车祸后的出血性休克，整个人的身体状况几乎是阎王爷都快派人来接的程度，结果架不住谢临川的"钞能力"，硬生生地被任敬的人给救了回来。

谢青山这一次来得很晚，而且身边带着自己的秘书，沈复见到他身边跟着人，心中一凉。

等谢青山开口的时候，沈复最后那一点儿希望，也随着谢青山的话彻底熄灭了。

"小川擅自做主，给你们家造成了损失，老爷子已经知道了，请我转达他的意思，万分抱歉。另外，这件事小川既然做了，就代表我们谢家的意思，难以转圜了，老爷子许诺，将来会给你们一个容身之处。"

谢青山的脸上依旧带着从容之色，和缓地将谢家对沈家的单方面"宣判"说了出来。

沈复挣扎着开口："谢临川就是为了席唯，你明明知道——"

谢青山摩挲着手指上的订婚戒指，微微一笑："那你当初对席唯下手的时候，就没想过小川会帮他吗？你只不过是没想到，小川会做到这种地步而已，毕竟有你这个'珠玉在前'。不过，你应该很难意识得到，我们谢家人有多讲情分。"

谢青山面上纹丝不动，淡淡地说："你这次就当吃个教训吧。"

沈复一脸狰狞："教训？凭什么？当初对他们下手的时候，你怎么不阻止？你也不过是谢家收养的罢了，我还不知道你？你不也想把谢临川名声搞臭，让他当不了谢家下一代的掌舵人吗？你这样的人跟我又有什么区别？"

伴随着啪的一声，沈复的喊叫戛然而止。

"你打我？！"下一刻，沈复擦了一下嘴角，抬起头，难以置信地看向谢青山。

谢青山好整以暇地站起身来，对着镜子整理了一下自己的领带，垂下手，目光怜悯地看着镜子角落里一脸惊恐的沈复。

"区别吗？我们的区别大了。但你已经没资格坐在桌前了，什么都不知道，才是最适合你的，不是吗？"谢青山整理好了衣服上的褶皱，稳稳地迈步离开，助理将浑身脱力的沈复留在原地，自己迅速跟了上去。

良久，低着头的沈复发出了一声冷笑："谢青山，你才是那个什么都不知道的吧。"

三天后，一直在搞纪实报道的新媒体栏目《焦点在线》爆火。耐人寻味的是，舆论组虽然压下了热搜，不过并没有屏蔽这条新闻，也没有进行控评。

电脑上，季东昂接受《焦点在线》采访的画面正在重播。

"我母亲因病去世，去世前的心愿就是去南方走走看看，我就在带着她回家的路上，在附近几个地方走了走……走到兰阳的时候，发觉那里的水有一点儿不对劲……对，我是学新闻的，所以这方面的嗅觉敏锐一点儿。"

病床上的季东昂上半身被石膏支架固定住，一只眼睛的瘀血还没消除，脸颊青紫，看起来特别虚弱，但他能睁开的那只眼睛很亮。

他咳嗽了几声，继续说："我就去附近问了一下，然后听说这一片儿最近很多得了重病的，肺结核、白血病、鼻咽癌的很多，我就觉得，是不是农残超标了，想去田里面取点儿样品测一下……喀喀，结果我不认路，从一条排洪小溪里滑了下去，摔进了溶洞里。溶洞里的味道特别奇怪，就像好几袋子劣质化妆品在我嘴里一样，然后我就听到有人说话，他们突然从溶洞里头跑出来，要抓我……我闻了那个味道，还呛了几口水，跑出来不远就昏昏沉沉的，后来就被撞下了山崖。"

采访的记者问道："你把水样带回来了吗？"

季东昂点了点头："是的，我的鞋里头残留了不少那里的水，回了B市后，我的主治医生帮我联系了实验室，免费做了检测，发现那根本就不是水，是甲苯和二甲苯跟乙醇混合在一块儿的溶液，里头只有极其微量的水。"

季东昂视线瞥向另一边，语气带着劫后余生的庆幸："医生说，我再多喝几口水，估计就回不来了！"

画面外传来记者的提问："你看清追你的人是谁了吗？"

季东昂费劲地摇了摇头，顿了顿，又说："他们都戴着带呼吸阀的那种防护口罩，不过，领头的那个男的穿着背心，他肩膀上文了一条特别黑的龙，我听那两个人叫他'三水哥'。"

裴钰拿起遥控器，按了暂停，采访的画面就停在了季东昂的脸上。

季东昂最后说的那句话敲响了棉纺厂的丧钟，记者们后续展示的照片和水样调查报告已经无人去听，因为整份调查材料已经被复制成十几份，摆放在了每个人面前的桌面上。

裴钰顺着季东昂的视线望向画面外的方向，眼睛眯了眯，想象着站在那里的人是什么表情。

坐在上首的大领导敲了敲桌面："都说说吧，这个案子怎么办。"

怎么办？

裴钰嚼了嚼这几个字，没作声。

几个新来的倒是抢着表忠心。

"领导，我去吧，我们家在那边没有亲属，不受干扰，最合适。"

"领导，我也去，我都俩月没干活儿了！"

"领导，要不您老人家亲自出马？咱们由您领着，心里也踏实呀。"

大领导一言不发，示意没发言的几个继续。

几个工作了有些年头儿的人的态度，跟新来的比起来，就很值得玩味了。

"领导，要不然申请联合其他部门，组成一个调查组，专门挂牌办这个事。"

"我跟他意见差不多，棉纺厂的事保不齐就是今年的反面典型，办起来宜慎重仔细，有就是有，没有也不能夸大，该是什么就是什么，不能留下什么瑕疵。"

"是呀，这些年的追责越来越厉害，有的老同志三十年前办的案子也要拿出来倒查，咱们办案的时候，还是要小心谨慎。"

几个人神情凝重地说了一下，一圈下来，大领导的面色依旧不变，忽然，点了裴钰的名。

"小裴，你怎么看？"

裴钰笑了笑："不需要我怎么看，我只需要知道，领导怎么看。"

众人的神情一凛。

裴钰把玩着遥控器，缓声道："当然，我不是说不办，而是说咱们的工作也要从大局考虑，从整体出发，不能光低着头看自己手上的这些事，毕竟，明年就要举办市运动会了，据说第六棉纺厂参与的程度还不低。大办还是低调办，速办还是缓办，都不是咱们自己想当然的。"

大领导端起自己的保温杯，吹了吹热气呷了一口，平静但有威严的声音在会议室响起："第六棉纺厂为国家建设出了许多力，不能因为它后面出了问题，而否定整个工厂做出的贡献。树生了虫，不能因为捉虫，就把整棵树都砍掉，但如果这棵树已经病入膏肓，即将威胁到树林里其他健康的树，那么砍伐它也是有必要的。谁犯法，谁负责。

"委员会决定，成立明、暗两支专项调查队，我们内部这支队伍是暗队，由裴钰带队，具体出发时间及航班班次稍后会发送到具体人员手机上，调查队成员身份及调查内容严格保密，泄密者自行负责。"

"散会吧。"大领导将保温杯的盖子一盖，发出咔嗒一声轻响。

二环边，某处古老僻静的家属楼。

沈复将一辆不起眼的凯美瑞停在小区旁的一条街边，步行进入了大楼。

在徒步爬上四楼后，轻声敲了敲门。笃笃笃的声音在阴暗的楼道里传出很远，带亮了两盏灯。

过了一会儿，一位中年妇女打开了门，恭恭敬敬地道："是沈先生啊，请进。"

沈复恰当地摆出晚辈乖巧的笑容，趁着握手的机会，将一张卡片放入妇女的手心："谢谢王阿姨。"

妇女笑了笑，拍了拍沈复的手背，将卡片塞了回去："沈先生客气了，快去吧，老爷子在等您呢。"

沈复脸上的笑意微不可察地顿了一下，捏了捏手心的卡片，安安静静地换了鞋，进了客厅。

妇女上了两杯茶，就拎起了菜篮子："老爷子，沈先生，我去买菜了，两位慢聊。"

须发皆白的老人"唔"了一声："别买鱼了，这几天阴天，鱼肉腥得很。"

"知道啦。我跟菜贩子约了一只土鸡，晚上我们煲鸡汤！"妇女笑容可掬地换鞋出了门。

老爷子端起茶杯，呷了一口，浓密白眉下的眼皮一抬，扫了沈复一眼。

沈复下意识地挺直了背。

"老爷子，这次的事查清了，是……"

老爷子不轻不重地盖上了茶杯，发出叮的一声，恰好打断了沈复的话。

"席家那个小子捣的蛋，冲的是你，还是你们家？"

沈复咽了口唾沫："应当是冲着沈家。"

老爷子含糊不清地咕哝了一句："那就还是因为当年那件事咯。"

沈复不敢撒谎，艰难地点了点头："是，当年的事情首尾很干净，奈何整件事进行得实在是太快了，即使证据充分，从面上看，也实在是没办法看作是意外。"

老爷子笑了一下："席长水是个大善人，他带起来的那些人，都没死心哪……谁不喜欢一个大公无私的好人呢？咱们这些普通人在他面前，都被衬得像傻子一样了！喀喀喀……"

老爷子语气稍微急促，立刻咳起来。

沈复熟门熟路地将手绢递过去，老爷子一低头，呸了一声。

"沈家这么多人，我只看好你这么一个小子，心够黑，手够狠，也足够讨人喜欢！假如你不是姓沈，我怕是就算让我孙女改嫁，也要把你跟我们家绑到一起！"

老爷子语气中不无遗憾的样子。

沈复放好手绢，又给老爷子找到几片药，重新倒了水："您老这话说得，如果您不嫌弃，便把我当您外孙，只是我资质愚钝，不如姐姐那么冰雪聪明。"

老爷子冷哼一声："那女娃子心思不在我们这儿，不顾我们家的立场，非要跟老谢家捆到一起，能讨到什么好？算了！我快八十岁的人了，还有几年活头？操的心谁领情？等他们吃苦的时候再想到我，我可听不着！"

沈复脸上的笑多少有点儿牵强："谢青山名声也是起来了，跟姐姐算得上是门当户对了。"

老爷子摆了摆手："不提她了，儿孙自有儿孙福。我今天叫你来，是要告诉你，兰阳那边救不了，你断臂求生吧。我记得你手下有个负责人，叫什么水？"

沈复心中一惊："曲三水。老爷子，兰阳那边压着几位领导很多的投入，现在刚刚赢利几年，撤出实在太可惜了。"

老爷子冷笑一声："这就是我们几个老东西的意思，钱对我们来说算个什么东西？只要主体还在，休养个几年，又是一片大好春光。"

佝偻的手指点了点沈复的胸口，老爷子脸上带着奇异的笑容："我也年轻过，你什么心思，骗不过我，背地里也吃饱喝足了，该出力的时候，别拖大家的后腿。我们能扶起你一个沈家，自然还有无数个沈家在排着队等我去挑！"

沈复跌坐在椅子上，表情有些纠结。

老爷子靠在躺椅上，表情悠闲："现在是新社会了，不兴杀人放火那一套，那个曲三水，你要不忍心，就找别人处理掉吧，搞得干净点儿，不要总出一些幺蛾子。不然，即使我念着情面，也保不住你的富贵！"

沈复木然地扯出一个笑："老爷子想哪儿去了，我是可惜那几个亿买卖的人吗？他既然跟了我，就要做好拿命换富贵的准备，您放心，一定办得妥妥当当的。"

老爷子这才满意了，拍了拍沈复的头："嗯，我对你总是放心的。明年有个好事情，你多准备些现金吧，过了年，有你的好处。"

沈复神情一振："还是老爷子疼我，我一定好好准备。"

老爷子挥了挥手："去吧，最近低调点儿，你的那些生意，能换手的就尽快换手，不然，找个人顶你的位置也行。牢记一点，留得青山在，不愁没柴烧！"

沈复若有所思，郑重地点了点头："您老放心，我记得了。"

下午，沈复回了一趟家。

那是他自己早年投资的房子，买了整个单元下来，一梯一户，十分安静。

原本这里一直空着，自打郑佳怡出了意外之后，精神状况就不大稳定，所以沈复就在这里安置了他的好姐姐。

郑佳怡原本就对他感情特殊，沈家人都是她的仇人，唯有对沈复，还算克制。沈复有什么事情求她，叫几声姐姐，郑佳怡基本上也都有求必应。但自打从医院回来，郑佳怡对沈复的态度就变得有些若即若离。沈复这趟回来，就是为了让郑佳怡替他做一件事。

"姐姐。"沈复微笑着关上窗，给郑佳怡披上一条毯子。

郑佳怡的肩膀抖了一下，默默地回头看了沈复一眼。

"你又想让我干什么？"

沈复的笑意淡了，诚恳地坐在郑佳怡旁边："不用你做什么。家里头的生意要扩张，我名下的产业太多了，妈说要过几家企业给你，以后做你的嫁妆。"

郑佳怡定定地看着沈复："你在撒谎。"

沈复表情惊愕："什么？"

郑佳怡已经别过了头："我不需要，把我的护照还给我，我要出国。"

沈复有些无奈："姐姐，你现在的身体已经负担不了长途的旅程了，要是想上班，家里可以安排你到附近的大学任教……"

郑佳怡倔强地咬着嘴唇："我要出国，我带的小朋友还在等我回去。"

沈复依旧要劝。

郑佳怡却斩钉截铁地说："我帮你更名，你把护照还给我。"见沈复犹豫，郑佳怡的神情低落："我已经没有多少时间了，想死在一个干净点儿的地方。"

沈复手指一动，柔声道："好，我答应你。"

拍了拍郑佳怡的手背，沈复起身朝门口走去。

郑佳怡望着沈复的背影，犹豫再三，脱口道："阿福！"

沈复愣了一下："好久没有人叫我的乳名了。"

郑佳怡掐着手指："阿福……假如我不是你的姐姐，你会不会有……"

沈复的神情郑重起来，认真地思索了一阵儿，缓缓道："我还记得第一次见到你的情景。一个下了大雪的冬日午后，你穿着一件不大合身的红呢子大衣，半张脸藏在围巾里，可爱极了。"

房门开了又关，郑佳怡侧过头，看着楼下开走的车子，无声地将脸埋进膝盖里。

"阿福……"

沈复的心情一下午都不大好，他对席唯起了恨意。

席唯调查他，向沈家复仇，沈复觉得都无可厚非，甚至觉得换成他，他可以做得更狠。

但是今天，沈复对席唯不仅起了恨意，甚至起了杀意。

凭什么席唯可以坦坦荡荡活在光里，他沈复就要躲在黑暗里，永远见不得光？

即使沈复已经是万人之上的地位，可他依旧觉得自己什么都没有。

永远蝇营狗苟，永远孤身一人，永远要去伤害对他好的人，再去讨好叫他憎恶的人，活到脸谱焊死在脸上，叫他几乎忘了自己本来是什么样子，甚至都快忘了自己为了什么而活。

沈复的车在和协医院停车场停了很久，他坐在车里，眼睛注视着席唯办公室的窗户。

席唯其实很少待在办公室，但沈复依旧想通过这种方式，来下一个决定。

他其实不想用这种方式来毁掉席唯。若只能靠诋毁其个人的名誉来毁掉一个人，反倒说明了这个人在其他方面无懈可击，以至于只能用这样下三烂的办法。

但沈复真的没有别的办法了。

夜幕沉沉，席唯的办公室亮起了灯，过了一会儿，那盏灯熄灭了。

沈复拨通了一个电话。

电话那端三水的声音一如既往地粗重。

"老板，我被条子盯上了，那个蠢货看到了我，要我说，就应该把他做了——"

沈复打断了三水的话："三水，毁掉一个人的生命并不代表着解决了问题，很可能会将问题最大化，带来更多的麻烦。"

"可是……我担心他看到了别的东西。"

三水罕见地犹豫了一下，说出了自己的担忧。

沈复沉默了一下，坚定地摇了摇头："监控我找专家分析过了，他没有进去过，不可能看到别的东西。现场处理干净了吗？"

三水凝重地看着现场忙碌于清理的几个马仔，低声道："都搬空了，那里现在只有一点儿废水，抽不干净，需要时间，我准备了浓硫酸，等下喷一遍，保证什么也留不下来。"

"别抽了，全部处理得干干净净，反而叫人生疑。"沈复揉着眉心，沉吟了一会儿，问道，"席唯的材料准备得怎么样了？"

三水立刻道："都安排到位了，只等您的吩咐，不过这个小医生背景不小，查他的时候，好几股势力都被惊动了。"

"没关系，叫你的人动作快点儿。消息发出去后，你去加拿大那边的厂子待一阵儿。"沈复有条不紊地安排着，顺道又吩咐三水，"机票跟护照都送到你家楼下的快递代收点了，国外给你准备好了房子跟钱，放心过去。"

"谢谢老板。"

三水无声地吐了口气，脸颊上紧绷的线条松了下来，应了一声。

挂掉电话，正开车跑路的三水转了一条道，从车子上摸出另一部手机，群发了一条消息："动手。"随后，在车子经过高速路一条直道的时候，迅速把手机扔到了路面上。

一辆车子经过，手机顿时裂开成了碎片。

三水龇着牙揉着肩膀，上面包着绷带，还在往外渗血。为了彻底隐身，他割了声带，又洗掉了整个文身，连指纹都磨平了，只要顺着自己偷偷安排的路子偷渡出去，神仙也找不到他。

在一个岔路口，三水犹豫再三，还是拐了个急转弯儿，挪到了回家的路上。

想着走了也许一两年都回不来，老婆、孩子那边不大好交代，三水一只手开车，另一只手拉开手套箱，扒拉开杂物，从里头翻出几捆旧钞，打算回家拿护照的时候把钱放到快递代收点。

还不等他翻到牛皮纸袋，主驾驶位置光线一暗，三水余光看到了那辆不断靠近的大挂车，瞬间汗毛倒竖，脑子一片空白，一脚就把油门踩到了底。

下一秒，转弯儿中的大挂车因车速太快侧翻过来，车上的钢管利箭一般地飞了出去，三水驾驶的依维柯来不及变道，被大挂车车头直接挤压着撞向山壁，同时，那些带着恐怖速度的钢管一根根地飞向地面和岩壁，飞到依维柯上的钢管甚至击穿了前挡风玻璃，整个车子都被扎穿了！

一切变故发生在短短的几秒钟里，血液顺着钢管滴落在汽车外面的时候，依维柯的车轮还在空气中徒劳地转动，但它永远都开不走了。

"沈复……太绝了……"

三水看着近在咫尺的钞票，用力将它们搂在怀里，手指扒拉了几下，握住了手机。黏稠的血液将屏幕上的数字覆盖得模糊不清，他手指颤抖着按下了紧急求助按钮，老婆的电话号码瞬间出现在了屏幕上。

依维柯已经被挤压成一个可怕的形状，油箱迅速燃烧起来，三水咳嗽了一声，想要说话，却发现自己的肺已经被扎穿了，一句话只说了三个字，就变成了气音："婆娘……我……"

他想要说的是：婆娘，我要死了，是沈复害的我，去报警，叫姓沈的赔命。

三水的嘴巴开合着，电话那边的老婆"喂"了几声，却什么声音也没听到。

嘟——

电话挂断了。

大挂车的司机满脸是血地从驾驶室里爬了出来，心有余悸地拍着胸口，还不等他掏出手机，对向来车飞快地将他撞了出去，直接飞进了隔离带里，生死不知。

由于急刹车，后续通过弯道的几辆车全都来不及减速，撞在了一起。小小的弯道上一时间十几辆车子挤在路面上，将整条路堵得死死的。

几个焦头烂额的司机从车子里跳出来大骂，烟熏火燎中没有人注意到，一个瘦小的身影钻进了依维柯的驾驶室，迅速地拿走了某样东西，钻进绿化带就消失不见了。

三水做事，果然是很牢靠的，经过缜密的安排，这一次针对席唯的动作，是从之前一个白号转发的一条微博开始的。

微博原作者是个高中生，在季东昂陪伴母亲看病的时候，将季春芳的闹剧拍了下来，发到了网上，后来此事发酵成了一个小热点，还被挂了很多的标签转发出去。

不过，这一条微博转发的方向，跟许多人痛斥医闹的内容不同，转发人十分随意地说了一句：

这人看着像是我同学呀，没想到现在当医生了。

转发人的下方有几个僵尸号的爱心符号，再往后又是一条很随意的评论：

听说他爸死了？

转发人回复：

好像是跳楼了吧。

这条回复之后就再没有回复了，紧接着，这些内容都沉寂了下来，间或有几个自然流量看一眼，但再没人评论。

直到三水死之前，那条消息下边突然有了一个加 V 号的评论：

席医生是很优秀的医生，在校期间是优秀毕业生，现在更是和协医院的主任医师，医术十分了得，请不要随意抹黑他。

转发人过了几个小时回复：

　　不是，大哥，我就随口吐个槽，不至于买水军踩我吧？你爸怎么进去的，你怎么被录取上的学，用我多说？退散吧行不行？

　　紧接着，这条转发的微博就被几个人追评了，有问席唯的家世背景的，有质问席唯背调如何通过的，还有的干脆"艾特"了和协医院和清大，让他们解释一下席唯是不是"关系户"，更有提议让官方查查席唯的。

　　事情在有心人一句句的引导下，向着不可控制的方向发展，等和协医院的宣传部门察觉到舆情问题的时候，微博的转发量已经超过三万，评论超过十万，很快就出现在了热搜上，并且热度还在以缓慢的速度向上攀升。

　　原本这种事情，给平台的某些人知会一声就可以撤掉热搜，但邪门儿的是，在数个小时内，和协和清大的宣传部门负责人都联系不上平台的相关负责人，以至于等到热搜撤掉的时候，转发、评论的数量已经接近五十万，评论中的唾沫星子能活生生把人淹死。

　　半夜两点，刚刚跑完一个实验，精疲力竭的席唯在迷茫中接到了巴副院长打过来的电话。

　　"小席，出事了。"

　　席唯原本迷糊的眼神顿时犀利起来，他无声地走到客厅，随手戴上了眼镜。

　　"您说。"

　　巴副院长的声音又重又快："网络上有人质疑你的身份，以及医院、学校违规录取，一会儿医院跟清大要发联合通稿澄清事件，现在需要你过来一趟。"

　　席唯点开微博，很快找到了那条跟他有关的微博，扫了两眼就大致清楚了，扯了一下嘴角："如实表述即可，还需要我过去？又不是开发布会声讨我。"

巴副院长见席唯心态不错，也跟着微微放松，他似乎跟别人说了句什么，随后压着声音说："现在两边的意见差不多，背后爆料的人可能要曝光一点儿你父亲的事情。"

席唯跷起腿坐在餐桌边，随意翻看着微博内容，神情无比放松，甚至带着点儿讥诮。

在巴副院长的话筒里，席唯的声音似乎还带着一点儿笑意。

"巴副院长，如果我父亲的事情是谁都可以说的，那我就不至于在香港待那么多年。

"让他们曝光吧，澄清什么？

"民事领域里，证明被告有罪是原告方的责任，而不是被告的义务，不是吗？

"还是说，他们想把事情带入行政领域？"

听到这句话，办公室里的巴副院长莫名打了个寒战。

席唯一回到家，就听到谢临川说："沈复那小子，我当年就看不上他，手段忒下作了，如果换他爸来，还有点儿挑战性。

"别管这孙子了，我叫底下人去撤热搜了，区块链也都保存好了，转发量那么高，回头挨个儿告，告得他当裤子。"

席唯原本有点儿出神，一下子就被谢临川给逗笑了："取证流程很熟练嘛，你们公司的法务部就靠这个赚钱？"

"以前法务部净赔钱来着，被你们公司告得天天跟个'冤种'一样。"

席唯一个指头戳在谢临川的额头上："季东昂曝光的事情，你的人掌握到哪一步了？"

谢临川的动作一顿："什么季东昂？他怎么了？"

席唯无奈地叹了口气："你不会觉得我没见过任敬吧？就算我不知道，季东昂也知道，不然他不会把资料直接投给《焦点在线》，那可是个跟人聊天都揣录音笔的小孩，警惕性很强的。"

"那个憨子——"谢临川晦气地骂了一句，"任敬说那小子想当调查记者，老子本来没批，等下就给他批了，叫他天天出外勤累死累活去吧。"

席唯无动于衷："所以掌握到哪一步了？"

谢临川怒了："我就不能有点儿自己的小秘密了吗？这日子还能不能过？"

席唯拍了谢临川的手背一巴掌，气定神闲地道："沈家不仅开了纺织厂，还把手伸进军工领域了，除了供应国内，在国外的销量也不错。"

谢临川的动作突然停了下来，这次是实打实地震惊了："他有几个脑袋？"

席唯笑了笑，指指手机："搞这些东西，就是想让我去解释，去自证，去跟一些什么也不知道的小朋友掰扯我的清白，这样就可以把我困在这一摊烂泥里，腾不出手来研究别的东西。我估计现在，他们应该已经把东西转移得差不多了。"

谢临川低声道："你手里有证据吗？"

席唯摇了摇头："有的话他们早完了。不过我们家小鸿的人脉比较广，我通过他的路子，在境外查到了沈家搞出来的东西，现在应该还套在那些人身上。"

谢临川霍然而起："看老子摁不死他们！"

说着，谢临川给孟庆泽打了个电话，把这事跟他说了。

"用不用我盯着边境那边？"孟庆泽提议。

谢临川摇摇头："动作太大了，不至于，上头没有准信，我不会出去，你也不要去。钉死一个沈家不难，只不过务必要一次性打断气，省得来来回回地回锅。这事还得请你帮着保密，拖一拖。"

孟庆泽一口答应下来，一脸豪爽地打包票："放心吧川哥，过几天有个拉练，我得去仨月呢！等回来都快过年了！"

谢临川指了指他，笑骂一声："滑头。"

当天晚上，谢临川将消息送了上去，谢青山接了个电话，很快就坐专车进入了六里桥的大院。

在席唯面前慈祥和善的长者此时面无表情地坐在办公桌的另一头："青山，领导的意见下来了，让我们成立一个专门调查组，进驻东兰县兰阳纺织厂调查，我推荐了你担任组长，你有什么想法？"

谢青山正襟危坐，穿着一件简单的白衬衫，依旧难掩风华，他不卑不亢地说道："多谢领导器重，青山必竭尽全力，不辱使命。"

大领导垂头抿了口茶，不着痕迹地扯了一下嘴角："这可不是我的信重，是你父亲的信重，最近他言及你工作多年，经验丰富，既然有人推荐，盛情难却，我也只能恭敬不如从命了。"

谢青山面不改色："领导，您这是开晚辈的玩笑，工作安排都是公正公平的，岂是我父亲抑或是您能擅决的？我想，大家不会漏用任何一个有能力的人，也不会乱用任何一个完全靠着家庭背景爬上来的无能之辈，您说呢？"

大领导笑了一下："多谋善辩、不畏强权、不讳是非。你的确适合担任这个职位，自己挑几个组员，明天便跟你南下吧。"

说着，将一份名单推到谢青山面前，上面只有名字，以及电话。

大领导戴上老花镜，从笔筒里拿出一支笔："选好之后直接给他们发消息，组员和你们的行程，除了我之外不用报备任何人，事急从权，以个人安全为先。南边这些年的确不像个样子，是时候敲打敲打，紧紧他们的皮了。"

谢青山将单子扫了一遍，挑了挑眉，随即在几个名字前面打了钩，想了想，又在末尾的空格上填了两个人名。选完人后，谢青山轻轻站起身来，恭敬地点了下头，悄无声息地退了出去。

大领导在本子上写了几页纸之后，揉了揉眼睛，将谢青山选好的名单贴近看了看，略显意外地"哦"了一声。

"还真是内举不避嫌，也不知道是像了谁……有点儿意思……"

随着谢青山的车子开出六里桥，三条消息同时发到了谢临川、裴钰以及席唯的手机上。

谢临川心中有数，他作为明面上最先发现沈家猫腻的人，配合调查无可厚非，只不过其他的案子，他这样的角色都是作为举报人存在，没想到这一回直接把他安排进调查组了。

"谁这么缺德……我都隐退这么久了，还要被拎出去发光发热。"谢临川咕哝了一声，很快就将事情甩给了苏念。

"苏念，给我收拾行囊，按照未来一个月西南的天气准备，我明早要用！"

刚刚被虐了一遍的苏念机械地答应了一声："没问题，不用管我的死活，你开心就好。"

"三倍奖金。"谢临川面无表情地说。

苏念脸上瞬间挂上了营业员般的笑容："哪里的话呀少爷，您的行李箱不是早就准备了各式各样的搭配吗？去南方的话，直接提最外边那只就可以了呢，少爷！"

谢临川迅速打开了衣柜门，拎出苏念说的那只箱子，潇洒地进了电梯。

对于出远门，谢临川心情十分不好，临行前还在卧室里挥汗如雨地练了一个钟头的拳击，这才调整好心态，抱着"席唯的敌人就是他的敌人，干死沈家一个家，幸福他们所有人"的心态，眼不见心不乱地直接去了机场酒店。

第二天一早，谢临川给席唯打了电话请假，说自己要出去几天。席唯看了一眼自己手里的行李箱，想着刚好可以不用给谢临川解释自己的去向，一口就答应了下来。

结果在登机口，谢临川就遇到了戴着口罩的谢青山和打扮低调的裴钰，以及一脸诧异的席唯。

四人见面，气氛微妙。尤其是看到了席唯，谢临川表示自己无法理解："你怎么在这儿？"

"我……"席唯难得有些心虚。

谢青山假装一无所知地开口救场："小唯，你也去南方？"

席唯顺水推舟地解释："是的，那边有一项保密工作，需要一名随队医生，可能是因为我现在情况特殊，不适合上班，所以院里头表面上给了我这个任务，把我指派了过来。"

谢青山看向始终沉默的裴钰。

"小裴呢？也是出任务？"

裴钰抬起头："我要求查看几位的工作派发短信以及委任状号码。"

"你理他干吗，都不给他看，叫他自己去那破地方调查！也不知道谁这么缺德，把我们两个弄了过来，还派个没人缘的过来碍眼。"谢临川一百个看不上裴钰，拉着席唯就要去登机。

谢青山倒是没生气，平和地笑了笑："那就按规定走，等到了地方，咱们再表明身份，正式见面。"

裴钰不卑不亢地说："多谢您的体谅。"

最后，四个人在商务舱的座位上大眼瞪小眼——这趟飞机没有头等舱，而且他们机票买得比较晚，就剩这四个位置了。

谢临川黑着脸跟谢青山换了个位置，自己挨着席唯。谢青山与裴钰不咸不淡地聊了几句，就干脆闭上眼睛装睡了。

席唯昨晚折腾了半夜，也累了，没一会儿也睡着了。

他们的目的地是广市东兰县，没有直达的航班，第一段航程三小时，之后要在绵阳中转四个小时，再经过一个半小时之后的航程，就可以抵达广市的金城江机场。

到机场之后，还要开车走将近两小时的山路，才能抵达东兰县兰阳村。就这样的山路，还是当年耗费了无数人力、物力开辟出来的，否则，光是以前那条八十公里的山路就够他们喝一壶的了。

几个人跑了整整一天，刚刚抵达金城江机场不久，裴钰就接到了一个电话，脸色很快就黑了下去。

挂断电话，裴钰主动找到了谢临川几人："我的线人打电话说，曲淼死了。"

席唯挑了挑眉，未置一词。谢青山揉了揉眼角，也打了个电话，说了几句之后，皱了皱眉。

"小川，上头还没接到消息，让你的人看看？"

谢临川板着脸打了个电话，过了一会儿放下手机，摊了摊手："兰阳纺织厂的实际控制人曲淼死了，死于距离兰阳一百二十公里的一处高速路隧道旁边，交通事故，被认定为畏罪潜逃。哦，曲淼就是季东昂指认过的那个'三水哥'。"

听到这个消息，除了谢临川面色阴沉，其他几个人都看不出明显的情绪。

裴钰站在不远处，打量着几个人的神色，目光深沉。

曲淼的死亡时间与调查队的成立时间相差不到三个小时，几乎是调查队刚刚成立，曲淼那边就开始跑路，然后在路上就出了事，鬼才相信是意外。

这三人中，也许有一个人，早就知道了这个消息，或者说，提前预知了这个消息。

在确认了他们的调查对象死亡之后，谢临川怒了。

"前前后后折腾了一天！沈复那小子疯了，没有他不敢的！这么重要的调查对象，竟然能叫他跑出去那么远，还在我们眼皮子底下被弄死了，一帮酒囊饭袋。"谢临川就差暴走了。

谢青山好脾气地安抚着自家弟弟："小川，你当年执行那些秘密任务的时候，这种事应该见得不少了，人死了也不是没有办法的，消消气。"

谢临川揉了揉额角："你是组长，你都不生气，我有什么可气的？我就是看不惯，这才多少年，就开始搞小动作了！"

裴钰难得没有反对，附和了一句："现在还有几个人挨过饿、挨过打？有些人早忘记当初先辈们遭了什么罪才挣回来这样的好日子了。"

谢青山打了个电话后，缓缓挽起袖子，露出手臂上的肌肉线条："现场那边已经通知保护起来了，咱们吃完饭就过去吧，总得去看一看。"

席唯在一边坐了半天，等仨人都讲完了，才举起手机，笑着问：“要不要试试本地特产？这边的烤香猪跟生榨粉是特色。”

“不去！”

“好哇。”

“我没意见。”

说不去的谢临川怒视着其他两人：“你俩能别跟着吗？”

裴钰耸耸肩：“那你报销餐费？大款先生？”

谢青山揉了揉肚子：“饿了，大家一块儿吃吧，还能聊聊案子。”

席唯笑着看向谢临川，谢临川顿时败下阵来。

“好吧，我叫这边的兄弟公司送台车过来，他们本地提供的车就不用开了。”

一个小时后，广市某特色饭庄。烤香猪、五色米、螺蛳鸭脚、酸汤猪脚、豆腐圆子、生榨粉、瑶寨熏鱼、七百弄鸡……林林总总具有民族特色的美食摆了满满当当一大桌子。

席唯、谢青山吃相优雅，但速度不慢，裴钰跟谢临川吃起东西来更像是在打仗，一边拼命吃，一边盯着对方，席唯怀疑他们连自己嘴里吃的是什么东西都不知道。

最后，这一桌子好吃的就在两人你争我抢中被吃得七七八八，奇迹般地没剩下什么东西。

饭后点了这边的特色油茶，几个人揉着肚子盯着加了小葱散发着咸香的茶，最后还是又点了一壶大红袍，才算是喝下去了。

裴钰默默地打了个饱嗝儿，将手机屏幕调亮，将图集打开，在三人面前晃了晃：“最新消息，曲淼的车祸初步被定为意外。高速过弯儿，刚擦大挂车，大挂车刻意减速下轮胎抱死，将曲淼的车压在了崖壁上，两车的碰撞导致了后续共计十四辆车连撞，曲淼当场死亡，车子爆燃，最后只取出来一些烧焦的骨殖。死者双臂姿势呈现环抱状，臂弯残留纸张样物残灰，经初步判断，他死的时候怀里面抱的很有可能是钱。”

谢临川瞥了一眼手机上看不出来尸体轮廓的现场图片："不是说保密吗？照片都传得满天飞了。"

裴钰苦笑一声："人都死了，现场二十几辆车，还保什么密？虽然凭各位的本事，要独自查出来这些不难，但不如大家讨论一下，集思广益嘛。"

"有什么好处？"谢临川眯着眼问。

裴钰耸耸肩："真有新线索的话，这顿我请。"

谢临川"嘀"了一声。

"我瞧瞧……"席唯仔细看了看照片，微微点头，"死者胸腹部有穿刺伤，但部位不算致命，临死前尚有一定的生活反应，应当是爆燃后被烧死的。听警察说，他临死之前没打过电话什么的，却抱着钱，有点儿奇怪。"

谢临川摩挲着下巴，顺着席唯的思路说："那么也许是有什么事情，让他在车子撞击到爆燃这段时间，无暇打电话，必须抱着钱呢？"

谢临川跟席唯对视一眼，两人异口同声地说："有第二个人在现场。"

谢青山听着两人的讨论，恍然大悟，一拍手掌："有人想把那些钱拿走！甚至拿走了曲淼的手机！"

席唯再度歪了歪头："为什么一定要把手机或者钱拿走呢？"

裴钰一脸严肃地站了起来："手机联络过什么人，或者那些钱是有来路的，有特殊意义的。"

谢临川打了个响指："查查他行车路线上的监控和现场监控不就知道了？"

裴钰拎起自己的包："现场监控不要想了，这一片儿在隧道附近，周围全是树枝、石头等遮挡物，只有隧道内部有清晰的监控，这段路太偏僻了。

"不过，通过路径的监控可以想想办法，他的手机通信信号也可以让技术组查一下。

"几位，我认识一个网监的专家，马上去请他调查事故地的手机信号和往来人员，咱们直接在现场会合。"

裴钰几乎是夺门而出，没一会儿就看到一辆出租车从饭店门口飞快地蹿了出去。

谢临川皱着眉头，过了一会儿，不大敢相信地问席唯："你说，他这算不算逃单哪？"

席唯迟疑了一下："应该……不能吧，我还没见过谁请客吃饭最后却逃单的……"

谢青山一脸诧异地说："我这儿有卡，刚刚已经结完了呀。"

饭庄外头车灯的灯光在房间窗户上晃了晃，谢临川看了一眼手机，修长的身体同时站了起来："车子到了，那咱们也去看看？"

说着，有点儿犹豫地看了看席唯。

席唯平静地说："我是个医生，在现场没什么作用，现场应该也有救护车。我直接去酒店。"

谢青山不大赞同："你一个人，那安全问题……"

谢临川一点头："没事，老孟的人在附近拉练，我叫他分两个人过来给小唯。调查组的人也敢碰的话，沈家不用查就到头了。"

听谢临川这么说，谢青山也没有不同意的理由，兄弟俩将席唯放到了酒店门口。看着席唯老老实实地开了房上楼，谢临川才掉头往曲淼出事的隧道赶去。

谢青山回了几条消息，抬起头感叹了一声："原本觉得圈子水深，没想到广市河池这么个小地方也是鱼龙混杂、泥沙俱下呀。"

"那你还来？还把我也拉过来。要不咱们也上楼，还能凑个斗地主。"就剩下兄弟俩的时候，谢临川说话也没有太多顾忌。

谢青山哑然："你知道是我挑的人？"

"闹呢？我又不是没带过调查组，按你这个选法，你这趟来，恐怕没可能办出什么成绩了。"谢临川幸灾乐祸地翘起嘴角。

谢青山选了个舒服的角度调低了座椅："我只是来镀个金，回去就要做调整。你大伯觉得我可以横向发展，增加一点儿职业纵深。"

谢临川撇嘴："……"

谢青山耸耸肩："要不你回家继承家业，我出去替你做生意？我还有个清大的 MBA 学位来着。"

谢临川嗤之以鼻："就你？也就我大伯觉得你是块美玉良材。"

谢青山也不否认："君子之泽，五世而斩。我不想当个被斩的第五代，既然祖上有余荫，我也有那个能力，物尽其用才是正确的选择。"

谢临川忍不住"吐槽"："好好说话，别搞得自己像个大反派行吗？别学那些'中二'小说男主好吧？"

谢青山好整以暇地摘下眼镜："是男主就可以，别的无所谓。"

"你真行。"谢临川无语。

❖◇
❖
◇

3108 号房间。

席唯缓缓刷卡进门，与两位负责他安全的精悍年轻人打过招呼之后，老老实实地洗澡、看电视，和谢临川打了电话之后，就关灯睡觉了。

两间房里来路不同的四个人待到席唯睡觉，同时发出了两条内容差不多的消息。

后半夜，广市下了一场雨，雨夜里一切都变得静谧起来。

一道黑色的身影悄然从酒店的厨房通道走到酒店背后的街道上，一辆普通的老款桑塔纳关着灯开了过来，停在席唯身边。

不是什么神秘的安排，而是席唯打了个黑车。

"去兰阳。"

席唯脱掉黑色的外套，从口袋里翻了翻，找出两张人民币，压在座位上。凭着与九龙城的"扑街仔"们"友好交流"的经验，席唯深知钱不能先给的道理。一路都没跟司机攀谈，到了地方之后，递过钞票，立刻下车，随便找了个出租车乘降点，对着人堆招手，假装自己是有人接的。

如此这般，天亮之前，席唯终于抵达了兰阳。

因为席唯的匿名捐助而得到了免费治疗的孙光根的儿子孙友兰就等在岔路口。

"席大夫？"孙友兰似乎有点儿诧异席唯的年纪。

席唯友好地同孙友兰握了握手："是的，您父亲同您说过了吧，这回来我需要请求你的帮助。"

孙友兰受宠若惊地用力握了握席唯的手，犹豫再三，低声道："我爸跟我说您是席叔叔的儿子，是真的吗？"

席唯笑了一下："我的头发和眼睛像妈妈，鼻子和嘴巴像爸爸。"

孙友兰的眼圈立刻红了："当年我妈难产，是您的父亲席长水将她送去的医院，还掏了医药费，救了我妹妹和妈妈两条命，现在您又救了我爸爸，等于我们家欠你家三条命！谢谢您，让我有机会报答万一。"

席唯叹了口气："你们家是积善之家，行善积德，种善因有善果，即便没有我和我爸爸，也会有别人帮助你们的，不用太有心理负担。"

孙友兰用力点头，将一个羊皮袋子从口袋里拿出来，又从里头小心地拿出一张虽尽力叠平整但依旧显得有些发皱的报纸，还有一张褪色的照片。

"长水叔叔也是好人，他老人家早早去享福了，这份福报就留在您身上了。那些作恶的王八蛋，他们的报应来了。"

席唯吃了一惊："这是……"

孙友兰打开报纸，指着上面的一小幅地形图说："这是当年长水叔叔带着老一辈勘探地质水文时留下的资料，当时还上了报纸，后来因为发现这条地下河一直通往境外，涉及邦交问题，就变成保密资料了。这报纸是我们家买来留念的，裱在相框背面了，上回您说要查那些污染环境的鳖孙，我就想起这东西来了。

"还有这张照片，是前几年，我带游客进山里玩，给他们拍照的时候，不小心拍废了的照片，但是过后我自己仔细看的时候，发现好像把棉纺厂的人也给照进来了，看起来是他们的大人物，您瞧瞧能用得上不？"

席唯接过照片，虽然底片过曝，中间的人物照得不清晰，但是能看出有几个人，其中一个，看身形正是沈复，另外一个穿着浅绿色的背心和短裤，看起来年纪也不大，只不过认不出是谁，两人从棉纺厂门口往里走，身后跟着十来个人，从山上这个角度，正好将他们框了进去。

席唯仔仔细细地将东西包好，又交给了孙友兰："是有用的。但是我现在不方便拿，可以请你帮我用平邮寄给令尊吗？我回 B 市后找他取，这样更安全一些。"

孙友兰闻言大喜："那是不是就能把那个厂关了，叫咱们村摘了'血癌村'的帽子？"

席唯认真点头："可能有点儿慢，但是一定能关掉。村子里有其他人得了这方面的病，也可以请他们去和协看病，联系我就可以。"

说着，席唯还把自己的手机号给了孙友兰。

孙友兰喜得不知道说什么好，黝黑的庄稼汉子，硬是憋得双眼通红，哽咽着一句话都说不出来，最后硬是邀请席唯上了他的拖拉机，把席唯送去了公交站点。

颠簸了几个小时后，席唯在天亮之前抵达酒店，从楼下的餐厅提了一份早餐，自然地回了自己的房间。

两个房间很快就有一间退了房，只留下谢临川要求保护席唯的两个人。将近中午的时候，谢临川跟谢青山也回了酒店，只有裴钰还不见踪影。

"裴钰呢？"席唯好奇地问。

谢临川喝了口矿泉水："甭管他，警局呢，说是查到电话信号了，那边追踪到了一个妇女，似乎是曲淼的老婆，说是有重大进展，连夜跑去提人了。"

谢青山若有所思地说："小裴在这边的朋友貌似不少，都是能人，倒显得我们几个有点儿'打酱油'了。"

谢临川嗤之以鼻："不然你还打算怎么样？有现成的功劳捞，换作我，做梦都要笑醒。咱们要是没有调查结果要求，干脆就直接等现成的，一把年纪了还出来跑外勤，遇到以前带的兵要被笑死。"

谢青山也笑了："成，那咱们就老老实实地休息，我也不打扰你们了。"

席唯笑着挥手作别，似乎真的就巴不得什么也不用做的样子。

房门关闭，原本悠闲伸懒腰的谢临川跟席唯都收起了笑意。

谢临川盯着房门，过了一阵儿才开口："我们这一趟，怕是来当出头鸟的。裴钰手里头有不少人，都在暗地里，老大也注意到了，但他没问。"

席唯犹豫了一下，低声道："说实话，我不相信你大哥。"

谢临川"哦"了一声："你怀疑他？"

席唯摸着自己手指上的纹路，缓缓道："上一次聚餐的时候，沈复离开过一会儿。"

席唯指了指自己的脖子："回来的时候，我在他的锁骨上，看到了伤痕，还闻到了一点儿若有若无的银色山泉的香水味道……"

谢临川冷笑，眼底闪过了然之色："银色山泉？那可是我大哥的挚爱香。原来他们两个有联系，藏得还挺深。这么说，谢青山这趟来，就是给沈复拖时间的？怪不得躺得这么平。"

席唯摇了摇头："昨晚有另外的人在隔壁看着我，你可以顺着这条线查查。知道我住在这儿的，可没几个。"

谢临川板着脸拿起了电话，十几分钟后，脸色黑如锅底地回来了。

"老大的人。本来是暗线，但是我看到了监控，那几个人我在他身边刚好见过。"

席唯安抚地拍了拍谢临川："他对我应该没恶意，不用过度紧张，洗个澡睡一觉，就当是来度假了。"

一周后，裴钰总算现身，说从表面上来看，棉纺厂的事情调查得差不多了，他要先回去一趟，叫谢临川三人自由行动。

大家对裴钰的任务心知肚明，谢青山也是打定主意混资历，对裴钰的无视毫无意见，甚至还有一点儿开心。

谢临川打算带着席唯在广市玩一天。

谢青山自称岁数大了玩不动，提前一班飞机回去了，走之前还叫了谢临川过去，写了张支票递过去。

"小川，小唯头一次跟你出去玩，你大方点儿，这点儿钱是当哥的一点儿心意，欢迎小唯到家里头玩。"

这支票是给席唯的，即使知道自家大哥没安好心，但伸手不打笑脸人，谢临川还是皮笑肉不笑地接了过来。

"那什么，谢了哈。"

谢青山拍了拍谢临川的肩膀，走了。

无论有多么不喜欢这个弟弟，谢青山表面上都不会表现得很明显。只有谢临川倒了，谢青山才能够确认自己在谢家的继承人地位。

谢临川果真按谢青山的安排，认认真真地制订了游玩计划。然后又悄悄地给苏念发了消息，让他去订一些服装、首饰什么的，榨干了保险箱里的最后一点儿私房钱。

不出意外，这趟"特种兵"之旅最后还是席唯掏的钱，谢临川理直气壮地消费，一点儿也没跟席唯客气。

不光花席唯的钱，谢临川还磨磨叽叽地不肯走，非得在广市住一晚上。

第二天傍晚，在广市极限玩了一天的席唯同谢临川经海市转机回了B市。

好消息是，针对晚期胰腺癌癌细胞扩散的特效药即将进入四期临床，谢老爷子当天就吃上了第一批次的药物，药物反应相当不错。因为病理情况变得乐观，各项指标都有不同程度的提升，理论生存时间从一年延长到三年以上，谢老爷子被准许出院了。

还有就是席唯找到孙光根，从他那儿拿到了资料后，思索再三，还是将东西匿名邮寄给了裴钰。

还有一个对席唯来说算不上好消息，但对谢临川来说等同于过年的消息是，席唯的停职仍在持续中，并且，医院收回了给他的宿舍。

席唯拎着行李箱流落街头，谢临川开着豪车喜气洋洋，人与人的悲欢并不相通。

谢临川带着席唯回了他在霄云路的那套房。

席唯冷笑一声："买了七百多平方米的空中四合院，难为你去我宿舍住了，谢临川你可以的。"

第二天是个周末，晴空万里。

席唯一脸莫名其妙地看着谢临川翻箱倒柜地找衣服，半晌，看了看手表说："要不咱们明天再去？"

谢临川摸出一套牙色的西装来，高高地举在手里："找到了，找到了！我就说我有这套。"

席唯："谢临川，我们是去你家，你这么紧张干什么？"

"不，你不懂，我这不是紧张，是激动！"

谢临川穿好衣服，拎起席唯提前准备的礼盒瞧了瞧。

"那几位什么德行，你又不是不知道，抓住个机会就要板起脸说教一下。"

谢临川叹了口气，看着席唯说："不过没什么大不了的，现在我也有自己的事业，又不是啃老，无所畏惧。"

席唯摇了摇头："不是老爷子要感谢我吗？"

"对对对，就是，我们家要感谢你，走走走，等会儿赶不上午饭了。我妈现在会做饭了，弄的菜那叫一绝。"

谢临川急忙拉着席唯下了楼。

两人照例在两条街外停了车，谢临川给老陈放了个短假，自己提着东西顺着胡同七拐八拐地往家走。

此时正值深秋，临近初冬，B市旅游的人群锐减，客流量大概要到初雪的时候才会再度猛涨，这给了谢临川很大的回家的勇气，果然，不到二十分钟时间，两人就顺利地到了家门口。

叫席唯意外的是，谢临川的大伯和大伯母正在门口等候。见到两人身影，谢临川大伯眼前一亮，立刻上前，大伯母落后半步，跟在后头。

席唯对二人都有印象，很有礼貌地握手打招呼。

"大伯，大伯母，你们好。"

谢临川的大伯还好，大伯母握着席唯的手，迅速地用一种十分奇怪又不讨人厌烦的眼光将席唯从头打量到脚，随后满意地点了点头。

"小唯你好，欢迎你到家里来！"

席唯看了谢临川一眼："？"

谢临川极度不负责任地耸了耸肩，表示"我也不清楚"。

席唯只得压下心思，四人一块儿进了大门。

谢临川的大伯招呼席唯："小唯呀，我们老爷子这回得亏有你，听说你为了这个药搞了很久的研究，很是下了一番苦功吧？"

席唯双膝并拢，莫名感觉有点儿局促："医者仁心，应该的，更重要的是有川哥帮忙，不然这个药也没办法研制成功。谢爷爷的身体怎么样？"

"好得很，这不，趁着我们不注意，一大早跑去看广场舞，保姆去找了！"

谢临川的大伯给大伯母使了个眼色，大伯母立刻给席唯倒水。

"小唯呀，你之前在哪儿读的书哇？"

席唯："啊，在清大读的博士，上个月刚毕业。"

大伯母点点头："那小唯将来打算在香港安家，还是在B市安家呀？"

"这个，都可以吧。"席唯余光看向谢临川，眼睛眯了眯，似乎在说："谢临川，你真的不打算给我个解释？"

谢临川："我选择跑路。"

谢临川："妈！菜怎么样了？小唯来了！"

谢母远远答应了一声："菜这就得了！小唯来啦？你这孩子也不叫妈一声！张妈你接着做，把那个芡汁儿打薄一点儿哈！"说着话，谢母解着围裙就从厨房转了出来，远远地见到席唯，那眼睛简直要放光了。

她一把拽过谢临川，小声问儿子："你小子说实话，以前的事和小唯说清楚了吗？你怎么说服小唯回来的？不会是靠坑蒙拐骗吧？"

谢临川一脸冤枉："我能坑他？你儿子下半辈子吃香喝辣全指望他了好吧。我那是凭借三寸不烂之舌，还有我的个人魅力……"

"滚滚滚，你有个屁的个人魅力，肯定是小唯看你可怜才上了你的当。"谢母推开谢临川，亲热地叫着，"小唯呀！"

谢临川远远地看得毛骨悚然，搓着肩膀进了厨房，看着还在颠勺的谢爸："爸，你管管你媳妇，那声音都快流蜜了！"

"我可管不了你妈。"谢爸面无表情地颠勺出锅，语重心长地拍了拍谢临川的肩膀。

那边，席唯收回了"钉"在谢临川后背上的目光，笑吟吟地从礼物盒里拿出一条缂丝的旗袍，送给谢家大伯母："听说您是满族，也不知道您的喜好，就给您带了一条旗袍，希望您喜欢。"

谢家大伯母被击中了审美点，兴高采烈地要去换上看看。

席唯又拿过另一个盒子，取出一件苏绣的中式长裙："伯母，听说您喜欢舞蹈，这是上次在苏州买的长裙，很适合跳古典舞时穿。当时买的时候只是觉得好看，现在想想，十分衬您的气质，您别嫌弃。"

谢母喜笑颜开地接了过来，比在身上转了一圈："好看吗？"

席唯立刻点头："特别好，翩若惊鸿，婉若游龙。伯母魅力不减当年。"

"哎哟，都老黄瓜咯，小唯这孩子嘴太甜了！来来来，阿姨做了点儿家乡菜，等下你尝尝啊！"

席唯又捧出另外两个盒子，一个是给谢大伯的漆器盒子，一个是给谢父的端砚。给老爷子的则是一个下载好了全套凤凰传奇歌曲的移动音箱，等老爷子回来的时候，席唯亲手奉上，赢得了一片好评。

这顿饭吃得可以说是宾主尽欢。等吃完了饭，两位女性长辈更是一人包了一个红包给席唯，非说是什么见面礼，两位男性长辈还一人送了一块表，谢爸送的那块还是金的。

席唯就这么莫名其妙地抱着礼物离开了谢家。一直到车子开到半路，席唯掂量着那两个红包，才咬着牙冷笑道："谢临川，我这是来吃饭还是来领压岁钱的呀？你是不是和家里说了什么？"

谢临川下意识地坐直，一脸严肃地说："我不是，我没有，你想多了。"

席唯一掌拍在谢临川大腿上："那你说说，我就是来你家吃个饭，病人家属给包那么大的红包？"

谢临川嗷地叫了一声："别打，我错了！"

◆
◇
◆
◇

十一月的最后一天，白老太太走了。

池惊鸿打开病历本，在席唯耳边低声道："病历上记录，患者于三十日凌晨二时，死于糖尿病晚期的多种脏器衰竭，在睡梦中离开的，走的时候很安详。"

席唯叹息一声，随即道："既然是自然死亡，沈家人还来闹，什么原因？"

池惊鸿挠了挠头："老太太没遭罪就走了，这本应是不幸中的万幸，可是对医院来说，并非一件好事，因为老太太死的时候，身边没有人。"

席唯一惊。"没人？看护呢？"

池惊鸿摇了摇头："不知道，应该是打盹儿去了。现在沈家主要追究的是林护士长的失职，老太太死亡的时间是凌晨两点，但直到早上六点护士才发现，所以沈家人就不干了。"

席唯的眉头皱了起来："偏偏是这个时候，沈家正因为南边的事情焦头烂额，林姐这是撞枪口上了呀……"

席唯拿过病历本看了看，随即问："老太太现在安置在哪儿？"

池惊鸿跟别人交头接耳了一下，迅速回："在八宝山。现在沈家揪着护士站缺失一次巡查记录，认为无法确认老人是因为疾病自然死亡，还是因为无人急救导致死亡，所以要求林霜负责。"

"他们拒绝解剖？是了，他们一定不会同意。"席唯低声自语。

池惊鸿点点头："白老太太的遗体已经被运去了八宝山，沈家不同意解剖。所以我才十万火急地喊你来了，我感觉虽然他们是对林护士长发难，但实际上肯定是冲着你来的。"

站在会议室门口的池惊鸿在席唯耳边小声说道。

席唯的发丝还带着一丝水汽，因为临时被池惊鸿叫来，席唯没穿白大褂，看起来与平时的样子有点儿不一样，似乎更加凌厉一些。

"行，我知道了。"看着会议室里影影绰绰的人影，席唯略一点头表示清楚，然后走进了会议室，"曹副院长，我来了。"

席唯跟满头是汗的曹副院长打了个招呼。

曹副院长肉眼可见地松了口气，连忙道："小席来了，快，这位是沈先生……"

席唯淡淡道："没关系，我们认识的。"

曹副院长"噢"了一声，将椅子让给席唯，自己迅速后退："那你们好好谈谈，有什么误会，大家好好说。"

席唯颔首，云淡风轻地坐了下来，抬起头，打量着对面的沈复。

这是间隔快两个月，席唯头一回见到沈复，他几乎不敢认了。曾经风趣幽默、风度翩翩的沈复，现在头发凌乱，眼眶发青，胡子拉碴，衬衫上满是褶皱，仿佛已经很久没有休息了一样。

"沈先生。"席唯微微一笑。

"希望你等会儿也能笑得出来。"沈复扯了扯嘴角，抬起头，将一个 iPad 扔到桌面上，"看看吧。"

iPad 发出啪的一声轻响，坐在角落里的林护士长吓得瑟缩了一下，带着红肿的眼睛深深地垂下头去。

席唯看了看沈复的表情，云淡风轻地打开 iPad，里面都是林霜同别人的聊天记录，很多地方都提到了席唯，爱慕之意溢于言表。

席唯向下滑了几下，就合上了："沈先生对窥探他人隐私有兴趣，我并没有。"

沈复皮笑肉不笑地扯了扯麻花一样的领带："这回不叫复哥了？"

"我怎么称呼你，那要看你把我看成什么。"席唯笑了笑，"我想沈先生现在，一定不希望有一个我这样的弟弟吧。"

沈复靠在椅背上，疲惫地摇了摇头："不，我很希望。如果你姓沈，我们之间不必闹到这样难看。"

说罢，沈复点了点那个iPad："这个姓林的护士长跟她朋友的聊天记录里，有多次表达了对你的爱慕，还拍了很多你的特写，我可不可以理解为她喜欢你？"

席唯不置可否："爱慕是很美好的行为，也是每个人的自由。喜欢我或者不喜欢我，都是林护士长自己的事，同沈先生有什么干系？难不成沈先生喜欢林护士长，或者你也……"

沈复的脸颊抽搐了一下，似乎是狠狠地咬住了牙，然后扔过去一张照片，照片上是席唯在树荫下坐着，季东昂半跪在他面前，画面十分唯美，但沈复看着那张照片，眼底流露出怨毒之色。

"上个月，你与季东昂私下密聊，季东昂随后南下，没几天就举报了我的工厂。这个月，林护士'看管'失误，导致我们家重要成员身故。席唯，这两个人的行为，跟你有没有关系？"

席唯抱着手臂，似笑非笑地看着沈复："沈先生这是要带我感受审问流程？"

曹副院长干咳了一声："席医生，正面回答问题，不要激化矛盾。"

席唯抬起眼帘，直视着沈复："白老太太是你重要的家庭成员？"

"我奶奶早逝，我们几个孩子都是姨奶奶拉扯大的。"沈复忽然闭上嘴，攥紧拳头，"你什么意思？"

席唯神情淡淡地说："我做医生这么久，也送走了许多病人，这些故去的病人的家属，一般分为两种，一种是打击过大，痛哭彻夜的；还有一种……"席唯锐利的眼神直视着沈复，"是放着亡者不顾，急着跟医院要个说法，最好是赔付到他们心满意足的。"

席唯的声音带着丝丝的寒意："沈先生是哪种？"

不等暴怒的沈复发作，席唯手指向着身后勾了勾，池惊鸿忙把一个本子放到席唯手里。

席唯拿着那个本子，饶有兴致地说："访客记录。近五年的。沈先生猜猜，自己来了几次，停留了多久呢？"

将那个本子再度交给池惊鸿，席唯扫了扫脸色不善的沈复："所以，排除了祖孙情深这一点，沈先生既要追究，又不许尸检，最根本的原因，依旧是想让医院给个说法吧？"

沈复面色凝重，一语不发。

席唯表情放松："直说吧，你想要什么结果，咱们不要浪费时间，抓紧往下走，白老太太平时待我宽容客气，有时间我还是想去送一送的。"

曹副院长着急忙慌地站了起来："沈先生，你看这……"

沈复一抬手打断了曹副院长的话，冷笑着说："说得没错，简单点儿，不浪费时间。我要医院开除席唯。席唯登报致歉，承认自己的医疗事故和资质不足，主动注销医师执业资格，从医疗这一行消失。"

话音落下，房间里瞬间安静下来。

所有人都在看着坐在沙发上的两个人，席唯纹丝不动，沈复志在必得。

众目睽睽之下，席唯笑了一下，忽然用很低的声音说："以牙还牙的方式不高明，但足够有效，恰好的是，我也很喜欢这种方式。"

沈复眼睛微微一动。

席唯直起腰："沈先生觉得监控这个问题，我被人坑了第一次，还会在同一个地方栽倒第二次吗？"

沈复动作一顿："你什么意思？"

"什么意思，就要看郑女士了。毕竟凌晨两点到四点这段时间，只有她进入过白老太太的病房。"

沈复勃然大怒，脱口而出："不可能！"

"可能不可能，你比我清楚。监控录像稍后发给你。这件事，我调职，其他人无过错处理，否则，我们就一块儿把视频交给上头，大家一块儿体验一下真正的审问流程。"席唯站了起来，闲庭信步一般走了出去。

路过哭得不能自已的林护士长，席唯还朝她安抚地一笑。

会议室的门关上了，里面传来摔打和怒吼的声音，但很快，所有的声音都消失了，一切归于沉寂。

池惊鸿凑了上来："姓沈的狗急跳墙了？这回的证据没之前那么狠哪。"

席唯摇了摇头："我更倾向于他自己的手下出了问题，有人隐瞒了一些动作，让沈复产生了误解。"

"啥意思？"池惊鸿眨了眨无辜的眼睛。

席唯无奈地叹了口气："这就要看郑佳怡在那段时间里到底做了什么了，以及郑佳怡对沈复来说，到底是个什么身份——见不得光，又被好好地养着；认识沈家的人，对他们家又充满恨意……"

席唯摇了摇头："算了，不想了，去吃饭。"

池惊鸿震惊的程度比听说席唯被沈复刁难了还要大："你个世纪大忙人有空吃饭？你不看你那些病人了？"

席唯伸手推了推眼镜："估计会有一段时间不用我看病人了。"

池惊鸿欢呼一声："我马上请假，咱俩吃火锅，去成都吃！不带你那个'大冤种'朋友！"

而此时，他的"大冤种"朋友谢临川正靠在走廊的墙上，向他投来充满怨气的目光。

席唯挑挑眉，莞尔一笑："恐怕得带，毕竟这位'大冤种'先生为我提供了高清摄像头拍摄的视频影像资料，这对我摆脱嫌疑起到了决定性的作用。"

谢临川哧了一声，迈动长腿走向席唯："老曹说要调你去档案室，你自己挑的？"

席唯不置可否，谢临川心中有数，点了点头："行，没受委屈就行。刚好楼下私房菜来了个成都的国手，晚上一块儿试试。"

"从这个门上三楼，右手边就是档案室的入口，直接刷卡就行……席医生，抱歉……"林护士长的声音还带着一丝沙哑，眼睛红肿未退，看着席唯的眼神里满是歉意。

席唯从林护士长手里接过那张门禁卡，笑了笑："没什么好抱歉的，这事你本就是被牵扯进来的，多谢你带我过来了，快回去工作吧。"

"是我要多谢你……你快上去吧，不打扰你了席医生……"林护士长顿了顿，轻轻给席唯鞠了一躬，随即转过身，抹着眼泪走了。

席唯目视着林护士长的身影远去，嘴角的笑意淡了下来。他从口袋里拿出一枚耳机，轻轻塞进耳朵。

谢临川懒洋洋的声音从中传来："到了？"

席唯"嗯"了一声，刷卡开门，门禁发出嘀的一声。

谢临川的脸色有点儿臭，站在落地窗前，不爽地弹了一下桌子上席唯的照片："那个林护士长还挺维护你，我的人说沈复之前吓唬了她一阵儿，暗示她甩锅给你，但她确实什么也没说。"

席唯缓步上楼："这次是人家被我牵连，过后得找机会补偿她一下。"

谢临川嗤笑了一声："你对他们倒是菩萨心肠。"

"对你不是？"席唯轻笑着打趣，随即道，"你没看到沈复的那个样子，我感觉他似乎被逼到绝境了。按理说最近应该没什么进展，难道裴钰那边查到东西了？"

谢临川更加气闷："不能是我搞了什么小动作？姓裴的不是好人，查到什么也不会走漏风声，会不会拿出来都两说。"

席唯面现无奈，走到二楼，跟之前负责这里的管理员对接了一下，才继续道："那谢大少最近做了什么动作，说来听听？"

正在暗暗地给沈复公司下绊子的谢临川轻咳一声："没什么，随便出手收拾两下。你说你，就非得守着那个医院不可，来我这一块儿搞沈家不是更痛快？"

席唯微微摇头："让一大家子人倒台的办法有很多，但我想要的远不止此，让他们死于商战或势力更迭，都太便宜他们了，我希望给沈家一个非常不体面的死法。"

谢临川眼底划过不解："所以还要卧薪尝胆去那个破档案室缩着？不是都查到郑佳怡了吗，你退这一步我不是很理解。"

席唯在档案室里走了走，随手翻开一本档案，纸张翻动间，席唯轻声道："所有人都以为，我这次是吃了大亏，但我要告诉你，我之所以拒绝了自己的导师，执意要来和协，很大程度上就是为了来这间档案室。

"我去做出头的椽子，不合群、惹风头，都是为了让他们顺理成章地排挤我，把一个热衷于治病救人的医生排挤到犄角旮旯去，不是正好符合他们的期盼吗？"

谢临川抬手看了看手表，想着席唯自己坐在档案室里，拿着本资料认真看的样子，喉咙一紧。扯了扯领带，谢临川闭目沉思："所以档案室才是你真正的目标？"

席唯的声音慢慢悠悠的，带着明晃晃的笑意，提示道："自 1921年以来，和协完整地保存了超过三百万份医疗病历，其中包括疑难杂症、名人病案、海外患者，所有在和协就诊过的患者，都会有一份完整的、全面的、记录详细的病历。"

谢临川瞪大眼睛："你要去找谁的病历？席叔叔的？"

席唯摇摇头："不，我爸的病历应该不在这里，我要看的是沈复的爸爸沈邦成的病历。"

席唯的眼神幽深，其实沈邦成的病历也不是他最终的目标。

他抬起头，望向档案室的最深处，那里有一扇合金大门，门后面的东西，才是他真正的目标。

同一时间，谢临川也望向落地窗外的某个方向，他的直觉告诉他，席唯没有将所有的东西告诉他。

"那好，万一查到了什么，及时跟我说，我的人随时待命。"谢临川也没有多问，挂断了电话。苏念敲门进来的时候，谢临川依旧蹙着眉，脑海中飞快地思索。他知道席唯在完成扳倒沈家这件事之前，不会真正地放下心防。当年席长水出事，就连谢临川自己都不相信是沈家一家人的力量能做得到的。也许就有那个可能，谢家也曾经参与其中。这才是谢临川和席唯都保持克制的真正原因。

想到姓裴的在南边查案子查得风风火火，谢临川无声地握了握拳头："想要伤害小唯，做梦去吧你。"

"谢总，我什么都没听到，我马上滚……"

苏念来得不巧，正好听到了，掉头要跑，被谢临川叫住，横了一眼："又怎么着了？不是说我有个重要电话吗？"

苏念哭丧着脸递上一杯咖啡："这回真不赖我，是咱们的董事会议要开始了，瑞典那边的几位董事都上线了。"

"哦，对，知道了，五分钟后开始，叫那个谁去查个人，等会儿我把信息发给你。"

谢临川端起咖啡急匆匆喝了一口，呸的一声吐了出去，擦着嘴往会议室去："谁烤的咖啡豆，换了！"

苏念跟在后头尝了一口，噗地吐了出去，忙不迭地跟着往会议室去，路过秘书处的时候，抽空叮嘱了一句："小张！让楼下把新来的咖啡师换了，豆子爆早了，一股子土味！瑰夏的豆子就那么一口袋，别什么人都让碰！"

到了晚上下班的时候，谢临川刚拿起手机，席唯的电话就打了过来。

"吃个饭？下午没白去，有点儿有意思的发现。"

谢临川握着手里的文件袋，起身披上外套："巧了，我这儿也是，我去接你。"

"不用，我就在你楼下，档案室就这点儿好处，不用打卡。"席唯的声音里满是笑意。

谢临川有些意外，果然在楼下看到了席唯。

席唯穿了一件浅灰色大衣，米色打底，看起来精神利落，比实际年龄小上很多，说是在校大学生也不违和。

人事处的几个单身女青年正在席唯身边"推销"公司的福利制度。

"小帅哥，你考虑一下嘛，我们公司每年给一个月带薪假，还报销出国旅游机票哦——"

"还有很多漂亮的小姐姐呢！"

"对呀，小帅哥你有女朋友了吗？考虑大姐姐吗？"

几个女青年互相推搡着，几乎要贴在席唯身上了。

席唯有些局促地坐着，含蓄地说："谢谢，我已经在上班了，今天来是找人……"

"找什么人哪？是你哥哥还是姐姐？我帮你去找好不好？"

"我们公司也没有像你这样帅的呀，难不成是顶楼那个？那个帅是帅，性格也差太多了吧，哈哈哈哈……"

席唯轻咳一声，指了指她们身后满脸冷笑的谢临川："脾气也还好吧，哦，帅还是很帅的。"

几个女青年回过头一看，跟见了瘟神一样，鹌鹑一样贴着墙迅速溜了。

谢临川看了看表："一分钟不到，三位，破纪录了。"

席唯哑然："下次我戴个口罩好了。"

"戴什么口罩，戴这个。"谢临川二话不说，从口袋里拿出个布契拉提的白金手环，咔嗒一下扣在席唯的手腕上。

席唯新奇地抬起手腕看了看："手镯？听说还挺难订的，你什么时候买的？"

谢临川的脸有点儿臭，还有点儿得意："上回送的表看你没戴，估计是嫌丑，我就喊苏念找了找好看的，订了有一个月了，才送过来。"

说着扬起自己的手腕，上头是一个同款的黑色手镯。

"这回好看了吧？"

"嗯，好看。"

"好看就老老实实戴着。"

"哦，知道了。"

谢临川拍了拍席唯的肩膀。

席唯缩了缩脖子，到底没把镯子褪下去。

这种状态一直持续到吃饭的时候，席唯还是有点儿蒙蒙的，谢临川看得好笑。

"想什么呢你？一路上魂不守舍的。"

席唯下意识地搓了搓脸："噢，对，差点儿忘了，要跟你说沈邦成的事情——"

正了正神色，席唯严肃地说："我觉得沈复不是沈邦成的亲生儿子。郑佳怡反而应当跟沈邦成有很密切的血缘关系，甚至有可能是他的女儿。"

医院里的病历档案不能带出来，席唯用手机搜索了关键字，放到桌面上给谢临川看。

谢临川低头扫了眼："亨廷顿……舞蹈病？什么玩意儿，沈家人有遗传病？"

席唯点点头："沈邦成就有这个病，虽然病历里没有就这个症状确诊，但是他的病症非常典型。我又去翻找了沈家那位老爷子的病历，也提到了这种症状。

"亨廷顿病是非常严重的神经退行性基因遗传病，而且是显性遗传，只要携带基因，就有接近百分之百的概率会发病。多数的发病者会在发病后二十年内死亡，而且下一代会比上一代提前发病。沈老爷子五十八岁去世的，沈邦成四十九岁早逝，郑佳怡不到二十六岁就已经发病，但是沈复目前还什么事情都没有。"

席唯推了推眼镜，低声道："虽然不能完全排除沈复是那万分之一的幸运儿，但按照沈家这个遗传的情况来看，可能性非常低。"

"你看看这个。"谢临川将自己查到的资料放到桌面上，席唯打开看了看，非常意外地看了谢临川一眼。

"看来我们想到一起去了。"谢临川颔首，"照片、票据、记录单、乱七八糟的检查记录，汇总到一起的结果就是，郑佳怡是早年沈邦成在外地的发妻生的女儿，而沈复是三年后沈邦成回到 B 市娶的老婆生的孩子，但沈邦成那段时间常年在外，关于沈家夫人这一胎，当年的确有些传闻，说是与她某位初恋情人有所牵扯。沈邦成上位后，郑佳怡就被白老太太收养，改了年龄，养在沈家。不过，你要这些有什么用？"

席唯抬起头，明亮的眼睛里闪过一道锐利的光芒。

"对我们来说，这些东西一点儿用都没有，但是对沈复来说不是。我听说，沈家现在因为棉纺厂的事情，对沈复意见很大，有不少人动了其他的心思。"

谢临川挑起眉，惊异地看着席唯，席唯笑问道："怎么，以为我报仇的时候也会温声细语？"

谢临川低声笑了起来："是温声细语，也不耽误刀刀入肉哇。"

那天的晚饭吃到很晚。之后不久，谢临川再度出国，池惊鸿也随队去了海市交流。席唯又回到了孤身一人，每天两点一线，生活规律得乏善可陈。

元旦那天，席唯收到了一个快递。

医院安保小哥热情地帮席唯把包裹放到推车上："席医生，包裹还挺沉的，我帮您送楼上吧。"

"不用麻烦了，今天开了车，刚好带回去。"

席唯打开后备箱，顺便打开袋子看了看，恍然："原来是米呀，兰阳……应当是我的一个病人送的。"

小哥惊讶地说："是墨米吧，这个成色可不多见。"

"是的，有一位病人前几天指标合格，转院回老家去了。"

席唯将米砖搬起放到后备箱，玩笑道："病人送的礼物就不转送给你了，不过上次你说的那个不大好买的药，我刚好遇到，给你带了一瓶。"

小哥不大好意思地道了谢："给您添麻烦了。"

席唯摆摆手上了车。刚开出去没多远，就在路口见到了裹着大衣抽烟的裴钰："裴先生这是路过？"

裴钰将烟蒂掐熄，扔到垃圾桶："不是路过，我专程在这儿等你。"

他摆手将身体周围的烟雾挥了挥："估计你也不会方便跟我喝茶吃饭。载我一段？"

席唯扫了一眼垃圾桶上的一小堆烟蒂，缓缓点头，笑了笑："好哇，您去哪儿？"

"单位。抱歉，我刚从南边回来，不是要故意让你想起某些不愉快的回忆。"裴钰很不懂事地坐在了副驾驶座上，两只冻得苍白的手放到暖风上，慢慢地搓着。

"我刚一回来，就听说沈家最近不大太平，几个老辈的非逼着沈复去做 DNA 检测？"

"这倒是件好事。"席唯专注地看着前方，转弯儿的时候，手指灵活地带着方向盘转了半个圈，离裴钰的手一掌之遥。

裴钰的手指动了动，又颓然地收了回去，他问："是你的手笔吧？"

席唯坦然道："我提出猜想，谢临川帮我将这个猜想传达出去。你也知道，我在 B 市朋友不多。"

"郑佳怡失踪了。"裴钰没头没脑地说道。

席唯神情不变："那你应该去问沈复，毕竟，那是他的姐姐，不是我的。"

裴钰双手揣回兜里，紧紧地攥着拳头，眼神压抑："收手吧，你们席家已经不是当年的席家了，圈子里的关系盘根错节，你不应该来蹚这摊浑水。我在南边……查到了一些不太好的端倪，上头已经接到了这些线索，沈家倒台已成定局。"

席唯微微侧过头看了裴钰一眼，几乎让裴钰有一丝被看穿的惊慌。

"裴先生，作为一个调查者，你来找我，叫我停止动作，是因为不想让我触碰红线，还是……"席唯说着说着嗤笑一声，"总不会是正义感爆棚，要来跟我宣读对于打击对象的优先处置权吧！"

裴钰紧绷的嘴角缓缓下垂，连带着肩膀都垂了下去，他几乎有些狼狈地说："为什么要这么说？我真的是一片好意……你可以当作是上一次的事情里，我对你的歉意。"

席唯似乎轻易地相信了这个蹩脚的理由，点点头："如果你是这样想的，那我为刚刚的言辞道歉。"

裴钰摇了摇头，松口气的同时，也把自己刚刚对席唯提的要求忘在了脑后。

裴钰深深地看了席唯一眼，鬼使神差地说了句："你就那么信任谢临川？据我所知，当年你的事，他也有不可推卸的责任……"

"前边我不大顺路了，您走两步吧。"席唯挑了一个方便过马路的路口停了车。

"你……生气了？"

裴钰发现自己好像终于找到了席唯的弱点，心里却并没有好过一点儿，反而更加难受，他几乎没办法保持微笑。

席唯摇摇头："不是的，我是觉得，再过一会儿，你就会陷入某种无用的情绪里，变得愚蠢而不可理喻了，趁着还能克制，适可而止最好，不是吗？"

裴钰扶着车门的手指落下，车门悄然关闭，席唯开着车转了个弯儿，消失在马路尽头。

裴钰苦笑着摇了摇头，再度点燃一根烟，风尘仆仆地过了马路，两个人渐行渐远。

路上，席唯给谢临川的爸爸打了一通电话，为他们全家送去祝福，又婉拒了共度元旦的邀请，最后心情不错地开着车回了谢临川那套位于霄云路8号的房子。席唯抱着一小袋墨米，耳朵上夹着电话，边走边听池惊鸿的唠叨。

"师兄，你不知道，这边的每个人都又自信又骄傲，简直跟我们有'次元壁'，让我感觉回到了伦敦，他们真的有那个味儿！"池惊鸿在电话那头没好气地抱怨。

席唯走进电梯，盯着不断上升的数字，安抚道："这也好办，你就说自己是海外华侨，属于中外合资产品这一挂的，肯定就好了。"

池惊鸿不太相信，嘟囔着："你就是有了新朋忘了旧友，之前我跟你抱怨日子难过，你都是直接打钱的……"

席唯刚要说话，电梯门打开，谢临川穿着黑色丝绸家居服，在电梯门口摆了个自以为很帅气的造型，含笑伸出两只手。

"小唯。"

席唯将手里的米袋子塞进谢临川手里，拿起手机给池惊鸿转了一串数字过去，迅速说："我没信号了，给你转账了，自己找个地儿买点儿开心吧。"

池惊鸿秒领了转账："什么没信号？你进电梯了？要多久哇，我待会儿给你打过来？"

池惊鸿的声音从手机听筒里传出来，谢临川接过电话，低声道："今晚都没信号，你们老外不过元旦吗？"

他说完，啪地一下挂断了电话，顺手还开了个免打扰，然后把门带上。

"我坐了十五个小时的飞机……你就送我袋大米？"

席唯无奈："要不我送你个全身体检……"

谢临川严肃地点了点头："好的，我觉得我的肾功能最近有点儿异常。还有，沈复他们家在海外的合同基本无了，全让我搅和了。"

席唯"唔"了一声："别搅了……困……"

谢临川："打小我看沈复那小子就不是个东西，我搅黄了他几个合同，不上台面的东西还敢叫人堵我，叫我一块儿给收拾了……"

席唯一惊，扭身要去看谢临川："受伤了没？"

谢临川不乐意了，狠狠一动："你觉得呢？怀疑我的水平，罚你再检查一遍身体！"

这个元旦的过法没有一点儿是符合席唯原本计划的，没有看到烟花，没有睡成懒觉，连那袋子墨米到底也是没吃上。

奔波了一天，席唯累得连梦都没做，一觉到天亮。

医院的调令也在元旦后的第一天到了。

这回，曹副院长没好意思给席唯打电话，把巴副院长支到了前边。

"小席，院方已经调查清楚了，你的监护人在你未成年时就变更到了旁系亲属方，而且你的父亲系自杀，也不是外界传说的刑事案件，因此，你的政审不存在问题。院方这边希望你能马上回到原本的岗位工作，继续为医疗事业发光发热。"

巴副院长慢条斯理地将席唯身上每一个被外界质疑过的点都拆解清楚，随后又给席唯发了一颗定心丸："你放心，舆论那边已经平息了，医院请了你的校友来做公关团队，所有的事情都不用你操心，保证你之后可以正常地工作，不会受到任何打扰。"说完了医院的安排之后，巴衔远又体贴地问："小席，你看你这边还有什么要求，需要医院给满足的？"

结果同席唯预料的差不多——只要他没有被牵扯精力，这件事很快就会沉寂下去。

给池子里的鱼儿撒了一把鱼食，席唯微微一笑，问："要求倒也没有，只是想问问，医院为什么希望我立刻回到岗位？"

这小子贼精，滑不留手，巴衔远第一时间有了这个想法。轻咳一声，巴衔远看了看一旁听着外放的曹副院长，曹副院长无奈地点了点头。

巴衔远笑了一下："有一位大领导患上了疑难杂症，第一次内科大查房没有确定病由，马上要进行第二次大查房了，领导听说你的医术高超，点名请你来参加。”

席唯不为所动：“可是上一次白柳芳的事情还没说清楚，我也没有做到尽善尽美，还是继续在现在的岗位这边反省吧。”

巴衔远的微笑更加和善了，和煦地说：“哦，你说那件事，都是误会，院方本来就没有想要处分你。你主动承担了一切，虽然勇气可嘉，但并不可取，因为这是对无理取闹的病人家属的纵容啊。这件事，那位领导听说之后，已经将沈先生叫过去当面说清楚了，沈先生表示认识到了自己的错误，也撤销了对院方所有的控诉。”

看了一眼面如土色的曹副院长，巴衔远的笑容里带着点儿沉思：“当时我也在场，听那位领导偶然提了一嘴，说是年后上头要关停一批经营不善的企业，当时沈先生的脸色好像不太好的样子。”

席唯拍了拍手上的鱼食，站了起来：“哦？是这样，晚辈行径荒唐，倒连累长辈跟着操心劳力了，我马上去医院，当面跟领导致歉。”

“所以，你就这么被恢复原职了？”谢临川听着席唯的复述，有些难以置信，“那位‘生病’的领导也是你的安排？”

听出了谢临川的言外之意，席唯微微摇头：“不是的，那位长辈真的患病了，危重型系统性红斑狼疮，病情很复杂，但发现得早，治疗预后很理想，至于点我回去为他治疗，是他作为长辈的好意。他是我爸当年的老同事，应当是听说了我的事。”

谢临川面露思忖：“所以这位负责环保的长辈就借着机会把沈复敲打了一通？怪不得沈复最近上蹿下跳，还偷偷低价出售了一些股份，现金流肯定出了问题。”

席唯表情无辜：“这倒是借了你的东风了，原本我预想要让他们伤筋动骨还得再费一点儿工夫。比如待会儿要见面的两位，本是我给沈复准备的后手，这下来看，很有可能用不上了。”

谢临川表情不善：“姓装的不是好东西，明明查到了东西，偏扯了什么时机不合适，把消息捂住了，你可得——”

"是是是，我可得离他远点儿。"席唯义正词严地保证。

谢临川这才放下了这桩事，转而打开手机看起了资料："左家这个当口儿来 B 市，来势汹汹啊。"

席唯颔首："要说我这位表哥最不缺的东西，大概就是钱了吧。我还在念书，他就已经进投行见习了，这回来，估计他的新生意已经是十拿九稳了。"

司机老陈熟练地将车子汇入晚高峰的车流，谢临川瞥了一眼窗外的车流，暗暗地将扶手收起，把席唯的头按到了椅背上。

"还得堵一段，你先睡会儿。"

席唯还想挣扎一下，但实在太困了，他身体往下缩了缩，咕哝道："好吧……"

同一时间，另一辆车子里，沈复合上手中的文件盒，疲惫地闭上眼，手指在眉心揉了揉。

"等会儿该怎么做，不用我说了吧？"

穿着短款礼裙的暮云搓了搓发红的膝盖，乖巧地点点头："知道的。"

沈复状似亲昵地捏了捏暮云的脸颊："表现得好，我的事情办妥了，你们家的公司也能过个好年。"

"谢谢复哥。"暮云眼底闪过一丝黯然，强颜欢笑道，"那个，复哥，过了年我想继续念书，您看行吗？"

沈复动作一顿："你那个生命学的学位是联合办学的吧，怎么突然想出国？"

暮云小心翼翼地点了点头："已经休学两年了，再不去，学位就要取消了。"

"为什么突然要出国，我是说，突然要离开我？我对你不好吗？"沈复突然捏住了暮云的下颌，额头贴着暮云的鼻尖，阴沉沉地问。

暮云被吓得眼泪直流，颤抖着说："没有，复哥对我很好，对我们家也很好，我不去也行，不去也行……"

沈复嗤笑一声，松开了暮云，拿出手绢擦了擦手指，忽然幽幽地说："想出国，也不是不可以。"

暮云眼底满是惊喜，难以置信地抬起头："真的吗？"

"当然是真的。我明白，小姑娘家家的，谁会想跟我这样的人过一辈子呢。"沈复拍了拍颤抖不已的暮云的发顶，"只要你把待会儿来的港商伺候好了，我下个月就送你出国，你不愿意回来也随你。"

暮云哭得更凶了，抽泣着拉住沈复的衣袖哀求："复哥，给他们随便找愿意的人行吗？我出钱，求你了，我还没交过男朋友……"

沈复反手给了暮云一个巴掌："胡说！"

暮云直接吓蒙了，摸着脸流着泪看向沈复。

沈复又拿出另一块手绢来，给暮云擦了擦脸："瞧你把我气得，傻姑娘，我不就是你的男朋友吗？虽然我不是什么好人，但是我的确是个男的吧？"

将暮云的手放到自己掌心里，沈复细心地劝说："那两位港商呢，都来自香港数一数二的大家族，你如果把得住，以后暮家指着你平步青云了也说不定。跟我也是跟，跟他们也是跟，对不对？"

"如果不是人家喜欢圈子外的淑女，这好事也轮不到你。你乖乖的，大家都有好处拿，好不好？"见暮云还在抽泣，沈复轻轻捏住了暮云的手指，"如果不乖，当初的方家就是你最后的归宿。"

暮云颤抖了一下，低下头缓缓地擦了擦眼泪。

"我知道了，复哥。"

沈复满意地笑了笑："这才乖嘛。"

车子在金宝街香港马会会所门口停好，沈复拉着暮云微笑着入内，左家的两兄弟正在会所里的德比酒吧喝酒。

见到沈复和暮云，左家老四左承嗣眼风都没给一个，自顾自地切了雪茄到一边看球赛，左家如今的当家人左承懿倒还算礼貌，欠身让沈复就座。

"沈总是吧？听说您想见我？"

沈复没想到左承懿这么开门见山，手里头拎着的两瓶罗曼尼康帝只好随手放到了桌边，笑着说："是，您好，左先生，我是沈复。"

左承懿看了看手表："无论您想做什么，您还有十分钟的时间，等下我还有两位贵客要招待。所以？"

沈复脸色僵了僵，心中暗骂不已，最后只能强忍着怒意开口："是这样，我想请左先生的投行帮忙做一次融资。"

左承懿来了点儿兴致："IPO还是发债呀？"

沈复摇了摇头："都不是，我想要并购，用一家位于江西的子公司并购整个母公司。"

"体量？"

"八十个亿。"

左承懿笑了笑："可以，佣金三个点。抵押物不得少于融资金额。"

沈复紧握拳头："左先生，一般的投行佣金都在三千万美金左右……抵押物也并不严格要求覆盖并购额吧？"

左承懿靠在沙发上，姿态随意："当然，如果您有更好的选择，欢迎。"

沈复还要再说，左承懿已经起身接起了电话："喂？到哪儿了？还在堵车，哦哦……"挂掉电话，左承懿对着远远在门边等候的侍应生示意了一下。

"沈先生，您看？"

沈复站了起来："我需要回去考虑一下，改日再来叨扰左先生。"

左承懿笑了笑："那沈先生可要尽快了，机会不等人。"

侍应生伸手虚引，沈复拿起外套走了出去，临走前在暮云的肩膀上拍了拍。

暮云颤抖了一下，低下了头。

左承懿没注意到暮云留了下来，招呼了左承嗣一声："小唯快到了，你去迎一下。"

左承嗣答应一声，戴上了口罩，回过头一看暮云还没走，惊奇地道："哥，你看刚才那个人，还挺上道儿，给你送了位小嫂子来呢。"

左承懿这才发现暮云还在，沉吟了一下，对暮云说："这位小姐……"

暮云一下哭了出来，拼命地摆着手："别，你别过来……我不是，不是……"

左承懿头大不已，左承嗣幸灾乐祸地"哈"了一声："还弄了出强抢良家少女，要不你问问四叔喜欢不？"

暮云吓蒙了，跟跟跄跄地就往外跑，左承懿高声喊侍应生："服务员，别叫她乱跑冲撞了人！"

两个身高马大的侍应生立刻抓小鸡一样去抓暮云，暮云尖叫着满屋子乱跑起来。

左承懿揉了揉眉心："别喊了！这叫什么事情！"

席唯同谢临川推门进来的时候，刚好与披衣出来的左承嗣撞个对脸。

屋子里的暮云叫得凄凄惨惨，仿佛遭遇了惨无人道的对待，谢临川挑挑眉，看了席唯一眼："你大哥还好这口？"

席唯眼神游移，目光飘向别处。

"没听说过哇……"

角落里正被捂嘴的暮云发现来的是席唯，拼命张开嘴巴叫道："小唯哥哥，救我！"

席唯："……"

左承懿："……"

左承嗣兴致盎然地打量了一下谢临川，又回头看了看暮云，跟席唯说："怎么，认识？"

席唯无奈地解释道："那位是我小时候邻居家的妹妹，大哥，你这是闹的哪出？"

左承懿仰天长叹："这就要问她那位未婚夫了，还有你，小妹妹，你能不能不要叫了？我真想怎么你，你叫得再大声也没用是吧？"

侍应生放开了暮云，暮云衣衫有些凌乱，坐在沙发上眼泪汪汪地叫了一声："小唯哥……"

席唯蹙眉："沈复送你来的？"

"嗯，他说我不来就叫我们家像方家那样，我不敢不来……"暮云抽噎着点头，一边抹眼泪，一边把沈复的话复述了一遍。

小姑娘被吓到了，早把家人、公司给忘到了脑后，等竹筒倒豆子一样都交代完了，才知道后怕，瑟缩着道："川哥，小唯哥哥，两位老板，你们能不能别告诉复哥呀……"

左承懿同席唯、谢临川对视了一眼。

三人同时开口："放心，不会的。"

谢临川眼神扫过左承懿，左承懿报以回视。

"哈哈哈。"

"呵呵呵。"

两个人十分客气地笑了笑，实际上谁也没瞧得上谁。

愣子弟弟左承嗣搓了搓手臂，咕哝道："这暖气是不是开得不够大呀。"

"喀，我来介绍一下吧，这两位是我表兄，大哥左承懿，四哥左承嗣。我前几年在香港，都是姑奶奶一家照拂我……哥，这位是谢临川，我的朋友，刚刚的女士是暮云，我们算是发小。"

左承嗣"哦——"了一声，左承懿瞪了他一眼。

暮云擦了把脸回来，怯生生地坐回沙发上，眼珠子骨碌碌地左右看看，小声开口："刚才……复哥……沈复给我发消息了，他问我顺不顺利。"

暮云心里明镜一样，再跟沈复混下去，不是被卖给左家兄弟，也得被卖给张家或是王家老总，不如直接当个"二五仔"，沈复要是倒了，她也能逃出个自由身。

因此，小姑娘毫无负担地就把沈复给卖了。

席唯对此毫不意外，沉吟了一下，问左承懿："大哥，还没来得及问，今天喊我来是干什么？"

左承懿拍了拍脑袋："哦哦，我都忘了，三件事，老幺，把我的那只小皮箱拿过来！"

左承嗣骂骂咧咧地站了起来："所以说出门多买张机票给管家是会让你肉疼死吗？我是巨星！我进组的时候吃东西都不用自己伸手！"

"所以你现在还是个'二流'，发哥都要挤地铁，没听说哪个巨星吃饭叫人喂的。"左承懿面带微笑地损了弟弟一句，打开雪茄盒子，"May I？ Anyone want？"

大家都摇摇头。

谢临川瞟了一眼，不动声色地捧了一句："STATOSDELUX？大哥品位绝佳。"

左承懿哈哈一笑："听说 B 市的老板不喜欢味太重的雪茄，所以我跟潮流，来点儿清新的。有机会请你看我的藏品，那才叫风味醇厚。"

"荣幸之至。"谢临川十分配合地说。

"那你可要小心了，老大那些雪茄烟味浓得像要修仙，一口能把你送进 ICU！喏，是这只吧？奶奶叫你带这古董来做什么？"左承嗣将一只箱子放到桌上，假装擦擦脸上不存在的汗水。

"做什么？送生日礼呀！小唯要过生日了，你不会忘了吧？"左承懿拇指按在箱子上打开密码锁，小箱子里满满当当的各种颜色大大小小的皮面小册子。

谢临川挑眉："这是……"

"应该都是房本。"席唯有些不好意思，"姑奶奶非说我在 B 市没有个房产太可怜，我说我没什么喜欢的房子，她就说把自己压箱底的拿出来让我自己看，没想到真让大哥把房本带过来给我挑。"

席唯摸了摸鼻子，有点儿心虚地说："大哥，我现在有地方住，用不上这个，你就告诉姑奶奶我挑了一处房产就成。"

谢临川面露欣慰之色："是的，大哥，小唯他现在——"

左承懿一摆手："你的房子是你的，你们从小一起长大，感情好的时候当然怎么都行，感情不好的时候，比如吵架了、闹翻了，难道要叫我们小唯半夜去住天桥？"接着他又对席唯说："唯仔，听大哥的，这些东西你就收起来，有空的时候挨个儿走走看看，看好的就收拾收拾住进去，不喜欢的放出去租。大哥同你讲，男人什么时候都得有自己的小金库，不然日子可难过咯！"说到这儿，不由分说地拉过席唯的手指，将他的指纹录入皮箱，盖子一合，整只箱子都放到了席唯面前。

"奶奶说她年纪大了，一阵儿清醒一阵儿糊涂的，未来可能记性也不如现在，交代我说，这箱子就当是给你压箱底的，等你将来结婚，再给你备一份大礼。"

席唯心中温暖，含笑道："等回去之前，我给你带一点儿保养的中药包，叫姑奶奶拿去煲汤喝。"

左承懿笑了："那我这趟可值了！"

暮云的嘴巴张成了"O"形，突然感觉自己好像错怪沈复了，能随随便便成箱送房子的老板，怎么不算是好的对象呢？

左承懿抽了口雪茄，又道："刚好你来，第二件事和第三件事，严格来说是一件事——我想进军医美行业。"

席唯眨了眨眼："需要我做什么？"

左承懿笑骂着指了指左承嗣："你看看小唯，当哥哥的有了想法直接问怎么帮忙，你倒好，直接问我要会员卡，败家子！"

左承嗣耸了耸肩："谁不知道咱们家里头小唯最富，我最穷，打份工，一半收入要给经纪人，另一半要交美容院，没办法咯！"

左承懿气得瞪眼："喊你回家你又不回，每天打扮得像个'二五仔'一样东搞西搞，不务正业，以后有你好果子吃。"

席唯忙劝架："大哥，四哥也是刚起步，以后混出名堂，家里人脸上也有光嘛。你刚说要做医美？"

左承懿拍了拍脑袋："气都要被他气死。对，家里养的那些狗头军师弄了一堆表格回来，说这个东西现在很赚钱，而且投资不算大，对这个败家子以后在 B 市的人脉也有帮助之类的，奶奶就心软了，非要投资，我心想，她来投资还不如我来，这样或许能少赔一点儿。"

一直安静旁观的谢临川忽然开口："单纯做医美的市场比较垂直，B 市的阔太太就那么一小堆，不如加码兼做大健康产业，这样不仅是阔太太、老板们自己，加上他们上下两代的钱都可以赚，市场扩大一倍以上，搞头不错。"

席唯惊诧地看着谢临川。

谢临川一本正经地说："之前做过这方面企划，因为跟公司原本不是一个赛道的，就放弃了，但是大哥不一样，左家本身就是集团，既然是过来占山头，当然占得尽量大最好了。"

左承懿眼睛亮了起来，兴致颇高地拍了拍手："没错，不愧是土著，分析得很到位，我之前想岔了，这么看，这桩生意还是可以赚钱的嘛！"

谢临川矜持一笑。

"你是做医药的？"左承懿话锋一转，笑眯眯地问道，"要不要入一股，大家一起做生意，一起分蛋糕？"

谢临川笑容一滞，用自己当老总多年的功力强行把嘴角拉了上去："好哇，大哥。医美这方面，我刚好认识一些海外的优质供应商，到时候给订购最新的产品过来。"

席唯看着谢临川肉疼的表情，忍着笑，在小箱子里翻了翻，拈出一张产权证，打开放到桌子上："他出器械和原料，那我就出个地皮吧，这块地够大，周围环境也好，办个手续重新规划一下，一年就差不多可以营业了。"

左承懿看向左承嗣，左承嗣双手举高："我给你免费代言行了吧！大家出钱出力给你做生意，随随便便省了大几万，左家有你真是福气。"

左承懿又笑眯眯地看向暮云，暮云想了想，试探道："我把圈子里的贵妇带过去办卡？"

左承懿拍手大笑："人多力量大，看，人脉、地皮都解决了，谢临川还可以帮衬着看看手续什么的，这桩生意不就成了？回头我叫律师弄个合同过来，大家明年一块儿分蛋糕！"

左承嗣举手："那个姓沈的呢？他的并购案子你接不接？听说小唯跟他不太对付的样子。"

左承嗣含笑问席唯："小唯说呢，用不用大哥绊他一跤？"

席唯推了推眼镜，表情恬淡："接呀，生意上门当然要接了，也不用绊，按程序办事就好。"

左承懿哈哈地笑了起来："还是小唯懂我，旁边这个要不是看着生的，真不知道是不是抱错了！"

左承嗣黑着脸："当我愿意？看到爷爷和爸爸的'地中海'我都害怕好吗！"

席唯非常同情地说："谢顶是显性基因，四哥真的要快点儿努力了，要不然还没当成天王就没头发了。"

谢临川没忍住，扑哧一下笑了出来，紧接着所有人都哈哈大笑。

谢临川得到了左承懿的认可，席唯感受到了家庭的温馨，左承懿空手套白狼把项目定了下来。除了下意识地摩挲头顶的左承嗣，大家都非常欢乐。

　　半个月之后，经过密集而详细的评定，沈复用沈家半壁的积累作为抵押，从左承懿的投行得到了八十亿的并购金。合同签订的仪式十分隆重，但由于官方的政策还没有正式出台，因此没有公开举行，谢临川和席唯作为客人，在客房的监控屏幕上旁观了这次签约。

　　"合同签订之后，表哥的投行就会将款项转到沈复的账户里吗？"

　　席唯对风投并不了解，谢临川简单地给他做了解释："当然不会。这笔钱并非一次性到账的，合同签订后，左承懿支付了八个亿，等到沈复说的政策出台之后才会打第二次款，收购开始后第三次打款，收购完成后，还有最后一次打款。"

　　席唯若有所思地说："如果期间哪个环节的流程不顺利……"

　　谢临川颔首："这期间如果有任何一个环节的流程不顺利，款项就不会到位，沈复也会失去他们家三代人一半的积累。"

　　"钱来钱去如流水呀……眼中只有权势，因为权势爬到塔尖，也必然因为权势跌到塔底。真不知道，将来他失去这一切所依仗的东西，会是什么样子。"席唯看着屏幕上春风得意的沈复，表情莫测，似乎是讥诮，又似乎有些悲凉。

"大概会生不如死吧。"谢临川语气凉薄，"我很期待将来的结局。那些抵押物的清单我看过了，说是一半，其实已经要了沈家的大半条命，因为沈家偏好固定资产投资，股票、债券等并没有占据很大的比例，所以这些抵押物里，土地占了很大的一部分。"

席唯接道："如果并购不顺利，那么沈家的抵押物全部会易主，从顶端的下棋者沦落成丧家犬，以沈家平时的作风，那些钱财如同携宝夜行，一下就能要了沈家的命。"

谢临川一针见血地评价道："沈复是一个彻头彻尾的赌徒，并且他已经输疯了。"

"他甚至都没有进行过背景调查，连左承懿是你表哥都不知道。"

席唯略带自嘲："谁会相信，一个幼年失祜、狼狈远窜的丧家之犬，其实有一门好亲戚呢。"

谢临川冷冷地盯着屏幕："这里的人可不认什么亲情，他们认为，走了就是败了，就是无计可施了，就像沈复，他但凡还有一根手指有力气反抗，就不会甘心离开 B 市这地方。"

话锋一转，谢临川得意地自夸："但我不一样，我的眼里有比钱财、权势更为重要的东西。"

一整个下午的时间席唯同谢临川都非常忙碌，与左承懿签完了三方的框架协议后，剩下的工作交给各自公司的律师团队，谢临川就和席唯回了家。

晚上是暮云的私宴，宴会之后，她就会被安排出国了。

为了暮云的安全，在席唯的建议下，左承懿捏着鼻子带着暮云到外头参加了几次宴会，算是承认了暮云的存在。所以这次宴会上，暮云非常风光，来的客人的档次也都上了好几个台阶。

到了夜色降临、华灯闪烁的时候，谢临川同席唯来到了一处位于郊

区的私人会所，据说是马会会所的某位会员开的，主打一个吃喝玩乐敞
开折腾。

左承懿出面给暮云"借"了过来。

与其他衣冠楚楚的客人不同，席唯和谢临川二人的穿着非常随意。
抵达宴会的时候，席唯穿着一件高领毛衣配休闲裤，从头到脚捂得严严
实实，谢临川却穿了一件领口开到锁骨下方的衬衫，肆意而张扬。

看着帮暮云忙里忙外招呼客人的沈复，谢临川在席唯的耳边低声道：
"为了让左承懿捏着鼻子认了暮云，沈复更是主动放话，说自己一直把
暮云当作妹妹，现在小妹妹有了好归宿，他也祝福，一下就坐实了暮云
是大佬身边新欢的身份。"

席唯听了佩服不已地说："抛开个人感情，沈复这种能屈能伸的性
格真的还挺适合做大家长的。"

"难道我不适合做大家长？为了家庭和睦，下午的协议都快把我的家
底卖给大哥了！"谢临川十分不服气。

席唯："好好好，你也适合做大家长，如果再严肃点儿的话。"

暮云见到席唯，热情万分地迎了上来："小唯哥好！川哥好！"

谢临川磨了磨牙。

席唯瞬间觉得暮云十分可爱，开怀地打了招呼："暮云，你今天看
起来很开心，人都像在发着光一样呢。"

暮云笑了起来，原地转了个圈，小虎牙都露了出来："谢谢小唯哥，
我也觉得现在好像在飞一样，有种做梦的感觉。"

"在会馆住得习惯吗？要不要我找一处房子给你？"席唯善解人意
地问。

暮云摇摇头，眼神狡黠："当然要习惯，要不然怎么说服他们同意
我出国呢！左先生说帮我找了世卫组织的实习工作，过去读两年书还可
以兼职，毕了业之后还可以安排我去香港！小唯哥，你不知道我现在晚
上睡得有多香、多踏实，一觉到天亮！"

席唯欣慰不已："那就好，等你毕业的时候，我们两个去观礼。"

暮云开心地抱了抱席唯："那说好了，你不来我就不毕业了！"

谢临川将暮云从席唯身边拉开："多大的姑娘了，庄重点儿，去招呼客人，好好维持，以后都是你的人脉。"

暮云吐了吐舌头："好的川哥，那我过去啦！"

席唯轻轻拍了拍胸口："还好有你救我，小姑娘头发香喷喷的，在脖子那里戳来戳去，弄得我一直想抓痒，差点儿失礼了！"

谢临川的心情又好了起来，轻咳一声道："下次出门，我还得盯着你，不然你吃了亏也不好意思开口。开心也不说，难受也不说，不问你，你就一直闷在心里，你这个小身板装得下那么多的想法吗？"

席唯沉默了一下："什么话都说，那不就成了你养的那几只鸟了？整天'没心没肺，开心万岁'的。"

谢临川想象着席唯背上两只白色的翅膀，披着羽毛编织的长袍，侧着身子看他的样子，笑了："像鸟有什么不好？"

席唯白了谢临川一眼："我去拿杯水。"

谢临川热情地说："我去，你在沙发上坐一会儿，我马上回来。"

说着将席唯按在了沙发上，大步流星地去了大厅另一端的吧台。

双人沙发的另一端一沉，面带笑容的沈复坐了下来。

席唯侧过头看了他一眼，又将头扭了回去。

"小唯，这是恼羞成怒，输不起了？"

席唯摇摇头，言简意赅地说："不是，我是怕看多了恶心。"

沈复摇头失笑："你这是小孩子说气话。离开了爸爸的庇护，这些年积攒了不少怨气吧？"

席唯直视着前方，面无表情地说："至少我还活着，并且将长长久久地活过四十岁、五十岁，活到终老，不是吗？"

沈复脸上的怒容一闪而过，忽然笑了笑："你没听说吗？沈家的几个老东西都在说我不是沈家的骨血，所以你说的那种活法，我也会有。"

席唯轻轻地"呵"了一声："我看过你爸爸沈邦成的病历，你们父子俩年轻的时候，几乎一模一样。"

说到这里，席唯忽然转过头深深地看了沈复一眼："你拒绝做DNA，不是怕别人发现你不是沈家人，而是怕他们知道，你已经发病了。"

沈复表情扭曲了一下，故作轻松地摊了摊手："哦？可是我已经过了三十岁了，外头人造谣的那种病，似乎早在三十岁之前就应该发病了吧。你的想法很好，可惜我没病。"

席唯低下头，摩挲着自己的指尖，语气带着怜悯："所以你除了亨廷顿病，还有严重的镇静剂成瘾。"

沈复的手抖了一下，酒水弄湿了浅色的长裤。

他失魂落魄地站了起来，含糊着说了句："我去个洗手间……咱们改天再聊……"说着推开沙发前的桌子，跟跄着离开了。

"沈复来找你了？说了什么浑话？"谢临川端着一个餐盘过来，上面放着席唯爱吃的几样甜点，身后的侍者为两人开了水倒在杯子里。

席唯摇了摇头，拈起一块点心放入口中，享受得眯了眯眼："没说什么，受了点儿刺激，提前发病了而已。"

因为席唯不肯说自己跟沈复说了什么，谢临川臭了十分钟的脸。

十分钟后，臭脸谢临川冷冰冰地开口："给你拿的乳酪蛋糕，一起吃点儿。"

"啊？我已经吃完了……你还没吃吧，我帮你拿点儿？"已经默默地享受了一餐的席唯茫然抬起头，嘴角还残留着一点儿奶酪的痕迹。

席唯擦了擦嘴站起来，见谢临川不动如山："你走不走？"

"走走走。"谢临川喉咙里发出一声闷笑。

路上，谢临川还在纠结沈复和席唯说了什么，席唯无奈："沈复那么个人有什么值得打听的，说出来再把你硌硬一遍吗？"

"就不能是说点儿悄悄话？"谢临川佯装气恼，"所以你把沈复他们家那个遗传病的事抛了出去，想叫沈复自乱阵脚？他不会那么容易上当的。"

"我知道……我不是为了让他上我这个当……你没听过那句话吗，从敌人内部进行瓦解，要比外部的瓦解来得迅速得多！"

席唯仰着头，眼睛看着头顶的灯。

"还搞上战术了，不过我得纠正你，不光是敌人，自己人，也可以从内部瓦解掉……"

与霄云路 8 号的快乐无边相比，北河沿大街 77 号里，气氛一片凝重。

沈复发丝凌乱，虚弱地坐在沙发上，身上的白衬衫空空荡荡，上面隐约可见血迹，整个人仿佛刚刚从死亡边缘爬了回来。

他的手臂上，一支大剂量镇静剂正在缓缓注入血管。

"好了，继续这样下去，相信你也活不了多久了。或许可以陪我一道儿死也说不定。"

在众人眼中消失已久的郑佳怡冷笑了一下，为沈复拔掉针管，提起药箱转身就走，脚腕上的电子脚镣一闪一闪地亮着红光，表明了她此时的状态。

见到郑佳怡脚腕上的脚镣，沙发的另一边，神情不安的方远面色惨白。

沈复的嘴角抽搐了一下，沙哑道："等我把想带着陪我一起下地狱的人都弄死了，你一定能在下面等到我的，姐姐。"

"愿你的遗愿顺利完成。"郑佳怡不为所动，门一甩，发出了砰的一声。

沈复笑了笑，整个人都陷进了沙发里。过量的镇静剂让沈复陷入似睡非睡的状态，两种对身体伤害巨大的力量将他所有的力气都压榨一空之后，终于让他缓缓归于平静。

沈复的脸上已经毫无人色，他更像是从地狱里爬出来的鬼。

方远颤抖着递过一杯水："复哥，你好点儿了吗？"

沈复就着方远的手喝了一大口水，仰着头，在沙发上靠了很久，张开口，声音缥缈地说："他看穿我了……阿远，现在他看穿我了，我没有时间了。"

"我总感觉那个人邪得很，我只不过刺激了他一句，就倒霉成这样了。要不，咱们别跟他过不去了吧，复哥？关起门管自己也没什么。"方远双手握着咖啡杯，盯着杯子中自己的倒影。

沈复的眼里满是讥讽："当年如果不是我们几家人，席唯现在的地位不逊于谢临川，你想关起门过日子，但席唯只想让咱们全都给他爸陪葬。现在他只是夺走了你的一半家产，等他真的站稳了，再伸手要，咱们还给不给？"

方远的眼角抽搐了一下，眼神怨毒。

不到一年的时间，他就从圈子里上中游的小"顽主"，混成了三线城市狗屁不是的丧家犬，看到自己这副惶惶不可终日的样子，自己都觉得厌烦。

"复哥……你说得对。"方远猛地晃了晃杯子，抬起头道，"只要不犯法，我愿意用所有力量，送席唯上路。"

不犯法？沈复空虚地笑了一下——这个时候，方远还在想着明哲保身，不怪方家混得都快没了，真是烂泥扶不上墙。如果是平时，方远连坐在沙发上的资格都没有，但现在沈家风雨飘摇，他能动用的、舍得拿去下本儿的已经越来越少了。

罢了，对付一下吧。

沈复心中对自己苦笑了一下。

他缓缓地搓了搓麻木的脸颊，对方远安抚地笑了笑："阿远，我们当然不能犯法了。而且，我已经知道了他犯的错误，只要我们把那件事情挑出来，放到大家的眼皮子底下，席唯自然就要下桌，滚回南方去了。

"私自泄露患者病史，只要你能坐实这一点，席唯这辈子都不可能再做医生。没有了名声，还有谁会为了他那两下三脚猫的功夫罩着他？这件事情并不难，指纹、监控、调阅记录，什么都好，我只要一告，他必定只有一条死路可走！"

方远有些担忧地说："可是我听说，川哥……谢家，对席唯很重视，他们会不会出手救他？"

"蠢哪！谢家的人都没有心的，怎么会为了一个医生做这种事？"沈复恶狠狠地抢白，看方远被吓住，又泄气地坐了回去，"只要我们动作快一点儿，做得干净一点儿，谢家自诩清流，又怎么会出手呢？他们那么爱惜自己的羽毛，对不对？"

沈复艰难地弯腰，从茶几下的抽屉里拿出一份合同来，轻轻放到桌子上，冒着冷汗说："阿远，机会不等人，这句话送你也送我。你将这件事办好，我保证，三年内，方家可以靠着这东西重新回到 B 市。"

方远意态踌躇，半晌道："复哥，我实在不想再回 B 市了，我……我想出国。"

沈复的神情一顿，脸皮一扯，像是笑了一下："那也很好，随你。我在加拿大还有一点儿产业，还有一个庄园，到时候你过去做个主管，娶个洋媳妇，没有比这更舒服的。不过，前提是，席唯滚蛋。"

方远心动不已，给自己倒了一杯酒，灌了下去，抹了抹嘴巴站了起来："复哥放心吧，最迟三天，我一定有好消息。"

沈复欣慰地点了点头，又拿出一张卡："事成之后，这张卡够你在加拿大舒服十年了。"

"好的，复哥，等风头过去了，咱们东山再起了，我再回来跟复哥干。"方远不客气地揣起了卡，大步地走出了沈复的家。

"东山再起……我什么时候日薄西山了吗？可笑。"沈复安静了一会儿，自己勉强撑着身子，拿过那瓶酒，大口灌了起来。

挑空的楼梯上方，郑佳怡面无表情地看着这一切，直到沈复彻底将自己灌醉。

她安静地下了楼，捏着鼻子将沈复的手提起，挨个儿在脚踝上试验着，几分钟之后，脚镣被塞进楼上房间的柜子里，裹得严严实实的郑佳怡借着夜色从北河沿大街 77 号迅速离开。

她没有开车，挑了小路，一个小时后，才在几条街外打了辆车，一路往东城区去了。

第二天一早，席唯刚到医院，就见到他的办公室门口靠着个风尘仆仆的女人。他眉头一蹙，下意识地看了看四周。

女人已经抬起了头，凌乱的发丝间，是一双焦虑、紧张到极致的眼睛。

竟然是郑佳怡。

叫席唯惊讶的是，郑佳怡盯着席唯看了半天，才试探着开口："你……是席医生吗？"

之前席唯跟郑佳怡是见过面的，见到郑佳怡不确定的表情，席唯心中有了点儿想法，不动声色地点了点头："是。我给你做过手术。"说着，他示意了一下："这几根脚趾还好吗？"

郑佳怡猛地松了口气，拢了拢身上的披肩，又抬起头："不太好，您能给我重新开些药吗？上次我带的药已经吃完了。"

席唯站在那里，过了几秒钟，他打开了办公室的门，回过头道："进来说吧。"

郑佳怡的脸上闪过一丝恐慌，在门前犹豫了半天，依旧没有迈步。

席唯想了想，打开了两扇窗户，又将灯都打开："这样可以吗？"

郑佳怡感激地点了点头，溜着墙边进了门："谢谢您。我……从前经历过一些不好的事情，留下了病根，不好意思。"

"没关系，不用道谢。"席唯打开电脑，用自己的卡刷了信息，找到上次给郑佳怡开的药单，重新开了一点儿药，"拿这张单子去取药就可以了，药费我来付。"

席唯将一张手写的单子交给郑佳怡，顿了顿，又给郑佳怡倒了杯水："你可以先在这儿休息一会儿，我等下要出去查房，这里会很安静。"

郑佳怡抓着那张单子，眼神里有挣扎、有犹豫，很久之后才低声道了声谢。

"您还是将办公室锁好吧，这年头儿什么人都有，别丢了东西。我这就走。"说完，她抓起单子急匆匆地离开了办公室。

席唯把查房的材料整理好，在护士站看了一眼最近的病人配液情况。

林霜刚好在，瞧见席唯，拘谨地打了个招呼。

"席医生，刚刚有人找你。"

"我知道，已经见到了。"席唯温声道。

林霜欲言又止，最后匆匆走了。

两个小护士顿时叽叽喳喳地告状："席医生，那个病人真的好没礼貌哇，上次过来我们还带着她去看她奶奶，结果现在再见面，就跟不认识我们一样！"

"是呀，她还指着照片问我们哪个是席医生，你说可笑不可笑？"

"可能是之前身体没好利索，不太注意外界吧。"

席唯盯着郑佳怡离开的方向看了一阵儿，回到办公室拿起了电话。

"谢临川，我刚刚见到了郑佳怡。"

电话里，谢临川的声音带着冷意："她现在还在吗？不要与她近距离接触。上回我打听了警队那边，白老太太的事没压住，她的通缉信息还挂在内网上。警方那边评估，她的危险性很高。"

"走了。"席唯夹着电话，慢悠悠地给自己磨了杯咖啡，"我总感觉郑佳怡有点儿奇怪，也许白老太太的死她并非全然出自恶意。"

谢临川皱了皱眉："沈家的人都很奇怪，她是哪里特别怪吗？"

"怎么说呢，我感觉郑佳怡似乎有点儿脸盲，而且似乎也得了创伤后应激障碍一类的疾病，她很恐惧幽闭的空间。"席唯按了几下鼠标，"我上数据库里搜了一下，没找到她的就诊记录。我怀疑她以前根本就没治疗过，一直硬挺着。"

谢临川按动了桌上的电话机："那行，我叫苏念查一下。郑佳怡之前的资料里也没有就诊记录，但她曾经伤过人，后来不了了之了，我叫苏念顺着这条线再深入查查。"

席唯点点头："还有，她似乎还提醒我，要锁好门，难不成是沈复又有什么招儿来对付我了？"

"他们敢来就把他们的手都剁掉。"谢临川神色不善，"姓裴的那边没声了，待会儿我去找他爸老裴问问。调查点儿案子，牛气得跟个什么似的，到现在也没个结果。"

席唯不小心笑了出来："裴叔叔家怎么你了？我看你恨得牙痒痒。"

"谁家祖孙三代被他们祖孙三代盯一辈子都要烦他，我这已经算有素质的了。"谢临川松了松领带，"不过该咋说咋说，裴家人做事不行，品行还是过得去的。"

"我去问问，应该能从侧面打听一下上头对沈家什么态度。"谢临川揉着眉心，"上次你表哥的投行给沈家的融资到位了，沈复都火速投了出去，看起来沈家又风平浪静了，外头对沈家的态度也暧昧了起来，一次性摁不死他们，估计得多摁几次。"

席唯一点儿不介意："那就多摁几次。"

夜晚，席唯比平时晚了一点儿回家。谢临川正在张罗晚饭，两荤两素，都是 B 市排得上号的大师的作品。

"堵车了？"谢临川随意地问。

席唯摇摇头，将一个文件袋放到了桌子上："下午的时候收到的快递，我本来以为是到付的那种商品……你看看吧。"

谢临川动作顿了顿，给席唯倒了杯苏打水，自己洗了手，拿起文件袋坐在了沙发上。

袋子里的文件第一页一露出来，谢临川的手就微不可察地颤了颤："这是……席叔叔的……卷宗？"

席唯靠在墙壁上，端着苏打水的手指有些苍白："是。"

"包裹的封面还在吗？"谢临川将卷宗合拢，第一时间查看了文件袋的外面。

席唯摇摇头："我查过了，查不到。卷宗用的是最普通的封皮，纸张是最普通的纸张，满大街都是，无从查起。只能说一定是知道内情的人，而且地位很高，但我想不明白，他为什么把卷宗寄给我。这些年我想了很多办法，却没能接触到这份卷宗，听说已经封存在最高检那边了。"

席唯的话说到一半的时候，谢临川就已然明白了席唯的意思，能接触到这东西，还有能力把东西带出来的人，可以说是手眼通天了。

"现在只能初步认定，看起来不像是恶意。"席唯神情莫测，悲悯中带着一丝复杂，从谢临川手中抽出卷宗，打开，掠过那一长串的文字，翻到后面的证据部分，从中抽出一张十分模糊的照片。

"这个人，就是当时被保护起来的那个当事人，虽然眼睛打了码，但是，但是……"

谢临川起身找到郑佳怡的调查资料，翻到她小时候的照片，放到那张照片旁边。

"但是和郑佳怡一模一样。"席唯悲哀地看着那张照片，"我查到的所有线索都告诉我，沈家当年参与了，但没想到他们竟然参与得如此之深，竟然放弃了一个亲生的孩子……"

谢临川表情深沉："一个亲生女儿被舍弃了，换回的东西一定要比家族传承的意义还要重要，换言之，沈邦成一定把他的目标看得比孩子还要重。"

席唯闭上眼睛："瓜分席家。"

谢临川眉毛拧着："当时的条件，没人知道郑佳怡是他的孩子，这个证人足够可靠，也足够可控，但是我无法理解的是，按照法医调查的资料来说，郑佳怡是真的被侵犯了，所以她的证词和证据才能够锁死席叔叔……"

"郑佳怡有严重的脸盲症。"席唯突然道。

然后两个人同时沉默了下来，想到了一个可怕的可能性。

"所以她才会患上创伤后应激障碍，才会一直有自残行为，并且始终被沈家牢牢地看守着。一手将她带大的白老太太，或许并不是她最敬爱的人，而是她最怨恨的人……"

深夜，和协医院停车场，几辆不起眼的尼桑停在医院办公楼旁边。

随着震动响起，早早躲在车里睡觉的几个混混儿瞬间睁开了眼睛，警觉地打开了车门。其中一个领头的戴上耳机，方远的声音怨毒地传了过来。

"地图都发给你们了，东西就在档案室里，除了监控、纸质记录和指纹，其他一概不能动，不要节外生枝。把摄像头打开，我要随时看到你们在做什么。"

领头的敲了两下耳机作为回应，几个混混儿都戴上了黑色的口罩，嘴巴里含了枣核，顺着墙壁的阴影迅速地从一扇提前开好的窗户钻进了大楼。

一切都进行得有条不紊。早早被酒色掏空的方远昏昏欲睡，又不住地强打精神。几个人静悄悄地卸了档案室的铁栏杆，从小小的气窗钻进档案室，成排的档案柜子顿时出现在视频中。

"视频采集到了。"

"我们也被录了进去，回去需要处理一下。"

"纸质记录拍照留存了。"

"等等，他电脑还开着……"

"不要节外生枝！"

领头的男人呵斥了一声。

方远恶狠狠地对着电话说："等一下，看看电脑里有没有东西！"

领头的男人不情愿地戴上手套，打开了电脑，翻了几下道："好像有一个文档，写着什么论文……"

"把那个也拷贝一下，拿回来我看！"

"方少爷，当时讲好了……"

"讲什么?! 当时不是我收留你们，你们还有气儿跟我讲，快点儿拷贝！"

领头的不吭气了，摸出一枚 U 盘，开始复制，半晌道："复制好了。"

"好！姓席的，我看你这回怎么死！"

方远兴奋得眼睛都红了，一巴掌扇在了身后醉倒的女人的屁股上，在女人埋怨的咕哝声中，关掉电话扑了上去。

清晨，尼桑车混在越来越拥挤的车流中开出了医院停车场。

两个小时后，这些资料都被摆在了方远的桌案上。

领头男人自己等在桌前，顿了顿，提示道："方少爷，沈先生那边说，只要把席唯负责过的病历泄露出去几份，就够他死的。咱们这样做，是不是有点儿节外生枝了？"

方远面露不悦："你懂什么？那几份病历够干什么的？他是个医生，医生是最爱惜羽毛的，丢失工作文件还可以用写检查搪塞，但是论文造假，他一辈子都洗不干净！"

领头的自己没读过大学，当下不敢多说，垂下了头。

方远关掉文档，随手拿出一张银行卡扔了过去："这里头是十万，去外地避避风头，半年后再回来。"

男人不免有些难堪："方少爷，不用给我钱，我现在自己也有几家场子看，我帮你就是因为当年方老先生的一饭之恩。您放心，就算是交出了我，我也不会出卖你的。"

方远暗骂一声"装 ×"，干脆地收起了卡，此举更让男人轻视了他几分。

方远自己马上也要跑路，能省一分是一分，不咸不淡地说了几句话，就把男人打发了。

另一边，在方远的人走后不久，另一伙神秘人再次进入档案室，撬开最里面的那一间，将原本放在外面的电脑挪进里面，把里面的电脑挪到外面，删掉了挪进去的电脑上面的论文记录后，这伙人大摇大摆地在医院的人来之前离开了。

订好机票之后，方远打了个电话，将论文发了出去："喂？我这儿有篇论文，你是不是有个小女朋友是学医的？让她帮忙发在国外的平台上，随便哪个平台，越快越好。"

方远那个哥们儿也靠谱，火速把女朋友拎了起来，很快就把论文给发了出去。

当天上午，替换席唯的档案管理员才发现档案室失窃，和协医院的安保水平一下子就提到了最高。

裴钰再一次来到了和协医院，将席唯等一众相关人士全部带走配合调查。

方远对这一切一无所知，还以为事情进展得一切顺利。

得到了自家哥们儿明确的回应之后，方远又在机场给沈复打了个电话："复哥，材料都让人给你送过去了，另外还发现了一篇论文，我叫人把那篇论文以佚名的方式发表在了 arXiv 上。只要席唯敢发表，他'学术抄袭'的罪名就跑不了；他要是不发表，咱也可以抢注，到时候里外都划算！"

沈复心想："划算个屁！谁偷东西还带打砸的？现在这些材料成了烫手山芋，拿去发表跟自首没分别！"

沈复的一句"蠢货"在口中沉吟良久，到底没骂出来，他忍着呕意夸道："阿远这次神来一笔，他席唯是不下去也得下去了！那份材料我收到了，这就安排人散出去，你先过来，咱们商量商量。"

方远兴奋地答应一声："好，我马上到！"

电话挂断之后，方远刚要往机场外头跑，冷不防自己家老子来了个电话，他不敢接，只得不情愿地点了接通。

"你又跟沈家搅和在一起了？"方希平的声音十分平静，带着肯定说。

方远愣了一下："您怎么知道的？我这还没来得及说呢……"

"什么也别说了，马上去机场，买最近的航班走，任何人喊你，包括我，你都别回来。"方希平说完就挂掉了电话。

方远再打过去，已经是关机状态。

"不是，这什么情况啊？"

他在原地蒙了半天，一种巨大的危机感萦绕在心头。

方远胆小怯懦，最后在机场犹豫了半天，行李一推，还是回了候机大厅。两个小时之后，几个便衣抵达机场时，方远的飞机已经飞出去很久，快在釜山落地了。

审讯室里，裴钰与席唯面对面地坐着，手里头翻着一沓文件。

裴钰："九日上午，你收到了一个包裹，里面是什么东西？"

席唯："空包裹，里面什么也没有。"

裴钰："被盗的档案室里有一台电脑，你是否使用过？"

席唯："没有。"

裴钰："我们恢复了这台电脑的数据，从上面找到了一条论文的删除记录，你对此知情吗？"

席唯："什么论文？"

裴钰随后说了一个论文标题。

席唯笑了笑："那论文是别人的东西。确切地说，在今天之前是我的，但现在它被别人发表了，发表在 arXiv 上。如果你们动作快一点儿，还可以根据 IP 地址找到发表人。"

裴钰向审讯室的大玻璃示意，单向玻璃后的人迅速开始从这条线索跟进。

裴钰继续问道："这个平台是国外一家免费的数据库，里面充斥着大量质量参差不齐的文章，通常被一些论文作者作为论文预发表的平台来使用，除非进行精确搜索，否则不会有任何人注意到平台上每天多了什么文章。所以，你是怎么知道它被别人发表了？"

席唯有些无奈："因为我每天都会进行精确搜索，以免有人和我进行同样的研究进而产生知识产权的冲突。搞研究的，每天打开 arXiv 看看是习惯。"

裴钰在电脑上敲了几下，将被破坏的档案室照片给席唯看了看："你之前工作的地方，熟悉吗？"

席唯摇了摇头："不太熟悉，这扇门背后的东西是我的权限不能查看的地方。"

"不排除出于研究的需要，你很想看看里面的东西的情况？"裴钰追问。

席唯看了看裴钰，摇了摇头："我想看的东西这里头没有。不过不排除别人很想看看，因为最近听说要出新政策了，大家都很急切，不是吗？"

裴钰不置可否的样子："关于你的问题问完了，你还有什么想提供的线索吗？"

席唯想了想："如果对方是冲着这里头的资料来的，也许不只是涉及我，这间档案室里所有的东西都有可能泄露。线索我没有，我的建议是尽快找到发论文的人。"

"好的，感谢你的配合。短时间内不要离开B市，随叫随到，案件相关内容，禁止泄露。"裴钰点了点头，摆摆手，审讯室的门被打开，现任档案管理员被带了过来。

席唯伸了个懒腰，走了出去。

铁门在背后轰然关闭，谢临川手臂上搭着外套，在走廊的尽头朝他示意。

两个人沉默着走出了这座建筑，一直到回了家，席唯沉默着将自己的外套脱掉，和饰品一起扔进了垃圾袋，然后把垃圾袋扔了出去，这才开始说话。

"有人帮了我，手笔够大的。"席唯换上一身松软的家居服，窝在沙发里喝果茶。

谢临川帮席唯擦着头发："我也感觉到了。这里头的水很深。那扇大门最起码有十五厘米厚，沈家那几个三脚猫不弄出动静来根本不可能打开，除非有专业人士。"

"看来他们家得罪的人不少。"席唯躺在沙发上。

谢临川将毛毯盖在席唯身上："要不咱们去南边过年？北方还是冷

了点儿。"

席唯摇了摇头："表哥那个康养项目还没完工，怎么也得等到封顶，他人不在，项目几乎就算是我们两个的了。节骨眼儿上，不能出错。"

谢临川："两位哥哥对你还算可以，肯为了你调整家里的生意布局。"

席唯眯着眼咀嚼着果茶里酸甜的果肉："这也算是'收复失地'了，我妈妈当年在这里经营得还不错，左家舍不得这块宝地的。

"不过，他们小的时候都很照顾我是真的，打架的时候都不肯让我伸手，我只管给他们消毒缝针。"

谢临川笑了笑："看来他们都不知道你的身手。"

席唯举起手臂，握了握拳："这样的身材不知道是遗传了谁，看起来就很不能打的样子。瘦也就算了，还白，晒也晒不黑，多少有点儿柔弱了。"

"柔弱？昨晚你给我那一拳还青着呢！"谢临川撩起衣服，纹路清晰的八块腹肌上能清晰地看到一个拳头印记。

席唯笑得温柔："那种叫作自卫，人在应激的情况下下手是会狠一点点的。"说着看了看谢临川的腹肌，他仰头问："还疼吗？"

谢临川："不疼。"

三天后，医院召开了保密意识专项培训大会。

会上通报了某位医生被吊销资格证、追究刑事责任的处理结果，B市医疗界先是哗然，继而接二连三地开始了整顿。

在整顿过程中，一个因为学术问题被开除的医学专业大二女生，没有引起一朵水花，不起眼得很。

席唯正带着谢临川挑选新年礼物，预备送给两边的亲戚们。

谢临川身后的苏念推着各色样品和礼单，跟在两人身后，有看上的就带一份样品回去试用一下。

谢临川给席唯试戴了一顶毛线帽子，然后满意地扔给了苏念："这件留着，颜色买齐。"

"老孟刚才给我打电话，说人控制住了，一伙看场子的老混子，外加两个小年轻，主谋是方远。"

席唯漫不经心地扫过一排新款领带，笃定地说："方远跑了。"

谢临川领首："先去的釜山，从釜山转机去了加拿大，现在处于失联状态。他的所有卡都被监控了，估计跑不了多久就会自己乖乖回来。"

席唯想了想："方家人呢？"

"方希平心脏病犯了，还在抢救，方远的妈妈什么也不知道，不过有人交代了，方远的确大半夜给一伙人打了电话指挥他们拿走什么论文。"谢临川又看上了一件大衣，披在席唯身上看了看，"颜色有点儿深了，再看看浅色的。"

"方家这一代难堪大任，沈家被拖下水是迟早的事。"席唯顺手打包了一打领带，"我有种预感，年前一切大概就要尘埃落定了。"

谢临川神情一震："那就有可能来得及去南边过年，我先叫他们把地方收拾出来。"

"苏念！"

苏念刚把装满的那车叫司机老陈先送一趟，自己换了个更大号的购物车小跑着过来。

"少爷去南方过年需要助理吗？"

谢临川朝着席唯努努嘴："那得问少爷的少爷。"

席唯抿嘴笑了下："助理应该不需要，不过，一块儿打牌度假的朋友倒是需要。算算时间，小鸿海市那边应该也快结束了，到时候可以一块儿打麻将。"

苏念捂住钱包惊恐地后退："不行啊少爷，我都卖身到谢家了，再输钱就只能割腰子了——"

席唯仔细地盯着苏念的脸看了看，在谢临川的死亡凝视下，摇了摇头："看你这个情况，你的腰子估计不太符合条件，还是算了吧，赢了算你的，输了算你家少爷的。"

苏念的嘴巴顿时咧到了耳朵根："那敢情好！谢谢两位少爷！"

谢临川抱着一摞衣服塞给了苏念："不客气，叫老陈换一辆车，喊上张头儿，把那辆皮卡也开来。"

"好咧，少爷！"

苏念浑身热气腾腾的，充满了干劲儿，立誓要把两位少爷伺候好，等过年的时候好让这两个'款爷'彻底地认识到麻将桌上的险恶。

朱家胡同，沈宅。

沈复跪在祠堂里，三跪九叩地为祖宗牌位上了香。

两侧的太师椅上，坐着五个老态龙钟的长者。

沈母面无表情地坐在上首，郑佳怡素面朝天，一袭长裙，安静地坐在最末。

这七个人，就是现在沈家除了沈复之外拥有话语权的人。

"阿福，坐吧。"沈母使了个眼色，郑佳怡冷着脸扶起了沈复，沈复朝她温柔一笑，郑佳怡眼神里流露出厌恶，把沈复按在椅子上就回了座位。

"谢谢妈，也谢谢各位叔伯爷爷今天能来。"沈复咳嗽了一声，拿起茶杯喝了口温热的茶水，看起来竟然比那几个长者还要虚弱。

沈母皮笑肉不笑地轻启红唇："阿福这话说得外道，大家都是一家人，家人当然得同舟共济、共克时艰了。妈妈是个妇道人家，但是覆巢之下无完卵的道理，妈妈还是知道的。"一句话把几个老头老太太给堵得面色青白。

"小瑜啊，话虽对，但这里头还有一层，大家虽然是一家人，可早已分了家，各自关起门来过日子。如今主家处于困境，各家按理说是当救的，可是各自都要养家糊口，总不能为了主家抛家舍业，对自家不管不顾吧？"沈复的姑奶奶耷拉着脸皮子，不咸不淡地说。

沈复礼貌地笑了笑："当然。家里也不是出了什么大事，不过是有个决定，需要大家伙儿一块儿合计合计，这也不是主家自己的事，当年'分蛋糕'的时候，大家就提前讲好的，甜头一块儿吃了，往后出了事，也得一块儿扛。"

沈复的叔爷爷眉毛一抖，浑浊的双眼睁开，盯着沈复："当年？"

沈复笑着说："席长水的儿子回来了，要找咱们家要账呢。"

"谁欠他的账？啊？姓席的自己罪有应得，他自己跳的楼，是我们按着他的头叫他跳的吗？这个账可不能瞎认！"沈复的叔爷爷勃然大怒，拐棍在地上敲出了一团团的灰。

"就是，要说那件事，咱们是得了好处，可那也是在人没了之后，不得白不得的，他老子的死可跟咱们一点儿关系都没有！"

"阿福，你不会是答应了他吧，啊？"

几个长者争先恐后地开了腔，只有郑佳怡，出神地看着地砖上头飘起的那一团灰尘，在阳光下无规律地飞舞。

沈复双掌向下压了压，咳嗽着说："当然没有，所以人家就对咱们出了招儿，这不就请各位长辈来商议章程了嘛。"

几个长者面面相觑，又齐齐地收了声。

"这件事，小瑜什么想法？"

沈母漫不经心地说："当年这件事，我们家也算受害者，他们有脸提，我们还没找他们算账呢！是吧，佳怡？"

郑佳怡面色冷漠，盯着自己的手指。

几个长者重新盯着女孩看了看，眼里的算计转得飞快。

沈复的姑奶奶咳嗽了一声："算算时间，佳怡也是个大姑娘了，当年来的时候还是个小村丫头，你阿姨把你养这么大，不容易呀。"

郑佳怡嘴角翘了翘，露出一个讥讽的笑。

"的确不容易。"

老太太神色大喜："那……要不然佳怡去跟席家的小子谈谈，咱们互不来往，井水不犯河水，怎么样？"

不等郑佳怡答应，沈复先摇了摇头：“不大可能，咱们家南边的工厂，就是席唯找人爆的料，险些误了大事。”

众人神色一凛，表情变得微妙起来。

沈复笑着说：“当年姐姐同席长水的忘年恋风风火火，大家都瞒着席唯，如今席唯大了，也该知道当年的事情了，姐姐要不就同席唯深入地探讨一下，让他自己服个软，不要闹了？”

郑佳怡抬起头，冷漠的眼睛直视着沈复：“第一次卖我，我毫不知情，但不代表我同意。这次还想卖我，可以，我要自己定价钱。一千万，现金，全款立付。这件事，我担了。”

“都是一家人……”沈母吆喝着打圆场。

郑佳怡毫不犹豫地打断：“你们母子是一家人，我妈死了十几年了。”

沈复用询问的眼神看向五位长者：“姐姐这个要求也算合理，诸位长辈看呢？”

沈复的姑奶奶脸上作难：“一千万不算小数目，我这儿也有一大家子几十张嘴……”

沈复十分善解人意的样子：“要不然这样，主家出大头，拿一半，剩下的五百万，各家一家一百万，这样也不会伤筋动骨，大家看呢？”

沈复的姑奶奶正要讲价，郑佳怡已经站了起来：“想要便宜货，让你孙女去，我出钱。”

沈复的姑奶奶脸色青青红红的，沈复的叔爷爷咳嗽了一声：“孩子这些年受了不少苦，给些补偿也算当长辈的爱心……小瑜呀，这件事你看着安排吧，我们几个老的岁数大了，也就只能出个钱、听个信儿了。”

沈母送几个长者出门，郑佳怡坐在椅子上，良久，忽然问：“阿福，我问你一句话。”

沈复肃容道：“姐姐你问。”

郑佳怡垂着的眼睫颤了颤，声音悲凉：“这些年来我一直在想，当年跟我聊天、约我见面，又强暴了我的那个人，真的是席长水吗？”

沈复没有说话。

"我知道了。"说罢，郑佳怡便站了起来，"钱到位之后，我去找席唯。"然后裙摆一转，轻盈地迈过门槛，出去了。

沈复端起茶杯，撇了撇茶叶，喝了一口，回头看了一眼桌子上的牌位。

"有些真相，不知道的时候，还能稀里糊涂地活着，知道了后，人就活不下去了，姐姐。"

话罢站起身来，一杯茶水尽数泼在了牌位上。

"太脏了，各位洗洗吧。"

"方希平一倒下，方家的骨头就断了。"

席唯的手插在白大褂的口袋里，看着 ICU 里浑身插管的方希平。

"其实这位方叔叔我见过的，小的时候他来我家，还给我带过糖果。"席唯脸上带着一种凉意，"有的树看起来跟树林里其他的树一样，其实早早地根子就烂掉了。"

从海市赶回来，时尚了一大截的池惊鸿叼着根棒棒糖，闻言从兜里掏出另一根递给席唯："喏，我这儿还有，跟叔叔走吗？"

席唯白了池惊鸿一眼。

池惊鸿耸了耸肩，跟了上去："这个很贵的，晓得吧，五块钱一根！"

"煞风景，你怎么还不回你的'日不落'？"席唯没好气地问。

池惊鸿讪讪的："我爸跟我第四任小妈吵架，第四任小妈一气之下跑回'美帝'老家了，我爸追了过去，两人左搞右搞的，又去了夏威夷；第三任小妈在海市气得要出家，我那个便宜哥哥要坐镇沪深的子公司，家里这不就没人了嘛。

"圣诞节他们都没喊我，春节他们倒是也过，不过是在'美帝'过。唉，现在除了你，没人收留我了，师兄……"

池惊鸿说着就张开手臂要席唯抱抱。

席唯忙闪了过去，一掌撑在池惊鸿的胸口，不让他贴近："我过一段时间要去南方过年，你可以感受一下我们国内的沙滩和麻将。"

池惊鸿摸着下巴想了想："你是不是会打桥牌？"

席唯微愣："会，怎么了？"

池惊鸿头一甩："那我一个数学常年不及格的人，为啥要跟你一个桥牌协会的比谁打牌打得好？"

"输了算我的……"席唯还想争取一下。

池惊鸿大手一挥，义正词严地说："钱不钱的还是小事，主要是不能自取其辱，上回我可是被那个姓沈的坑得够呛。"

席唯恍然："的确是有这么回事，不过那都多久了？你输了多少？"

"不多，也就输了两辆超跑。"池惊鸿冷笑一声，"反正我今年内，是再也不想碰牌了。不过，那个姓沈的是不是要倒台了？我在医院听别的医生议论，说沈家人现在看病都没有以前嚣张了，说好的捐建新大楼，也改成捐赠救护车了，这水分也缩得太夸张了。"

席唯的神色难辨喜怒，只是笑了笑。

临近年关，谢临川公司的事情渐渐少了，应酬则越来越多。

这天，原本约好要接席唯一块儿去谢家的饭局，但席唯在医院等过了时间，谢临川依旧没有来。

席唯拿出手机，谢临川的电话同一时间拨了过来。

"小唯，你再等一等，我这边出了点儿问题，需要一点儿时间处理。"

谢临川的声音十分镇定，席唯却感觉这一次的迟到有些不同。

"你还好吗？"

谢临川扯了扯嘴角，按在头上的纱布还在渗血，口中却一派无所谓："好得很，如果能早点儿见到你就更好了。"

"好，那我自己过去，你开车小心。"席唯放下心来，挂断了电话。

谢临川收起手机，将一块碎玻璃从袖子上弹下去。一旁的苏念脸上有几道剌伤，正将一个肇事者按在地上摩擦，并死死地捂住了嘴。

"喊老孟的人过来帮忙处理现场，叫老陈过来接我们。"谢临川的手机再次振动起来，他掏出来看了看，"爷爷说要在老宅吃饭，麻烦，叫老陈直接去接小唯吧。"

正说着话，地上的肇事者眼睛翻动，死死地盯着谢临川，突然趁着苏念注意力分散，猛地冲上来，将谢临川撞向一边的马路。

"疯子。"

谢临川骂了一声，躲开了这一次冲撞，手机却叫他给撞掉在地上，摔得黑屏了。

席唯这边正在门口打车，一辆丰田兰德酷路泽5700停在了他的面前。

车门打开，两个年轻人笑嘻嘻地抱着一大束花走了下来。

"请问是席先生吗？有一位谢先生说是给你送的花。"

"谢先生说这次宴会改了地点，干脆不去了，他准备了一个小惊喜，请您跟我们来。"

席唯侧过头看了看车子，心头无端地发冷。

"你们来得很是时候，这个时间，有车总比没有好，对吧？"他没有接鲜花，裹紧了身上的外套，低头上了车。

两个年轻人面面相觑，不过还是上了车，关上车门，一溜烟儿地钻进了车流。

席唯作势拿出手机，想给谢临川打个电话，却没有打通。

他按了几下按键，收起了手机，开始闭目养神。

车子开了一个多小时，开到了郊区，副驾驶座上的年轻人递给席唯一条绸带，笑嘻嘻地说："席先生请戴上吧，待会儿就能看到谢先生为你准备的惊喜了。"

席唯低头看着那条绸带："乙醚？上一次可没这么好的待遇，我是直接被打晕的，脑震荡了很久呢。现在的绑匪比之前的文明太多了。"

年轻人神色一变，后座上突然暴起一人，用力地捂住了席唯的口鼻。

"敬酒不吃吃罚酒，文的不行你非要来点儿武的是吧？扔后头去！"副驾驶座上的年轻人戴上了口罩，车转了个弯儿，朝着荒郊野岭去了。

"佳姐，人放倒了，给您送过去？"年轻人打了个电话。

电话那头正是计划良久的郑佳怡。

"你们现在在哪儿，发个定位过来，我派人去接。"

年轻人立刻应了："好的，佳姐。"

话音还没落，一辆巨大的泥头车突然从斜刺里冲了出来，将毫无防备的丰田车直接撞到了立交桥下面，瞬间就翻进了永定河里！

撞击让丰田车不断地翻滚、破碎，冰凉刺骨的河水一瞬间就将刚刚失去意识的席唯刺激得清醒过来。

席唯剧烈地咳嗽着，从侧翻的车子里拼尽力气爬出来，身上的大衣重得像是石头，席唯不得不脱掉外套，仅着一件单衣爬到了满是碎石的岸边。

他掏出进水的手机看了看，徒劳地将手机甩了甩，依旧无法开机。

岸边忽然传来郑佳怡的声音："这里是鹫峰，谢临川现在在八大胡同，过来要两个小时。"

席唯仰头，看着面无表情的郑佳怡，惨笑着道了声谢。

"每一次绑架，总是跟你脱不开关系，也算是一种缘分。"

郑佳怡蹲在席唯面前，脱了外套，披在席唯身上："抱歉。"

"我活不了多久了，阿福也是，如果你期待我们给你父亲偿命的话，不用多久，这个愿望就会实现的。"

席唯披着外套，哆嗦着搓着自己的手指，脸色苍白地看着郑佳怡："为什么要道歉？从你的视角来说，明明是我爸爸害得你身败名裂，受尽摧残，对你来说，我不应当是仇人的孩子吗？"

郑佳怡盘腿坐在席唯的身边："我当时……年纪太小了，还不知道自己有病，我很难记住一个人的脸，用尽办法也只能记住某个特征，现在想想，应该就是这一点叫他们利用了吧。

"之前的时间里，我一直都没有反应过来，直到我真的去找了你父亲，没有经过他们的安排，私下里去见了他，我才感觉到，一直以来跟我接触的、真正侵犯我的，应该是另外一个人。但我别无选择。我只想活下去。

"他们要把我送给谁，我就只能服从，被强暴还是自愿的，其实我并不是很在意。我不过是他们手里的一个玩意儿而已，我只想活到有能力报复他们，让他们给我妈妈陪葬。

"后来，阿福，就是沈复，告诉我，你爸爸不满意我的表现，要让他也去，还要报复沈家，让我去求你爸爸高抬贵手。我那个时候想，如果我代表沈家出面，直接害死了一个大官，是不是也能把沈家人害死？我那么想了，也那么做了。"

席唯的肩膀颤抖了一下，脸色苍白得近乎透明，他张开嘴巴，无声地开口：别说了。

郑佳怡似乎陷入了某个噩梦里："席叔叔……他一点儿防备都没有，我只是往他身上轻轻一推……就轻轻地推了一下……"

郑佳怡的手做了个坠落的手势，她捂住了脸，呜咽了一声："我一辈子都忘不了他最后看向我的那一眼。"

席唯吐了口气，白雾在空气中迅速消散，余下的只有漆黑的寒夜。

"你有没有想过，连自己的恨，都被他们算计了进去？"

郑佳怡没有说话，抱住了自己的肩膀，似乎是有点儿冷。

"这么些年，你一直心怀愧疚，觉得是你害得我们家破人亡，所以才一直不断地自残，是吗？"席唯轻声问道。

郑佳怡擦了擦脸，眼里是浓重得化不开的绝望。

"如果我告诉你，你只是他们利用的一个工具，真正害死我爸爸的，是他发现了沈家私贩军火、涉嫌走私的证据呢？"

郑佳怡愣了一下。

席唯眼带悲凉："沈家先是给我爸爸送上巨额的贿赂，被我爸爸严词拒绝后，又想把你这个嫡亲的孩子送来表示诚意，最后发现我爸爸一直不为所动，甚至更加恼怒，所以沈家才动了杀心。

"本来你也应该被他们伪装成自杀的，但是因为我没死，所以你也被留了下来，用来应对将来可能会出现的报复。"

席唯冷笑了一声："现在看来，你的确被当成了弃子。这次来，你压根儿就没想活着回去吧？"

郑佳怡绾起头发，笑了一下。

"如果我们早点儿认识，也许会成为朋友。但我现在不配成为你的朋友，我成了我最讨厌的那种人。"

高架桥上方传来车辆刹车的声音。

郑佳怡擦了擦脸，从席唯的身上拿走那件外套，穿在了自己身上，郑重地给席唯鞠了一躬。

"听说你因为那场变故离开家乡十二年，我能够感同身受，十分抱歉。"

不等席唯开口，郑佳怡已经扑了上来，剧烈的电击让席唯抽搐了一下，直接倒在了地上。

"没事的，等下就没事了。"

郑佳怡安置好席唯，从口袋里掏出手机，说了一句："动手。"

几个壮汉从树木的阴影里走了出来，动作迅速地将席唯的双手捆了起来，随后看向郑佳怡。

"来的车车牌是谢临川的，怎么处理？"

郑佳怡的眼中闪过一抹疯狂："杀了，杀不了也要弄残，弄完直接走人，尾款十分钟后打到你们账户。"

几个人影戴上口罩，手脚熟练地顺着堤坝爬了上去。

郑佳怡抱起一块大石头，扑通一声扔到了永定河里，桥上的人顿时就将手电筒的光朝下打了下来。

"少爷，下面有人，还有辆车！"

"什么人？"

"是席医生！他受伤了！"

　　两边的人很快就交上了手，没有人发出喊叫声，隐隐传来的打斗声和几下清脆的骨折声音，显得这场争斗越发地残忍。

　　黑暗中，谢临川借着阴影摆脱了攻击，自己从高架桥的边上顺着柱子滑了下来，一眼就看到了躺在地上的席唯。

　　他轻轻叫了一声："唯仔？"

　　谢临川浑身的血液都冷了下来，一股莫名的恐慌袭上心头，他的小腿甚至因为恐惧而微微发抖。

　　所幸，席唯突然闷哼了一声，轻轻地动了一下。

　　"还活着，还活着……"

　　血液重新解冻，谢临川长出了一口气，快速朝着席唯奔过去。

　　席唯猛然间张开眼睛，吐出嘴里的布条，大叫了一声："小心身后！"

　　谢临川的身体先一步反应了过来，猛然侧身让步，险而又险地躲开了身后一柄尖锐的匕首。

　　一击不成，郑佳怡果断扭身就跑，谢临川放弃了追击，将地上发着抖的席唯抱在了怀里。

　　"小唯，没事了。"

　　席唯咬着牙点了点头。

　　谢临川用牙齿咬开席唯手上的扎带，摩挲着问："你怎么样？"

　　"死不了，你……你受伤了？"席唯将手伸进谢临川的衬衫里，第一时间摸到的却是一手黏腻的东西。

　　谢临川这才后知后觉地感觉后背有点儿麻痒，继而突然失去了力气，软倒在地。

　　"我没事，应该是，刚才下来的时候被树枝剐的……"谢临川有气无力地安抚了一句，席唯却已经用力地按住了谢临川后背的伤口，迅速脱掉了他的外衣，将伤口扎紧。

　　"你最好没事。你要是有事，我转头就把你的公司卖了。"

　　席唯的嘴唇打着哆嗦，手在谢临川的额头上探了一下，被烫了一样缩回手，抱住谢临川，嘶声叫道："你们怎么还没完事?! 这里有人受伤了! 苏念! 人呢?!"

"少爷! 马上好了! 跑了几个!"苏念从桥上探头看下来，见到谢临川倒在地上，几乎吓得从桥上掉下来，立马就转身吆喝起来。

"别打了，少爷受伤了!"

几人立马从缠斗着的局势中抽身，朝着谢临川涌过来，对方的人眼见对面开始收手了，也不恋战，能跑的就迅速地跑了，跑不了的也不再挣扎，很快就被扣了起来。

"少爷，少爷，救护车马上到……少爷，你可千万别睡着呀，叫孟少爷他们知道，要笑话你一年的!"苏念从桥上连滚带爬地扑到了谢临川的身边，心肝肺地叫了起来。

"别叫了，少爷我还没死呢……"谢临川被苏念吵得受不了，劈手打了苏念的脑门儿一下，顿时就让苏念闭上了嘴。

过了一会儿，苏念又凑过去小声问席唯："少爷的伤严重吗?"

席唯白着脸摸了摸谢临川后背检查出血情况，对苏念摇了摇头："要快。"

苏念两腿一软，顿时就坐在了地上。

三分钟后，一辆一路超速开过来的救护车停在了桥上，很快，又来了一架医疗直升机，随后几个人马不停蹄地赶往医院。

二十分钟之后，谢临川被送进了手术室。

一身杀气的孟庆泽带着四个人直接守住了门口。

席唯披着毛毯，头发丝上还有水迹，他在手术室门口坐着，双眼失神地看着自己的双手。

"川哥怎么样?"

席唯摇摇头："刀子经过了肺，要看有没有伤到重要的神经和血管。我……我没办法给他做手术，我的手，现在抖个不停……"

孟庆泽拍了拍席唯的肩膀说："老谢家的人都是命硬的主儿，放心吧，一定吉人天相。"

席唯吸了吸鼻子"嗯"了一声开口问："人……抓住了吗？"

孟庆泽的神情有些古怪："抓是抓住了，不过也在抢救，那个女的自己抹了脖子，发现的时候也就剩了一口气。那边的抢救医生说她几乎没有求生欲望，而且还有一堆乱七八糟的陈年旧疾，难救。不过那些杀手都抓住了，轻伤五个，重伤三个，都送到了别的医院。"

席唯点了点头，低声道："谢谢。"

孟庆泽摆摆手："都是自己家哥们儿。这几个都是我的人，叫他们守在这，你困了就找个地方歇歇，川哥肯定没事，放心。"

"我知道了。"席唯答应了一声。孟庆泽接了个电话，躲去了楼梯间。

过了一阵儿，电梯门一开，身穿白衬衫的裴钰赶了过来。

看过了证件，看守的小哥把人放了进来。

裴钰蹲在席唯面前，担忧地问道："席唯，你怎么样？"

席唯摇了摇头。

"听说你从桥上掉进了河里，那辆车我看过了，摔得稀碎，你……你的身体检查过了吗？"

席唯再度摇头，顿了顿，补充道："我没事。是要我配合调查吗？"

裴钰苦笑一声："就算要调查，也得等你恢复恢复，再说了，你在苏念那儿设置的紧急救援信息起到了很大的作用，如果不是循着这个信号，就不会那么迅速地找到车子，然后抓住那些杀手。这件事里，你是受害者，我没怀疑你，我是真的关心你，你的身体检查过了吗？"

席唯抿抿嘴，固执地说："我没事。"

裴钰叹了口气，站起身来。过了一会儿，林霜带着小护士推着轮椅过来了。

"席医生，车祸后很多疾病都是缓发的，您比我清楚，咱们先检查一下身体好不好？"

林霜坐在席唯旁边，耐心地将话说了，又试探着摸了摸席唯的手臂。

见席唯还有些抗拒，裴钰补了一句："我在这儿盯着，检查身体也用不了多久，你速去速回。"

席唯这才听话地坐上了轮椅，被林霜推下楼去检查。

第二天，谢临川睁开眼见到的就是身边安静沉睡的席唯。

裴钰趴在席唯的床边打瞌睡，孟庆泽跷着脚坐在他对面的沙发上，翻着一份文件。

"哟，醒了？我说什么来着，'祸害活千年'吧！——老裴，川哥醒了！"

裴钰动了动，揉了揉眼坐了起来，瞥了谢临川一眼："醒了就醒了吧，机械性损伤导致的失血，有啥大不了的？"

谢临川看了看席唯："小唯怎么样？"

"说到小唯就厉害了，你都抢救俩小时了，还得是老裴发现他情况不对的……你别那么看着我呀，我一个大老粗，我哪儿知道那些讲究……"

孟庆泽老脸一红："听不听？"

谢临川吸了口气："听。"

孟庆泽翻开病历本，念道："第三节颈椎错位，尺骨、肋骨骨裂，手腕割伤，毛细血管破裂，轻微脑震荡……哦，估计是泡了水，还有点儿细菌感染，过两天看看有没有肺炎什么的。总体来说就是没啥事，不过得养。还是你狠，就一条，不过听说给你输的血都够我们俩喝一壶的了。"

谢临川咳嗽了一声，声音沙哑着说："你小子，什么破比喻？人呢？控制住了？"

孟庆泽来了精神："都控制住了。老沈家可是真敢干哪，我们之前还想着他们是不是走的水路，结果人家直接钞票开路，那整箱的硬家伙，都是成车地走！不过他们跑得快，虽然窝点被打掉了，但是听老裴说，那些罪名都扣在沈家那娘儿们头上了，能抓住的鱼不多。"

裴钰哼了一声："我一直说不能打草惊蛇，你们是怎么干的？"

孟庆泽也不惯着："人家要杀人抢劫，还管你案子查没查完？你怎么不去问那个姑娘呢?!"

"你不知道她是干什么来的?"裴钰瞬间针锋相对,两人眼瞅着就要掐起来了。

席唯咳嗽了一声。

两个人顿时收声。

谢临川直接从床上撑了起来:"小唯?"

席唯双眼紧闭,又咳嗽了一声,忽然咳出了一口血沫,心电图上的指标突然开始急速下降。

谢临川愣了一下,顾不得身上插着的仪器管子,疯了一样地去按铃:"叫大夫过来,快!"

"我去叫!"孟庆泽风一样地开门出去,迅速地将一个大夫拎了进来。

那大夫不明情况,还有点儿不乐意,一直跟孟庆泽拉扯:"你别动手动脚的,我喊保安了……"随后听说是席唯,他整个人都精神了:"席医生?副院长,副院长,小席医生需要急救!"

谢临川紧紧地捏着床栏,看着席唯被一群医生围起来,又拉上了帘子。很快,帘子后边就传来席唯痛苦的嘶吼。

"病人谵妄了,按住他,镇静剂!"帘子背后突然传来扑哧的一声,密集的红点直接喷在了谢临川这一侧的帘子上。

"谁给做的检查?!这都肺水肿了!"

"他说他没溺水呀……"

"快,快,喉管!"

"手术室好了没?马上转移!"

谢临川捂着胸口艰难地靠近席唯的那一边,掀开帘子,就见到席唯苍白得仿佛透明的脸一闪而逝,紧接着,他的床就被推了出去。

一瞬间,病房里空了一大半,旁边好像什么都没存在过。

谢临川怔怔地看着地面上的一小摊血渍,紧握在栏杆上的手指根根泛白。

"川哥，我给拉来个小大夫，他说席唯不会有生命危险的，你看！"

谢临川回过头，看到的是急得跟什么似的池惊鸿。

见到是谢临川，池惊鸿揪着鸡窝一样的头发："我的祖宗啊，在这儿添什么乱呢，那边抢救呢！我得去帮忙啊！"

谢临川摆了摆手，虚弱地说："让他去。"

孟庆泽讪讪地松开了池惊鸿，池惊鸿一脚踩在孟庆泽的脚背上，骂骂咧咧地冲了出去。

"川哥，你看这事闹的，我真问了，肺水肿抢救及时没啥事……"

谢临川点了点头："我知道，放心，你不用守着我，南边还有什么没拔出来的萝卜，都给他拔干净了，一口气都别给他们留。"

孟庆泽傻眼了："我刚从南边回来……"

谢临川看了他一眼："那就过境，把那边也敲打敲打，我要让沈家成为他们的眼中钉，最好这辈子都只能龟缩在国内的哪个烂泥坑里，永远爬不起来。"

孟庆泽泄了气，垂头丧气地往外走："得嘞，那我还真得去一趟，领导张张嘴，下属跑断腿，也就是你了……我的假期啊……"

席唯做了一个梦。

梦里头他还不是医生，父母也都陪在他的身边，他才十八岁，跟一个总喜欢臭着脸的家伙是邻居。

他依照家里安排，在 B 市按部就班地上学；那家伙去参了军，偶尔回来，他们也会见面。

后来参军的人回来了，上学的毕业了，他们正常地见面、吃饭、玩耍，从青涩到成熟，顺利得不可思议。

他爸爸的下属因过离职了，临走的那天，他们都去送了送。

那位下属的一儿一女都很悲伤、气愤，为自己的父亲鸣不平。

后来，他跟喜欢的人搬到了一起，也住在挤得不得了的胡同里，每天都在同一张床上醒来，睁开眼就能看到自己最爱的人。

真幸福哇，席唯喃喃地感叹。

他流着眼泪，想要留在这梦里。

可是他的爸妈却硬生生地将他推了出来，他始终看不真切他们的表情。

"回去吧，这里不是你该来的地方。"

他听到妈妈这样说了一句，然后就醒了过来，回到了真实的人间。

一段时间里，席唯不知道自己是谁、在哪里，也不知道周围的这些都是什么人。

随着灵魂嵌入身体，席唯的记忆也渐渐回归。

他苦笑了一声："果然，都是梦。"

谢临川神情憔悴地看着席唯："梦再美也是假的，小唯，欢迎回来。"

席唯笑了一下说："郑佳怡……她怎么样了？"

谢临川神情一动，沉默不语，用棉签给席唯沾了沾唇："你才刚醒过来，不要想着别人，自己先好起来再说。"

"她给沈家顶了罪？我有预料的。"

谢临川叹了口气，摇了摇头，缓缓道："这要感谢姓裴的，他去南方那一趟，发现了沈家在棉纺厂的经理曲淼，哦，就是三水的老婆和女儿，他老婆提供了通话录音，证明了曲淼是在回家路上出的意外，而不是在逃跑的路上，所以他是被灭口的。

"曲淼是沈复的心腹，沈复现在已经跑了，应该是去了欧洲。郑佳怡虽然被沈复盗用身份，成为多家不合法公司的法人代表，但她本身的罪责更多的还是在买凶杀人上。

"她很聪明，对我动了手，我爷爷亲自出面，沈家什么都来不及做，所有她做股东的公司全被封了，沈家折了一半以上的资产。"

席唯扯了扯嘴角："另一半被沈复拿去融资并购，换成了钱带走了。"

谢临川颔首："沈家原本寄希望于改制求生，后来发现账面上亏得一塌糊涂，钱全都不见了。沈复最少卷走了二十个亿，不知道从什么时候就开始布局了，他一走，沈家一团乱麻，登时就被姓裴的抓住时机各个击破了，现在 B 市已经没有沈家了。"

谢临川想了想，补充道："哦，还有那个方远，他爹妈已经放弃了他，转而开始着手做试管婴儿了，他在开庭前试图越狱，被从重判罚，听说直接疯了。"

席唯身体动了动，固执地追问："那郑佳怡呢？"

"在看守所。原本她把大部分罪责都认了下来，姓裴的后来告诉她，她妈妈是被沈家安排的意外导致了身亡之后，郑佳怡翻供了，翻的是十二年前，你父亲的案子。她承认了自己有人脸辨认障碍，因此此案被认定为证据不足，后续还要继续调查背后的主谋，不过，现在席叔叔的个人资料已经可以在网上搜到了。"

谢临川打开手机，将席长水的页面搜索出来，展示给席唯。

席唯摩挲着他爸爸的彩色照片，眼角落下了一滴泪："真的呀……"

谢临川点点头："真的。"

他没有告诉席唯的是，郑佳怡翻供之后没多久，就在狱中自杀了。一屋子的犯罪嫌疑人，没人听到过她的挣扎或呻吟声，她就那么不声不响的，以一种惨烈的方式离开了这个世界。

虽然这个女的差点儿要了他半条命，可谢临川意外地能够理解郑佳怡的想法。

或许她才是真正适合做沈家接班人的那一位，只可惜出身不显，身患重病，一生都蹉跎了。

席唯抱着手机再度陷入了沉睡，这一回比之前都要睡得安然。

谢临川为席唯暖着输液管，望着窗外狂风呼啸的天空，思绪沉沉。

一个月后，沈家的案子开庭了。

由于案情非常复杂，是不公开开庭审理的，席唯倒是可以去，不过他没有去。

听到谢临川说几个当事人的判罚情况，也都一笑而过，云淡风轻。

下初雪的时候，席唯出院了。

太久没有见到外头的世界，谢临川特意吩咐老陈开得慢一点儿，还在公园外转了转，叫席唯多看一看外面的景色。

"B 市难得下这么大的雪呢。"席唯在车窗上哈了口气，画了个小人儿。

谢临川瞥了一眼窗外："等雪停了，给你堆个雪人。"

司机老陈满脸是笑，席唯却不好意思了。

"我都快三十了……"

"那就堆个大点儿的。"

"好。"

谢临川看着席唯说："别去医院上班了，我住院那几天，感觉当医生真是辛苦，你现在身体不好，得好好养养——"

不等谢临川再劝，席唯直接答应了下来："嗯。"

"大不了等我们养好了……欸？这就答应了？我还以为得劝几次才行。"谢临川有点儿意外。

席唯笑了："我只是喜欢医学研究，又不是喜欢上班。你帮我办一下离职吧，过了年，我打算去南边找个轻松点儿的工作。"

谢临川喜不自胜，立刻道："前两天，浙大那边的几个教授还跟我说，浙大要聘年轻教授，回头咱们去考察考察？"

"可以呀，刚好去南边跨个年。听说浙大的学术氛围不错。"话音未落，席唯的手机振了振，他随意看了一眼，微微一愣，"这是……"

谢临川凑了过来："怎么了？"

席唯将信息展示给谢临川："有匿名捐款，给我公司下属实验室无偿捐赠了一千二百万。"

"一千二百万，这个数……"谢临川第一时间想到了郑佳怡拒不交代的那笔一千万收入的去向，摇了摇头，没有说出自己的猜测。

"那敢情好，刚说要搞学术研究，就有人送钱，真是瞌睡遇到枕头了。你就当中了彩票？"

席唯警惕地瞪了谢临川一眼："捐给我们实验室的，你笑得那么欢做什么？"

"我们家边上有个四合院要出手，还得是 B 市户口的——"谢临川搓着手。

席唯气笑了："你这就惦记上我的钱了？"

谢临川："谈钱多伤感情啊，咱们一家人不说两家话，你要是想要，我的资产你全拿去好了。对了，我打算办两场宴席，祝贺我们出院。"

席唯："这也太高调了……"

谢临川风风火火地打电话压榨苏念。

席唯嘟囔了一句："你也太着急了。"

谢临川语重心长地拍了拍席唯："你当年要是早点儿回来，咱就不会折腾这么多事情了！"

席唯磨着牙，在谢临川腰上狠狠地打了一下："我不回来，你不会去找我？"

谢临川脱口而出："我找过哇，找了一大圈，谁能想到你直接跑香港去了呀，我连你老家都翻了个个儿……"

席唯眯了眯眼睛："你找我干吗？"

谢临川眼神飘忽："当年，你给我发的消息，说不要跟我做朋友了，我想跟你说没门儿来着。"

席唯"啊"了一声，十分惊讶："你是说我没发出去那条？我是想说，不想跟你做朋友了，想让你做我家人来着……可惜没编辑完，我就叫人敲晕了。"

席唯说着叹了口气："年少无知呀，小时候不懂事，就觉得你对我好。早知道现在你要蹭吃蹭喝，我就不回来了。"

谢临川把脸凑到席唯面前："那你说你亏不亏？"

席唯小声说："不亏。"

谢临川看着席唯说："这不就结了？相处嘛，还是要尊重第一印象，不要看那些虚的。我以前可没考虑要不要把公司分一半给你，我都是想直接全都给你的。"

"真的？"席唯将信将疑。

谢临川冷哼一声，从隔板那里拿出个文件袋："我跟姓沈的可不一样，法人代表是我，受益人可全都是你呀，为这事我折腾了快俩月。你怎么说？"

席唯想了想，认真地说："那，谢谢您？"

谢临川眼前一黑："就不能说点儿别的什么吗？"

席唯摇摇头："不能。我知道你对我好，不是因为你干了这件事，小时候你经常拿出自己的零花钱给我买零食的时候，我就知道你对我好了。"

谢临川大受感动："唯仔！"

席唯无语望天："所以，可能我天生倒霉吧……"

"没想到我居然还有享清福的命，多亏有你了。"谢临川闷笑，席唯顿了顿，也笑了起来。

不过，这个跨年他们到底还是没去成南方。

谢临川包了专机，和席唯去了一趟瑞典。

谢家摆了酒，庆祝谢临川出院，所有人送上的贺词都别具一格。

席唯站在谢临川的身旁，看着西装笔挺的谢临川，浑身上下都被太阳晒得暖洋洋的。

正在同人寒暄的谢临川如有所觉，回身偷偷将什么东西塞进席唯的手。席唯打开手心，里面是一颗水果硬糖，放到嘴里面，甜丝丝的。

那条十二年前席唯没有发出去的"绝交"信息，在十二年后的冬日，终于收到了回复。

答案是：

没门儿。

（一）

2011 年 1 月 26 日，北方小年。

天气阴沉沉的。

天气预报连续一周报了有雪，偏偏天就只阴着，一片雪花也没看见。

恰逢周三，家家户户都在家里过小年。

胡同里到处都是摔炮摔出来的灰黑痕迹。

席唯家里人来人往，提着礼物来拜访的"各路神仙"，每一个见到席唯都要将他夸一遍。

席唯脸都要笑僵了，最后不胜其烦地躲进了自己的房间。

窗户上响起咔嗒一声，小石子掉在窗台上，弹了一下，滚落在地。

席唯笑了起来，打开窗户，上半身探出窗外，伸出一只手去。

"这里！"

一只大手从上头精准地握住了席唯的手，一把将他拎了上去。留着寸头的谢临川蹲在房檐上，挽起来的袖口处肌肉线条好看极了，只不过神色不耐烦，看起来脾气不是很好。

"怎么才过来？等你半天了。"

席唯叹了口气："老爷子几个是真能唠哇，我妈那边饭都热三遍了，他们也不吃，就说个没完，饿死我了。"

旁边的孟庆泽给席唯扔了一包绿色的龙潭方便面："他们过年不都这一套？川哥他们家门口这会儿还排着长队呢！来点儿？"

席唯接过来嚼了两口，又从孙嘉书包里翻了瓶北冰洋汽水喝了半瓶，长舒了一口气："可算是活过来了。你们家也都那样？我瞧着我爸都快坐不住了，那几个来送礼的愣是不走，我爸也不能收哇。"

孙嘉叹了口气："你们家还能躲懒，我爸那边忙着送货，家里连做饭的都被拉去送货了。"

谢临川摆摆手，一脸"酷哥"样："懒得理他们，颐和园滑冰去不去？"

席唯点点头，面露期待："这次回来待几天？"

谢临川莫名不敢跟那双眼对视，别过脸："待不了几天，部队都那样，年前就得走了。"

"哎？不是说能待到——"孟庆泽傻了吧唧地要说话，被谢临川横了一眼，后知后觉地闭上了嘴。

席唯垂下头"哦"了一声："我还想着跟你一块儿去香山转转呢。过两天一开学，又被捆死了。"

"打算考什么学校？"

"清大吧，我爸想让我学中文或者哲学。"

谢临川完全是个理科生，闻言"唔"了一声，自言自语说："这不挺好的，学好了回来继承席叔叔的衣钵。"

席唯低下头："可我学的是理科，我想研究航空航天……我妈听说学了那个要去青海，十来年回不了家，就把我的航模都送人了，一个没给我留。"

"航空航天……小小年纪挺敢想。"谢临川说完才后知后觉地想起来他好像默默地收了人家妈妈送的一整箱限量款航模，只好表情不自然地摸了摸鼻子。

不过他觉得自己当大哥的，有义务把这棵长歪了的苗儿扶正，只得拍了拍席唯的头顶，语带暗示："学习的时候别想那些没用的，你不是要考大学了吗？等上了大学，你要什么没有？"

席唯抬起头，眼睛湿漉漉的："大学里可没有你这样的人帮我。"

谢临川一巴掌拍在席唯的后脑勺儿上："老子给你当十来年保姆了，你还被伺候上瘾了是吧！告诉你，没门儿，现在哥已经献身给祖国了！"

席唯委屈巴巴地摇摇头："我给你当保姆也行……"

"别给我来那出，肩膀打开，背挺直了！"谢临川又一掌拍在席唯的后背，席唯下意识地挺直了腰，两人一个低头一个抬头，正好撞了个脸对脸。

谢临川松开席唯，烦躁地抓了抓板寸头。

"你看他俩！"孙嘉扭过头，对着孟庆泽一龇牙。

孟庆泽一脸蒙："看啥？你笑啥？"

孙嘉恨恨地扭过头去："木头、愣子，看热闹你都看不到热乎的。"

孟庆泽不乐意了，外套一脱，短袖里头的膀子一亮："找打是不？"

孙嘉一拍脑门儿："走走走，滑冰、看电影一条龙，我请客，去晚了自己付哈！"

愣头愣脑的孟庆泽立刻穿上衣服，拉起孙嘉："这敢情好，走走走，电影院旁边那家西餐厅你吃过没？味道咋样？"

"咱们几个从房顶跳下墙头，从谢临川家门口过。他家来人多，不引人注意！"

孟庆泽干这个是行家里手，一马当先地直接跳到了胡同路上，孙嘉、谢临川紧随其后。

席唯最后一个下来，小心翼翼地，怕蹭脏了裤子回去不好交代。

刚走两步，就见到一个同龄的男孩在背风口站着，个子不高，看着白白净净的，应该是哪家来串门的人的孩子。

席唯多看了一眼，就发现那个男孩站得摇摇欲坠的，咬着牙，似乎不大舒服。

"你怎么了？"席唯好奇地问道。

男孩动了动，低声道："低血糖。"

席唯蹙眉："那你赶紧到车里躺会儿啊！"

男孩摇摇头："刚有个小孩跟我说，他家大人喜欢排场，站外头等着显得心诚一点儿。"

席唯哧了一声："胡同里头也就老沈家是这个调调，其他人谁喜欢这玩意儿，烦都来不及，你别听他的，该吃吃该喝喝。"

男孩摇摇头："这附近没有小卖铺吗？"

"有倒是有，不过，这都快过年了，卖东西的都回家了……要不这个给你吧，我就喝了一口，没对嘴！你别在这里待着了，实在不行，你往前走两家，上我们家屋里坐着去！你直接跟我妈说来找我借本书就行，我妈一准请你吃饭！哦，我叫席唯！"

席唯开朗地给他指了路，又将手里的汽水和方便面都塞给了男孩，自己飞快地爬上另一个墙头，抄近路追谢临川去了。

男孩看了看手里的汽水，有点儿犹豫，一直以来的家庭教育让他无比谨慎，不敢随便吃别人给的东西。但是突如其来的眩晕感让他来不及想更多，猛地喝了一大口汽水。

眩晕感如潮水般退去，男孩望着席唯离开的方向，张了张嘴。

"我，我叫裴钰……"

（二）

2012 年 12 月 30 日，香港九龙。

席唯刚刚从医院回来，城里城外全都是庆祝新年的旗帜和贴纸，就连电车上都涂装了崭新的红色广告。

在一大片红色里，席唯身上的黑色大衣显得异常刺目。

经过一片老街的时候，几个小混混儿拦住了席唯。

"靓仔，你做什么呀？"

席唯静静地看着他们，顿了顿，从口袋里拿出钱包，拣出几张纸币，扔到地上。

"拿去，不要来烦我。"

一个小混混儿看到席唯钱夹的厚度，搓了搓下巴："怎么，这一点儿钱，瞧不起我们？"

席唯面无表情地抬起头："你说你想怎样？"

小混混儿笑嘻嘻地说："都交出来，请兄弟们喝茶，以后我罩着你！"

席唯面无表情地盯着小混混儿，突然也笑了一下，这一笑冰雪消融，仿佛一泓泉水，把原本凶神恶煞的小混混儿看得心神一荡，下意识地想伸手去触碰那张脸。

席唯头一歪，避开了那只手。

一瞬间，他眼中明晃晃的蔑视如同刀子，把小混混儿"刺"得浑身难受。

"你什么意思？敬酒不吃吃罚酒？"

旁边路过的一个晃晃悠悠的混血小卷毛忽然插了进来，笑嘻嘻地搂着小混混儿的肩膀说："哎？大哥，过节呢，大家和气生财呀，我这里还有瓶好酒，大家一起喝呀！"

小混混儿瞥了一眼小卷毛，当胸一脚把他踢到了墙角："你算老几，教我做事？！"

小卷毛捂着胸口痛苦地咳嗽了一声："你来真的呀！老子今天就要教你做人——"

小混混儿把嘴里的烟吐到地上，冷笑一声："这两个人，这个拿钱，那个扒衣服，送去牛郎店！"

几个小混混儿一哄而上，都朝着席唯扑了过去。

几声闷哼，几个冲过去的小混混儿很快就被同样的姿势踢到了墙角。

席唯嫌弃地看着鞋子上的一块污痕，掏出手绢擦了擦，随后把手绢扔了，冷冰冰地说："脏。"

原本还有惧意的小混混儿顿时被激怒了，大吼一声："这人有两下子，大家一起上！"

席唯收起笑，冷漠地脱掉外套，活动了下手腕："我说了，别来烦我。"

五分钟后，小混混儿们重新躺了一地。

几张钞票落在地面上，夹杂着血迹。

席唯穿好大衣，又掏出一块手绢，仔细地擦了擦手。

"这些钱呢，是我送给你们的，拿去饮茶、买棺材，随便干什么都行。今天没兴趣扮乖仔，不好意思了。"话罢，席唯扶起蜷缩得像虾米一样的小卷毛缓缓走出小巷。

小卷毛嘴里还含着血沫，口齿不清地跟席唯道谢："Thank you 啊兄弟，啊不是，谢谢你 brother，我这个中文还没学好，反正就挺感谢你，我请你喝酒吧，我真有好酒。"

席唯低头看了一眼小卷毛："你满十八了吗？"

小卷毛"嘿嘿"一笑："总会满十八的嘛。哥们儿，你哪个学校的？我港大的交流生，我爸是'美帝'人，我妈是 B 市人，咱是正宗的'中外合资'！"

席唯不理他。

"你别看我长得不'中'，但我真是中国人！"小卷毛毫不气馁地继续说，"我叫池惊鸿，我妈说这个名字还是从诗歌里头摘的，什么春波、惊鸿，反正就是说有个小桥，桥下有鸟还有水，你知道吧，'惊鸿'就是小鸟的意思，这首诗大概就是写公园景观的，哈哈。"

席唯忍了忍："伤心桥下春波绿，曾是惊鸿照影来。"

"啊，对对对！就这句！你简直是个天才，我怎么都记不住这句诗！"天生自来熟的池惊鸿开心地抱了抱席唯。

席唯身体绷紧了一瞬，遏制住自己身体上的抗拒，他僵硬地说："回学校去吧，这段时间外头不太平。"

池惊鸿挤眉弄眼地撞了撞席唯："哥们儿，你是不是这一片儿的大佬？我看你刚才那几下，是不是 Chinese Kung Fu？跟李小龙一样帅！能不能教教我？"

席唯闭上嘴，扭头就走。

池惊鸿着急忙慌地追了上去："别走啊哥们儿，能不能借我一百五十块钱充个八达通啊？我的钱刚被抢了，真的！"

当看到一辆劳斯莱斯房车停在席唯面前的时候，池惊鸿惊住了。

在司机微妙的注视中，池惊鸿一把抱住席唯的腰，大声吼："大哥，你混什么字头的呀，带小弟一个吧！"

席唯忍耐着给这厮一拳的想法，深吸了一口气："闭嘴，松手，上车。"

池惊鸿麻溜地钻进了车厢，狗腿子一样地给席唯捶了捶肩膀："谢谢大哥！小弟以后一定鞍前马后，无微不至！"

席唯合上眼睛："送他去港大，他再多说一句就把他丢下去。"

池惊鸿顿时安静了。

过了几分钟，池惊鸿小心翼翼地问道："大哥，不说话，我说鸟语行吗？"

（一）谢临川·问君

谢临川已经在这个临时驻所里驻扎了半年。

战火纷飞的地方，极限的生存危机总会让他暂时忘记思考其他。每天训练、出任务，高强度的专注，让他什么都顾不上想。但偶尔闲下来，他总会不自觉地发呆。

指导员担心他情绪不稳定，劝了他几次。谢临川没事，也不想战友担心，便不再胡思乱想。他拿了块木头在手边，没事做的时候，拿出来，瞎刻几下。一来二去的，木头刻得真的有了点儿样子，谢临川端详着那一块木头，总觉得雕刻的小人儿他有些眼熟，不由得又出神了。

"想谁呢你？呦，把人家都刻出来了？我瞅瞅俊不俊。"孟庆泽突然从背后跳了出来，扑到谢临川身前将木头小人儿抢了去。

"还给我！"谢临川下意识的一拳递了过去，把孟庆泽打得嗷了一嗓子，把木头小人儿抢了回来。他将木头塞进了口袋里："滚一边去，不知道我胆子小不禁吓？"

孟庆泽揉着胸口，视线掠过谢临川的口袋："你胆子小？你二等功的记录比我的草稿本都厚了！老谢，说实话，你是不是谈恋爱了，在想什么人呢？"

谢临川意兴阑珊地说："说什么屁话，咱队里连吉祥物都是公的！我上哪儿谈恋爱去？"

孟庆泽眨眨眼："说的也是……你刻的那人谁啊，是不是——"

"谁也不是！去去去，别在这儿没事找事，闲得慌你去跑五公里。"谢临川打断孟庆泽的话，连踢带打地撵走他。

孟庆泽眯了眯眼："你就嘴硬吧！我看你能撑到什么时候。"

"莫名其妙。"谢临川别过头，扭头要走，边走边呢喃着："最近应该是太累了，我得去睡会儿。"

孟庆泽在他身后幸灾乐祸地大笑："老谢，你不是累了，你是病了，相思病！"说着，又扯着嗓子阴阳怪气地念叨，"有道是'别后不知君远近，触目凄凉多少闷。渐行渐远渐无书，水阔鱼沉何处问'哪！"

"皮痒了是吧？"谢临川脱掉武装带捏在手里，二话不说就要往孟庆泽身上招呼。

孟庆泽怪叫一声，拔腿就跑："队长恼羞成怒了啊！要把队友灭口了哦！"

谢临川冷笑一声："姓孟的你有种别被我逮住，爷爷给你好好松松皮！"

打闹间，营地中警报响起。

面带沧桑的旅长推开窗户，用传达室大喇叭喊了一声："全体都有！旗台集合！"

谢临川、孟庆泽瞬间停止了笑闹，向旗台跑去。

"谁到得晚谁给吉祥物铲屎！"

"你最好跑快点儿，不然我揪住你把你塞笼子里当吉祥物！"

…………

不到一分钟，一千五百余名队员全部在旗台下方站好。

孟庆泽偷偷摸摸地用气声说："老谢，你猜是啥事？是不是我熬出头了，要给我升个队长了？"

谢临川报以冷笑："我看你是脑震荡把脑子震坏了，有我在，你想当谁的队长？做梦去吧！"

旅长老李横了俩人一眼，俩人顿时收声。

老李背着手站在队列之前，清了清嗓子："稍息！有这么个事哈，最近形势又紧张了起来，隔壁的埃博拉诊疗中心已经超负荷运行了。咱们战友的物资供应多少有点儿接续不上，经请示上级，批准把咱们的物资支援一车过去，给战友们应应急。大家以后晚饭也搞搞多样化，尝试一下本土美食，老吃大米饭、红烧肉，也腻得慌是吧？大家有没有意见？"

所有战士异口同声大声回答："没有！"

旅长面带欣慰："大家都能将我们部队的优良作风坚持下来，我非常欣慰呀，这个，关于今后的工作作风呢，我主要说以下三点……"

孟庆泽叹了口气，小声"吐槽"："老大今天话真多啊！"

谢临川嘴型不动："人那是旅长，你有种你也混个旅长去。"

孟庆泽翻了个白眼："你怎么不去？"

谢临川咂咂嘴："维和英语考试没人家分高，综合训练评价没上来呗。"

孟庆泽老脸一红："可恶。"

谢临川瞟了他一眼："多看看书，对你有好处。"

"哎呀，老张咋还不回？我都要睡着了！"孟庆泽打了个哈欠，夸张地晃了晃，恰好被李旅长给听到了，又开始新一轮的训话："你们这些孩子，别以为我不知道，平时一个个的背地里给我们几个起外号，喊我老李，喊副旅长老邓，这也没啥，但是人家老张是指导员，要叫同志，知不知道？别没大没小的。"

李旅长咳了两声，又继续道："下面我再讲三点……"

孟庆泽哭丧着"晚娘脸"对着谢临川："老谢，你想想办法呀……"

这下谢临川也忍不住了："容我想想招儿。"

孟庆泽龇了龇牙："要不我装晕？"

"别扯了，你一个月晕三次，再晕给你送回去了！"谢临川没好脸色地说。

孟庆泽缩了缩脖子："回去也不是不行……就是我舍不得你呀老谢。"

"闭嘴吧你。"

谢临川想了想，高声道："报告！"

李旅长眉头一皱："讲！"

谢临川一本正经地低声道："张指导员率工兵分队帮助当地群众修建临时住房，超时未归，警卫分队一队队长申请率队迎接！"

李旅长看了一眼手表，乐了："好嘛，超时五分钟都被你发现了，行啊，孤狼！那好，你带队去吧，注意安全，快去快回。"

孟庆泽面带喜色："老谢，你就是我亲爹！"

谢临川嘴角微翘，深吸一口气，高声道："孤狼分队，全体出列！"

孟庆泽等队员集体上前一步，大吼一声："是！"

谢临川目光坚定，脚步轻快："出发！接老张回家！"

（二）席唯·夜雨

利比里亚首都，蒙罗维亚，埃博拉诊疗中心。

利比里亚统一日即将到来，淅淅沥沥的小雨覆盖了这座炎热的城市。

大门被拉开，一群身着白色防护服的医护人员疲惫地走了进来。

为首的医生严肃地交代着消杀要求。

"大家一定要严格按照标准执行，现在利比里亚情况严峻，我们不能再失去任何人了。消杀更换服装后，大家自由休息，晚饭依旧在七点钟开始。现在当地战乱频繁，物资供应困难，大家不要擅自行动，有困难的坚持一下，我们很快就会来新的物资。"

一行医护人员唉声叹气地排队进入消毒室消杀。

"再洗下去，我的皮就要掉了。"

"这日子，不知道什么时候是个头哇。"

…………

经过严格的消杀之后，两个年轻人摘下口罩，精疲力竭地靠坐在留观室的门口。

"又活了一天哪。"

头发微卷的年轻人像没骨头似的靠在另一个短发年轻人身上——是还在读书的池惊鸿和席唯。

席唯的发梢上还带着水珠，听到池惊鸿的话，他漆黑的眸子闪动了一下："是呀，又活了一天。"

咕咕的声音响起，池惊鸿揉了揉肚子，有点儿不好意思地说："我今天没忍住，又把盒饭给了个小孩儿，现在好饿。"

席唯笑了起来："我也是。不过那小孩子的妈妈给了我一小袋可可豆，晚上可以烘干，试试做点儿巧克力。"

池惊鸿开始吞口水："巧克力呀……我都快忘了是什么味的了。"

席唯忍俊不禁："上周发的巧克力可都进了你的嘴了，这才断了一个礼拜而已。"

"啊？好像是！"池惊鸿摸了摸后脑勺儿，两个人就都笑了起来。

"小唯，你说今晚上有没有盐焗鸡啊？"池惊鸿眼神中充满渴盼。

"阿池呀，我们连大米都让给病人了。"席唯神情沉静，带着微微的无奈，"哪里还能有什么盐焗鸡？我只希望今天的晚餐不是木薯糊糊和煮香蕉。"

池惊鸿哀呼了一声："再不吃点儿肉，我的肌肉都要化了，现在连吃顿盐焗鸡都是奢望了。天杀的导师！"

席唯强撑着身子坐起来："听说师娘正在跟导师闹离婚……他哪儿还顾得上咱们。"

池惊鸿撇了撇嘴："那个恋爱脑，真让人无语，一吵架就寻死觅活的，那么多地方可以去，非要带着我们加入利比里亚的这一支，搞得大家每顿都只能吃糊糊。"

席唯笑了一下："馋虫作祟了？我还有点儿补贴，咱们外头吃个烤鱼去？"

池惊鸿气咻咻地爬了起来："不用！我听说隔壁维和部队来新物资了，等会儿我凭借个人魅力去化个缘！"

"人家有防爆任务，吃的好一点儿才有力气，咱就是图个口腹之欲，算了呀。"席唯拉住池惊鸿，安抚道，"别气了，我那儿还有一盒泡面，等下给你拿去加餐。"

池惊鸿还要说话，大门被撞开，一阵风带着雨冲了进来。

荷枪实弹的维和战士一瞬间看到了他们俩："你们两个，快点儿跟我来！村子里发生了武装冲突，我们有战士受伤了！"

席唯跟池惊鸿对视一眼，迅速将刚刚拉下来的口罩戴好，提起脚边的医疗箱就跟了上去。

"走！"

悍马车撞碎雨幕，冲上了凹凸不平的泥路。

与此同时，紧挨着诊疗中心的维和部队驻点，车灯密集地亮了起来，一辆辆武装到牙齿的维和车辆先后超过了悍马车。

"车辆改锋矢队形。"

"开启一级警戒。"

"狙击手随时准备。"

命令简短、快速、铿锵有力地发出，很快，车队就分成了前、中、后三个梯队，将悍马车牢牢地保护了起来。

气氛瞬间紧张，席唯捏紧了手上的医疗箱，池惊鸿紧紧咬住牙关。

车队逐渐加速，窗外闪烁的霓虹灯光迅速远去。无形之中，每个人的神经都紧紧地绷着。

突然，对讲机里传来了带着哽咽的声音："旅长，不用加速了，老张走了。"

对讲机的频道里沉默了一会儿，男人气愤的骂声传了出来。

悍马车的驾车战士狠狠地拍了一下方向盘。

对讲机那头的声音让席唯有些恍惚，那熟悉的声音好像是深埋在记忆里人，他想要再听，想要确认，却已经没了声响。

…………

对讲机的两头都沉默着，空气里只有对讲机里漏出的滋滋的电流声。

好一会儿，命令再次发出：

"鹞鹰，前方停车转向，原路返回，你负责护送工作，将车内的医生安全送回之后，到村庄集合。

"其余车辆，继续前进。

"我们去带老张回家。"

"是！"

悍马车的驾车战士抹了一把脸，迅速将车子掉头。另一辆车子离队，跟在了后面。

到达安全范围后，席唯主动开口："我们就在这里下车，你们快去吧。"

悍马车里的战士道了声谢，打开了车门。

席唯拉着池惊鸿，两个人站在雨幕里，目送着两辆车慢慢远去，看他们奔赴他们的战友。

车子疾驰而去，在席唯的视线中逐渐成为大雨中两个模糊的黑点。飘泼大雨中，世界仿佛只剩两人脚下的方寸之地，周围种种，尽皆虚无。

"那个老张，我认识，挺好一个人……"池惊鸿说不下去了，红着眼眶别过了头。

"阿池，别难过。老张……他的战友会记得他的荣誉，他的亲朋会记得他的音容，他的后辈会秉承着他的精神前赴后继，还有许许多多受过他关照的本地人会记得他的奉献，他不会孤单的。"席唯拍了拍池惊鸿的背脊，神情哀伤。

"死的人太多了，我甚至不知道自己什么时候就会死掉。"池惊鸿无助地蹲下，将脸埋在臂弯里，闷声说，"小唯，我想我妈了。"

席唯轻拍着池惊鸿说："不怕呀，死亡只是生命的一环，只要我们好好地生活，那些想见的人，总有一天会再次相见的。"他安静地看着天地之间的雨滴，翻涌的思绪飞向了远方。

重重雨幕里，他低声念诵：

> 我有所念人，隔在远远乡。
> 我有所感事，结在深深肠。
> 乡远去不得，无日不瞻望。
> …………
> 秋天殊未晓，风雨正苍苍。
> …………